Der Klang des Mondes

Avery Fabiano

Der Klang des Mondes

Bibliografische Information der Deutschen Nationalbibliothek:
Die Deutsche Nationalbibliothek verzeichnet diese Publikation in der Deutschen Nationalbibliografie; detaillierte bibliografische Daten sind im Internet über http://dnb.dnb.de abrufbar.

TWENTYSIX – Der Self-Publishing-Verlag
Eine Kooperation zwischen der Verlagsgruppe Random House und BoD – Books on Demand

© 2019 Avery Fabiano

Herstellung und Verlag:
BoD – Books on Demand, Norderstedt

ISBN: 978-3-740-76200-1

Coverfoto: Avery Fabiano

Ich liebe den Ozean. Ich liebe es, wie sanft er die Menschen verändert.

Ich liebe Eisblumen an den schlecht isolierten Fenstern meiner Grandma nach einer kalten Winternacht. Das Rufen der Kanadagänse, wenn sie nach Süden ziehen. Trockenes Herbstlaub auf den Straßen, das unter den Füßen raschelt. Den Duft von frisch gemähtem Rasen. Vollmond.

Aber manchmal machen mich diese Dinge auch traurig. Einfach so. Meine Tante sagt, ich sei verrückt. Ich liebe diese Dinge, obwohl sie mich traurig machen. Ich liebe die Dinge, die mich traurig machen.

Ebenso geht es mir mit in der Wüste blühenden Kakteen und Kreosotbüschen. Den St. Ana-Winden. Dem nächtlichen Schreien von Kojoten. Oder wie die Luft nach einem Sommerregen riecht. Genau das sind die Dinge, die ich am meisten liebe.

Vielleicht mal abgesehen von Bananenpudding und meinem alten, kuscheligen Lieblingspullover.

Sonne

Es ist der nächste Morgen. Ich bin seit mindestens drei Stunden wach. Eigentlich war ich die ganze Nacht wach. Es ist noch immer nicht hell draußen, allenfalls ein Hauch von Dämmerung, doch ich habe kein Licht an. Ich hatte es nur ganz kurz angemacht, aber es war so eklig grünlich, dass ich es gleich wieder ausgeschaltet habe. Viel gibt es hier auch nicht zu sehen, jedenfalls nicht viel Angenehmes. Ich bin im Krankenhaus. Sie haben mich untersucht, aber im Grunde bin ich unverletzt geblieben. Von ein paar Prellungen und einem Schnitt am Unterarm, der ziemlich weh tut, mal abgesehen. Dennoch haben sie mich über Nacht hier behalten, einmal zur Beobachtung, aber wohl auch, weil sie nicht wussten, wohin mit mir.

Ich stehe am Fenster und schaue auf eine Stadt, deren Namen ich nicht kenne. Ich kann zwei große Straßen sehen, die in den trüben Dunst des Morgens führen, langsam kommt etwas Verkehr auf, und etliche große Häuser, die irgendwie alle wie Krankenhäuser aussehen. Schräg unterhalb meines Fensters, dort, wo von einer der großen Straßen eine Seitenstraße abzweigt, befindet sich ein kleiner Weihnachtsbaumverkauf. Nicht mehr als ein paar Drahtzäune, ein winziger Verschlag, eine Röhre für die Netze. Er wird heute wohl geschlossen bleiben, schließlich ist ja schon Heiligabend. Und es sind offensichtlich auch bereits alle Bäume verkauft, alle, bis auf einen. Ein einziger kleiner Baum lehnt in einer Ecke am Drahtzaun. Allein. Verlassen. Niemand hatte ihn haben wollen.

Die letzten Tage zuhause sind immer sehr hektisch. Jedenfalls für mich. Erst mal ist meist bis zuletzt nicht ganz klar, ob meine Tante auch wirklich die Woche bis Neujahr freikriegen wird. Sie sagt zwar immer: „Egal. Wir fahren auf jeden Fall", aber ich habe meine Zweifel. Und dann muss auch so viel erledigt werden. Meine Tante sagt mir dauernd irgendetwas Wichtiges, woran wir unbedingt noch denken müssen, und hat es doch eine halbe Stunde später schon völlig vergessen. Zum Beispiel, offene Rechnungen zu bezahlen. Wer möchte schon im Januar ohne Strom dastehen? Der Wagen verliert seit Monaten Öl, meine Tante sagt immer: „Für die kurzen Strecken reicht es." Aber bis zu meiner Grandma sind es mehr als siebenhun-

dert Meilen! Also müssen wir drei Tage vor Weihnachten noch eine Werkstatt finden, und für die Einkäufe fehlt uns dann der Wagen. Mich machen solche Dinge nervös, doch meine Tante bleibt bei all dem vollkommen gelassen. Bringt plötzlich inmitten der ganzen Unordnung Tee und Plätzchen auf einem Tablett, setzt sich mit mir auf einen halbgepackten Koffer und erzählt Geschichten von früher, als sie noch bei ihrer Mutter gelebt hat. Oder sie ist gerade dabei, eine Einkaufsliste zu schreiben, hält inne und sagt: „Komm, wir machen dir die Haare schön."
Und dann müssen wir noch meine Hunde zu Noelle bringen, weil wir ihnen die langen Autofahrten für die wenigen Tage bei Grandma nicht zumuten wollen. Von meinen Lieblingen getrennt zu sein würde allein schon ausreichen, mich zu einem Nervenbündel zu machen. Je näher der Abfahrtstermin rückt, desto mehr versinkt alles im Chaos, aber meine Tante bleibt die Ruhe selbst, sieht mich lächelnd an und sagt: „Kindchen! Es ist Weihnachten!"

Ich stehe noch immer am Fenster und die Autos haben noch immer ihre Scheinwerfer eingeschaltet, die sich in den feuchten Straßen spiegeln, aber der beginnende Tag hat bereits etwas Farbe angenommen. Ein Tag, vor dem ich mich fürchte, genau wie vor allen, die ihm noch folgen werden.

Es klopft an der Tür. Ein dicker Polizist betritt das Zimmer, ohne auf mein „Herein" zu warten. Er hat ein breites, weiches und trotzdem irgendwie unsympathisches Gesicht. Seine Haare, seine Uniform, alles an ihm wirkt ein bisschen schmuddelig und ungepflegt. Er macht das Licht an, sieht mich am Fenster stehen, fragt: „Du wolltest doch nicht etwa abhauen?"
Wir sind mindestens im dritten Stock. Bisher war mir der Gedanke jedenfalls nicht gekommen. Bis eben.
Er sagt: „Setz dich doch", und setzt sich selbst im gleichen Moment auf den einzigen Stuhl. „Wie geht es dir? Die Ärzte sagen, du hättest viel Glück gehabt. Im Grunde nichts abbekommen. Wie eine Katze." Es klingt beinahe wie ein Vorwurf.
Er beginnt, mit seiner dicken Hand etwas aus seiner Hosentasche zu ziehen. Bekommt es nicht heraus. Muss extra aufstehen. Ein Notizblock, der ein wenig so aussieht, als ob ihn schon mal jemand gegessen hätte. Der Polizist blättert ziemlich wahllos

vor und zurück. Als hoffe er auf einen Zufallstreffer.

„Wir haben deinen Vater erreicht", sagt er, ohne mich anzusehen.
„Mein Vater ist tot", antworte ich.
„Es war nicht ganz einfach", fährt der Polizist fort, ohne auf meinen Einwand zu achten. „Die Telefonnummer auf dem Zettel in deiner Brieftasche mit dem Hinweis *Im Notfall verständigen* ist seit Jahren abgemeldet. Darunter stand noch eine zweite Nummer, mit dem Namen deiner Großmutter. Eine Nummer in Colorado. Es war ein Anrufbeantworter. Zwei Stunden später rief uns dann tatsächlich jemand zurück, allerdings nicht deine Großmutter, sondern dein Vater. Er sagte, er komme, um dich abzuholen, es würde aber etwas Zeit brauchen, weil es so weit sei. Er fliegt aus Kanada her. Wird wohl bis heute Abend dauern."
„Mein Vater ist tot", wiederhole ich.

Wir wohnen in Los Angeles, in einem Vorort, genauer gesagt. Jedenfalls erzählt das meine Tante immer, wenn sie jemand fragt. Eigentlich besteht Los Angeles ja beinahe nur aus Vororten, aber unserer ist fast schon der Vorort eines Vorortes. Nichts Nobles, keine Angst. Eher schon die Sorte, wo man zweimal hinsehen muss, um zu erkennen, dass es nicht nur ein Wohnwagenpark ist. Wenn man es ganz genau nimmt, sind es ein paar heruntergekommene Blocks am Rande von Huntington Beach, also überhaupt nicht in L.A., irgendwo im Bereich zwischen Pacific Coast Highway, San Diego Freeway und dem *Ölfeld*, wie meine Tante liebevoll das Bolsa Chica Ecological Reserve nennt. Die Häuser sind klein und schäbig, die Straßen so staubig, dass man gar nicht sicher ist, ob sie darunter asphaltiert sind. Meine Tante Claire sagt oft: „Wenn es uns mal besser geht, ziehen wir in einen Slum in Kalkutta."

Claire ist Ende der Neunziger hierher gezogen, mit ihrem Hippiefreund und seinem Hund. Ihr Freund machte gerade eine Phase der Veränderungen durch, wie er es nannte. Meine Tante nennt es die Zeit, in der dieser Mistkerl sein letztes bisschen Anstand im Klo runtergespült hat. Wenn sie sich gewählt ausdrückt. Erst hat er sich von seiner Band getrennt, dann wollte er aus San Francisco weg. Nirgendwo hin, nur weg. Meine Tante, ihrerseits mit Scheinstudium und Aushilfsjob nicht allzu eingespannt, war einverstanden. Also fuhren sie

monatelang umher, bis sie schließlich hier gelandet sind. Dummerweise war sein Hunger nach Veränderung immer noch nicht ganz gestillt.
Als er ihr sagte, dass er sich von ihr trennen wolle, stand sie plötzlich mit seiner Pistole vor ihm, zielte auf seinen Kopf und sagte: „Okay, du kannst gehen, du Scheißkerl, aber der Hund und der Wagen bleiben hier!" Und meine Tante bekommt eigentlich immer, was sie will.
Den Wagen hat sie heute noch, und zu meinem Leidwesen holt sie mich damit ab und zu von der Schule ab. Ein riesiger, goldener Kombi mit Holzimitationen aus Vinyl außen an den Seiten, harmoniert gut mit ihren rotgefärbten Locken. Wenn sie dann noch den Rückspiegel zum Schminken benutzt, sich die Lippen nachzieht und mit einem meiner Lehrer flirtet, ist mein Glück perfekt.

Der Ort hat sich seit der Zeit damals nicht allzu sehr verändert, und ich weiß, meine Tante liebt ihn deshalb in ihrem Herzen, auch wenn sie es nie zugeben würde. Und mir gefällt es auch.
Über allem liegt so eine entspannte Gelassenheit. Beinahe karibisch. Einige der kleinen Häuser sind bunt angemalt, wenn auch die Farbe oft schon ein wenig abblättert. Oder ein wenig mehr. Viele der Bewohner sitzen den ganzen Tag draußen vor

ihrem Haus herum, hauptsächlich, weil sie so gesellig sind und immer Lust auf ein Schwätzchen haben. Na gut, vielleicht zum Teil auch, weil sie keine Arbeit haben und die Klimaanlage kaputt ist. Aber man fühlt sich dadurch irgendwie sicher, zumal wir Tag und Nacht Türen und Fenster offen lassen. So hat ständig jemand ein Auge darauf, und außerdem weiß sowieso jeder, dass es hier nichts zu holen gibt. Unsere Klimaanlage ist nicht kaputt. Wir haben erst gar keine.
Viel kühle Luft kommt trotzdem nicht rein, dafür unzählige Spinnen, Käfer und Eidechsen. Vor einigen Wochen hatten wir sogar Besuch von einem Kojoten. Er hat meine Tante keines Blickes gewürdigt, lief einfach quer durchs Haus hindurch, vorne rein und durch die Hintertür wieder hinaus, als ob es gar nicht da wäre. Oder er hat die Hintertür genommen, weil er lieber nicht bei uns gesehen werden wollte.

Kaum etwas deutet hier auf die Betriebsamkeit und Hektik der nahen Großstadt hin. Nachts sieht man die Scheinwerfer der Autos auf dem San Diego Freeway. Unablässig ziehen sie ihre stets gleiche Bahn. Wir stehen oft abends hinter dem Haus, betrachten sie, und meine Tante sagt dann gewöhnlich etwas wie: „Seit wann dürfen Schlafwandler

Auto fahren?", oder: „Sieh dir bloß dieses sinnlose Treiben an. Ich glaube, das sind immer dieselben Autos, die fahren nur ständig im Kreis herum."

Dabei hat sie selbst zwei Jobs, allerdings nicht von der besonders aufreibenden Sorte. An drei Nachmittagen pro Woche arbeitet sie im Büro einer kleinen Castingagentur. Macht die Buchhaltung und so. Manchmal bringt sie kistenweise Fotos von Schauspielern nach Hause, die nicht für ein Projekt genommen worden sind. Teure DIN A4 Fotos, auf der Rückseite mit Lebenslauf. Wahrscheinlich haben die meisten schon mehr für diese Fotos ausgegeben, als sie in ihrem Leben mit der Schauspielerei verdienen werden. Wir schauen sie uns dann an. Hübsche Gesichter. Vielleicht sogar Talent. So viele Chancen. So viele Hoffnungen. Dann werfen wir sie weg.
An zwei Vormittagen und manchmal auch abends arbeitet sie als Bedienung im *Janelle´s Hollywood*, einem kleinen Diner, das einer Freundin von ihr gehört und das ebenso wenig in Hollywood liegt, wie ihre Freundin wirklich Janelle heißt. Claire sagt immer: „Ich kann doch Janelle nicht im Stich lassen", und natürlich brauchen wir das Geld, aber ich glaube, der wahre Grund ist, dass meine Tante die Hoffnung, selbst als Schauspielerin entdeckt zu

werden, noch nicht ganz aufgegeben hat. Mit neununddreißig, auch wenn sie der Meinung ist, die Neun sei stumm. „Könnte doch passieren", sagt sie. „Sicher könnte es das", antworte ich. Dann und wann essen wirklich Leute von irgendwelchen Dreharbeiten dort, oder ein Location Scout oder sonst wer. Und sollte jemand von denen ihre wahre Bestimmung erkennen, während sie ihm einen welken Salat zum gehetzten Lunch serviert, dann können sie den Vertrag ja gleich auf die fleckige Speisekarte schreiben. „Aber wenn sie auch noch eine Darstellerin für deine Tochter suchen, halte mich da raus!"
Wegen dieser zwei Jobs ist es für Claire immer etwas schwierig, frei zu bekommen. Aber wie schon gesagt, meine Tante kriegt meistens, was sie will. Und so sitzen wir dann auch dieses Jahr wieder in dem alten goldenen Kombi mit den Holzfolien an den Seiten, und sie lässt den Motor an, wie immer mit den Worten: „Lass uns hier abhauen."

Der Polizist beginnt, mich nach dem Unfall zu fragen. Wie das Wetter gewesen sei. Ob meine Tante Alkohol getrunken oder Drogen genommen habe. Was soll das? Will er ihr einen Strafzettel verpassen? Ob wir einem Tier hätten ausweichen müssen. Ob wir gestritten hätten. Ob sie abgelenkt gewesen sei. Na klar, während wir Slalom um die Füchse auf der Straße gefahren sind, hat sie sich einen Joint gedreht und sich auf ihrem Handy Videos von einem als Polizisten verkleideten Stripper angesehen. Einzig durch die dünne Linie meiner kultivierten Erziehung davon getrennt, ihm zu sagen, wo er sich seine blöden Fragen samt Notizblock hinstecken kann, antworte ich artig und beschreibe alles, so gut ich kann. Allerdings lasse ich einige Kleinigkeiten weg, die mir merkwürdig vorgekommen sind. Den Knall. Den Mann hinterher beim Wagen. Der Polizist haucht seinen Stift an und macht sich ein paar Notizen. Fragt, wohin ich nach dem Unfall gelaufen sei, um Hilfe zu holen. In welchem Zustand meine Tante gewesen sei, als ich sie allein gelassen habe. Ob ich die Zündung ausgeschaltet habe. Ob ich irgendwelchen Rauch bemerkt hätte. Fragt nach dem Feuer. Ich sage: „Welches Feuer?" Er sagt auch etwas von einer Autopsie, was mich verblüfft. Ich bin froh, als er endlich geht.

Eine Stunde später stehen wir auf der State Route 39 im Stau, eingekeilt zwischen Lastwagen. Der Wind weht, wie im Winter öfter, von der nahen Mojave Wüste herüber, heiß und trocken. Wir haben die Fenster heruntergekurbelt und in dem alten Autoradio, wo man noch am Knopf drehen muss, einen Sender mit Weihnachtsmusik eingestellt. Es ist heiß im Wagen, laut und staubig. Die Presslufthämmer der Straßenarbeiter auf dem Randstreifen haben allenfalls weitläufige Ähnlichkeit mit Schlittenglocken, und es sieht auch nicht wirklich aus wie auf einem Druck von Currier & Ives[i]. Aber wir arbeiten daran. Im Moment mit etwa fünf Meilen pro Stunde.

Meine Tante meint: „Also ich weiß nicht, wie es dir geht, aber ich komme so langsam in Weihnachtsstimmung. Guck doch mal, ob du die Schachtel mit den Weihnachtskeksen findest. Muss irgendwo auf dem Rücksitz sein."

Als sie kaum mit dem zweiten Keks fertig ist, beginnt sie damit, sich die Fingernägel zu feilen. Und dann zu lackieren. Wenn es ab und an ein Stückchen weitergeht, muss ich lenken. „Jetzt hätte ich doch noch gerne einen Keks", meint sie. Ich fingere also in der Schachtel, lenke mit einer Hand, sie betrachtet das Ergebnis ihrer Arbeit, da bemerken wir den Motorradpolizisten direkt neben dem geöffneten Fahrerfenster. Ich finde, er guckt ziemlich streng zu uns hinein. Meine Tante nimmt schnell ihre Hände mit gespreizten Fingern ans Lenkrad, versucht, mit den Handballen zu lenken, lächelt ihn an: „Heiß heute, nicht wahr, Officer?" Einige Sekunden lang mustert er uns finster, dann braust er davon, was ich ja gerne unserem Charme zuschreiben würde, aber ich fürchte, es liegt wohl eher an einem Funkspruch, den er empfangen hat.

Die Tür geht auf. Herein kommen eine Schwester und ein Arzt.
„Hallo Kindchen", sagt die Schwester und versucht ein freundliches Lächeln, was ihr aber nach einer vermutlich zu langen Nachtschicht nicht besonders gelingt.

Der Arzt sieht in die Unterlagen, die in einem Metallklemmbrett an meinem Bett hängen.
„Matisse Carranza?"
„Keiner nennt mich Matisse, nennen sie mich Matti", sage ich und hoffe doch, dass er es nicht tut.
„Du bist dreizehn, ja?"

„Ja."

„Wie geht es dir? Tut dir etwas weh?", fragt er, schiebt mich an den Schultern zum Bett und drückt mich runter, dass ich mich auf den Bettrand setze. Streift meinen Ärmel hoch, besieht sich meinen Arm, leuchtet mir nochmals mit einer Taschenlampe in die Augen.

Wie soll es einem schon gehen, wenn man gerade seine Tante verloren hat und gleich von seinem toten Vater abgeholt wird?

„Tut der Arm weh?"

„Ist das eine Fangfrage?"

„Kopfschmerzen?"

„Nein."

„Übelkeit? Sehstörungen?"

„Wo bin ich hier?"

Der Arzt und die Schwester tauschen einen erschreckten Blick aus.

„Im Krankenhaus", sagt die Schwester.

„Nein. Ich meine, in welcher Stadt?"

„In Denver."

„Ist das weit von der Stelle, wo der Unfall passiert ist?"

Es ist zwei Tage vor Weihnachten. Wir sind auf dem Weg zu meiner Großmutter, um mit ihr zusammen zu feiern. So wie jedes Jahr.
Meine Grandma ist schon alt, beinahe achtzig. Sie lebt ganz alleine in einem kleinen Haus ein Stück außerhalb von Breckenridge. Sie hat sonst niemanden mehr. Und auch wir können sie nicht oft besuchen, es ist einfach zu weit weg, aber zu Weihnachten fahren wir immer hin. In Weihnachtsfilmen sieht man meist große Familien an langen Tafeln. Kaum sind die Begrüßungen vorbei, beginnen auch schon die Streitereien. Und kurz darauf das Warten, dass alle wieder nach Hause fahren. Wir sind immer nur zu dritt, meine Tante, meine Grandma und ich. Ich kann mir Weihnachten gar nicht mehr anders vorstellen, und ich wollte es auch gar nicht anders haben. Früher muss ich es ja mit meinen Eltern gefeiert haben, aber daran erinnere ich mich nicht mehr. Jetzt gehört einfach alles fest zusammen. Wir drei in dem alten Haus meiner Großmutter mit dem gemütlichen Kamin. Nicht, dass ich glauben würde, der Weihnachtsmann käme durch den Kamin. Aber am Weihnachtsabend vor einem brennenden Kaminfeuer zu sitzen und sich Geschichten zu erzählen ist etwas ganz Besonderes.

Zwei Tage dauert die Fahrt zu Grandma, jedenfalls bei meiner Tante. Zunächst quälen wir uns aus Los Angeles raus, fahren durch Kalifornien und die Mojave Wüste. Aber wenn wir am zweiten Tag durch die Berge fahren, beginnt für mich wirklich Weihnachten. Nun sind wir bald da. Gerade haben wir unseren letzten Zwischenstopp in Georgetown gemacht, genau wie jedes Jahr, Heiße Schokolade getrunken, einen schönen Weihnachtsbaum bei Peter gekauft, er hat uns geholfen, ihn auf dem Dach festzubinden, und fahren durchgefroren und mit beschlagenen Fenstern das letzte Stück auf kurvigen Landstraßen durch die verschneiten Bergwälder Colorados.

Es ist noch nicht sehr spät, aber plötzlich wird der Himmel ziemlich dunkel. „Es wird doch keinen Schneesturm geben?", meint meine Tante, aber nicht, weil sie irgendetwas von Wolken oder Wetter verstehen würde. Schon gar nicht vom Wetter hier in Colorado. Sie hat den Spruch einfach in zu vielen Filmen gesehen. Es fängt dann allerdings wirklich an zu schneien, wenn auch nur ganz leicht. Trotzdem wird die Straße etwas rutschig. Meine Tante kommt in Kalifornien nicht allzu oft dazu, das Fahren auf Schnee zu üben, und dass wir auf einem Hinterrad eine falsche Reifengröße drauf haben, macht es vermutlich nicht leichter. Sie wirkt ziemlich angestrengt, wie sie das Auto konzentriert über die gewundene Bergstraße steuert, Gesicht dicht an der Windschutzscheibe, weil die abgenutzten Scheibenwischer ihre Probleme mit dem Schneefall haben. Dennoch kommt es für mich völlig überraschend: Ein Knall, ein Ruck, der Wagen bricht aus. Direkt vor einer Kurve.

Man hört oft, dass man sich an einen Unfall oder etwas Ähnliches nicht mehr erinnern kann. Für mich ist es wie in einem Film, beinahe noch in Zeitlupe. Und ich habe das Gefühl, mich an jede Einzelheit zu erinnern. Der Wagen bricht nach rechts aus, Richtung Kurvenaußenseite. Unglücklicherweise der Seite mit dem Abhang. Meine Tante schreit und lenkt gegen und schafft es auch, das Auto abzufangen. Allerdings streifen wir dabei mit der rechten hinteren Ecke einen kleinen Baum, zwar nur ganz leicht, doch dadurch bekommt der Wagen einen solchen Drehimpuls, dass wir praktisch im rechten Winkel die Straße verlassen und gerade den Abhang hinunter fahren. Ungefähr dreißig Meter geht alles gut. Nur dass ich das Gefühl habe, dass wir immer schneller werden. Ich weiß nicht, ob meine Tante nicht bremst, oder ob es auf dem losen Untergrund aus Schnee, Erde und altem Laub nicht funktioniert. Doch dann muss sie einem Baum ausweichen, wir kommen zu stark quer, der Wagen überschlägt sich einmal seitlich und knallt genau in dem Moment, als wir wieder auf die Räder kommen, mit der Fahrertür gegen einen dicken Baum. Der Krach ist fast sofort vorbei. Etwa eine Sekunde lang rutscht noch allerlei Erde und Schnee neben uns den Hang hinunter, und Glassplitter fallen zu Boden. Dann ist es völlig still.

Der Weihnachtsbaum, den wir auf dem Dach haben, ist über die Frontscheibe gerutscht, und ein Ast ragt durch das kaputte Seitenfenster hinein und berührt meine Tante. Wie Tannenzweige, mit denen man im Winter ein Grab zudeckt. Ich weiß sofort, dass sie tot ist.

„Ich bin nicht sicher", sagt der Arzt nach einem Blick auf sein Klemmbrett, wo offenbar nichts über den Unfallort steht, „vielleicht vierzig oder fünfzig Meilen?", und sieht dabei die Schwester fragend an.

„Sehe ich etwa aus wie eine Straßenkarte?", antwortet sie.

„Hat sie Verwandte hier?", fragt der Arzt und notiert etwas auf den Klemmbrettzettel.

„Sie wird von ihrem Vater abgeholt."
„Auf Wiedersehen, Matisse", sagt der Arzt und gibt mir die Hand. Ich frage mich, woran man erkennen würde, wenn Roboter die Erde übernommen hätten.
„Tut mir leid wegen deiner Tante, Schätzchen", sagt die Schwester. Drückt meine Hand. Dann gehen beide. Irgendwie habe ich das Bedürfnis, sie aufzuhalten, irgendetwas hinterherzurufen. Aber ich weiß nicht, was.

Ich bin wieder allein. Schaue aus dem Fenster, dorthin, wo sich die großen Straßen im grauen Dunst des Vormittags verlieren. Ich versuche, nicht an den Unfall zu denken. Und verliere den Kampf. Zum hundertsten Mal. Höre das Glas zerbrechen. Bilde mir ein, in dem Lärm auch ihren Kopf zerbrechen zu hören. Dann die Stille. Todesstille. Habe ich meine Tante abgelenkt? Etwas gesagt oder getan, was sie irritiert hat? Hätte ich etwas sagen sollen? Fahr nicht so schnell. Lass uns eine Pause machen. Ich liebe dich.

Das Leben ist nicht zu Ende. Es hat sich zwar so angefühlt, aber es ist nicht so. Ich sitze in unserem

Kombi und rieche den unglaublich intensiven Duft nach Herbst und Wald. Viele Scheiben sind kaputt und der Wagen hat den Hangboden aufgewühlt. Ich bin übersät mit Glassplittern. Vorsichtig bewege ich meine Arme und Beine. Fühle meinen Kopf nach Blut ab. Schüttele das Glas herunter. Vermeide es, in Richtung meiner Tante zu schauen.

Wenn mein Leben hätte enden sollen, wäre das sicher keine schlechte Art gewesen. Aber es ist nicht so. Ich suche mein Handy. Erst beim dritten Versuch gelingt mir der richtige PIN-Code. Kein Empfang. Ich öffne die Beifahrertür, was problemlos möglich ist. Vorsichtig steige ich aus. Der Boden ist abschüssig und rutschig. Ich habe Schmerzen. Meine Beine sind weich, ich kann kaum stehen. Außerhalb des Wagens habe ich sogar ein schwaches Netz. Aber was soll ich sagen? Ich weiß nicht, wo wir sind. Wo *ich* bin. Ich weiß nicht, auf welcher Straße wir gefahren sind. Ich erinnere mich nicht an den Namen des letzten Ortes. Ich setze mich wieder ins Auto.

„Claire? Was ist mit dir?" Ich berühre ihren Arm. „Geht es dir gut?" Natürlich weiß ich es besser.

Ich wähle den Notruf. Ein Mann stellt sehr präzise Fragen. Ich kann nicht viel sagen. Er sagt, sie würden versuchen, die Zelle zu finden, aus der mein Anruf kommt. Aber die Masten stünden im Wald oft erhöht und hätten ein sehr großes Einzugsgebiet. Viele Quadratmeilen. Er fragt nach irgendwelchen Landmarken. Ich sehe nur Bäume. Er fragt nach den Orten, durch die wir gefahren sind. Er bemüht sich so, es tut mir leid, dass ich ihm nicht helfen kann. Ich nenne den Namen des Ortes, wo wir den Weihnachtsbaum gekauft haben, Georgetown, und beschreibe unser Ziel. Er stellt eine Vermutung bezüglich unseres Weges an. Sagt, sie würden uns sicher bald finden, aber wenn es mein Zustand und der meiner Tante erlauben würden, wäre es sicher keine schlechte Idee, wenn ich auf die Straße laufen und dort versuchen würde, Hilfe zu finden. Nur als zusätzliche Chance. Er versucht, zuversichtlich zu klingen.

Als er auflegt, fühle ich mich einsamer, als ich mich je in meinem Leben gefühlt habe.
Ich klettere den Hang hinauf, was viel schwieriger ist, als ich dachte. Es ist ziemlich steil. Der Boden ist gefroren, hart und glatt. Rutschiges, vereistes Laub und Fichtennadeln darüber. Ich klettere auf allen vieren. Es dauert eine Ewigkeit. Als ich die Straße fast erreicht habe, sehe ich mich um. Der Wagen wirkt merkwürdig deplaziert inmitten des

Waldes. Die Beifahrertür steht noch offen. Eine Sekunde denke ich, ich hätte sie zumachen sollen, damit es meiner Tante nicht kalt wird. Plötzlich sehe ich, wie sich etwas neben dem Auto bewegt. Erst halte ich es für ein Tier, doch dann erkenne ich, dass es ein Mann ist. Jetzt steht er an der Fahrerseite, kommt aber wegen des Baumes nicht an die Fahrertür heran. Geht langsam um das Auto herum. Ich will rufen, mich bemerkbar machen, aber irgendetwas hält mich zurück. Er bückt sich, schaut in die Beifahrertür. Unternimmt aber nichts, um meine Tante herauszubekommen oder ihr zu helfen. Öffnet die Hintertür. Sieht hinein. Sieht sich suchend im Wald um. Ich krieche hinter einen Baum. Kann kaum atmen. Er ist nicht von der Straße herunter gekommen. Dann hätte ich ihn bemerkt. Geschützt durch den Baum klettere ich vorsichtig das letzte Stück zur Straße hoch. Es steht kein Auto hier. Nur die merkwürdig geschwungenen und sich überschneidenden Spuren unseres schleudernden Wagens sind zu sehen. Ohne mich noch einmal umzusehen, renne ich, so schnell ich kann, die Straße entlang in die Richtung, aus der wir gekommen sind.

Die Tür fliegt auf, ein Mann kommt rein. Dunkle Haare, nicht allzu groß, kräftig, aber leichtfüßig wie der Sommer. „Spätzchen! Ich bin so froh, dass dir nichts passiert ist." Kommt auf mich zu, will mich umarmen. Ich weiche zurück. „Oh, entschuldige. Du erinnerst dich wahrscheinlich kaum noch an mich."

Kaum ist leicht untertrieben. Ich habe den Mann noch nie in meinem Leben gesehen.

Der dicke Polizist kommt ebenfalls ins Zimmer. Klopft dabei kurz an die offene Tür, was ich ihm positiv anrechne.

Der andere Mann öffnet die Schranktür. „Wo sind deine Schuhe? Der Arzt sagt, du seiest soweit in Ordnung. Wir könnten gleich gehen."

„Gehen? Wohin? Wer sind sie?"

„Du erinnerst dich wirklich nicht mehr an mich, oder?" Nimmt meinen Mantel aus dem Schrank und wirft ihn auf das Bett.

„Ich werde nirgendwo mit ihnen hingehen! Officer!"

Man kann dem Polizisten ansehen, dass er im Augenblick lieber woanders wäre. Wie vermutlich meistens.

„Bitte beeile dich, Matisse", sagt der Mann. Sucht weiter nach meinen Schuhen.

„Unterm Bett", sagt der Polizist. Ich werfe ihm einen wütenden Blick zu.

Gerade hat der Mann im Schrank mein Handy, Schlüssel, meine Brieftasche und noch ein paar Dinge gefunden. Ich hatte keine Ahnung, dass sie dort waren.

„Sind das alle deine Sachen? Nun beeil dich doch schon. Wir müssen noch zum Flughafen."

„Flughafen? Soviel ich weiß, ist es verboten, Minderjährige, mit denen man nicht verwandt ist, über Bundesstaatengrenzen hinweg mitzunehmen", sage ich, wieder mit Blick auf den Polizisten.

„Matisse, was soll das?", sagt der Mann. Schaut etwas unsicher den Polizisten an.

„Ich weiß nicht, was ihr für Probleme habt", sagt dieser, „aber solange dein Vater das Sorgerecht für dich hat, ist es sicher das Beste, wenn du mit ihm gehst."

„Ich habe ihnen doch schon gesagt, mein Vater ist tot. Und diesen Mann kenne ich überhaupt nicht."

Der Mann zieht meine Schuhe unter dem Bett hervor.

„Sie wollen mich doch hier wohl nicht unter den Augen der Polizei entführen?"

Endlich verliert er seine Energie, setzt sich aufs Bett, fast, als ob er aufgeben wollte. Sieht plötzlich ermattet und beinahe wirklich verletzt aus.

Der Polizist sagt: „Schwieriges Alter, oder?", und nimmt mir damit den kläglichen Rest an Sicherheit, den mir seine Anwesenheit gegeben hat.
„Könnten sie mich wohl einen Augenblick mit meiner Tochter allein lassen?"
„Aber klar doch", sagt der Polizist und geht hinaus, lässt aber die Tür offen.
„Matisse, ich weiß, es ist lange her. Aber ich kann nicht glauben, dass du dich nicht an mich erinnerst. Ich erinnere mich noch an jeden Tag, den wir zusammen verbracht haben. Und ich hab dich sofort erkannt, dabei hast du dich bestimmt mehr verändert als ich." Lächelt.

Ich lebe in Los Angeles. Zusammen mit zweihunderttausend arbeitslosen Schauspielern. Die meisten von ihnen hätten diese Szene überzeugender gespielt.
Es braucht schon mehr, um mich zu beeindrucken.
Ich stehe am Fenster, er sitzt auf dem Bett. Einige Zeit passiert gar nichts. Mir wird gerade langweilig.

Er zieht seine Brieftasche heraus und hält sie mir aufgeklappt hin. Na gut, er hat den gleichen Familiennamen wie ich. Kann Zufall sein. Oder ein gefälschter Ausweis. Er sagt: „Ich habe auch deine Geburtsurkunde dabei. Ich hab sie ausgedruckt. Nicht für dich. Ich dachte, die Polizei will sie vielleicht sehen. Oder die Leute vom Krankenhaus." Aber er zeigt sie mir nicht. Stattdessen zieht er aus seiner Brieftasche Fotos hervor und reicht sie mir. Sie sind ziemlich abgegriffen. Auf dem einen spielen er und ich mit einem Hund. Ich bin etwa vier Jahre alt und trage ein blaues Samtkleid. Das andere zeigt mich im selben Alter. Jeans, T-Shirt, rotes Baseball Cap. Ich sitze auf seinen Schultern.

Nicht, dass ich absichtlich lügen würde. Ich dachte wirklich, ich hätte den Mann noch nie gesehen. Im Moment weiß ich nicht, was ich denken soll. Bin ich gerade dabei, den Verstand zu verlieren? Photoshop-Manipulation? Oder echte Bilder, die mich mit irgendjemandem zeigen, an den ich mich nicht mehr erinnere, der aber nicht mein Vater sein muss?

Meine Eltern sind bei einem Wohnungsbrand ums Leben gekommen, als ich noch sehr klein war. Ein nächtliches Feuer. Keiner weiß, warum sie den Rauchmelder nicht gehört haben. Meine

Mutter hatte damals eine schwere Grippe, deshalb haben mich meine Eltern ein paar Tage bei einer Nachbarin schlafen lassen. Sie wollten verhindern, dass ich mich anstecke. Das hat mir das Leben gerettet.
Alles ist damals verbrannt. Die gesamte Einrichtung. Auch alle Fotos. Ich habe nie ein Foto von meinem Dad gesehen. Meine Tante Claire hat natürlich Fotos von meiner Mom, ihrer Schwester. Als Kind, als Teenager. Auch einige Fotos mit mir, die mein Vater gemacht hat. Aber er selbst ist nur auf einem einzigen mit drauf. Thanksgiving bei meiner Großmutter. Er steht neben Mom, die mich auf dem Arm hält. Unglücklicherweise steht die Cousine meiner Grandma so vor ihm, dass ihre hochgesteckten Haare sein Gesicht komplett verdecken. Er sieht aus, als hätte er einen grauen Vollbart, der ihm bis an die Augenbrauen reicht.

Ich erinnere mich dunkel an den Hund, mit dem ich auf dem Foto spiele. Ich weiß nicht mehr, wem er gehörte, aber ich weiß noch seinen Namen.
„Wie hieß der kleine Hund?", frage ich, während ich ihm die Fotos zurück gebe.
„Scooter", sagt er, „der Hund von Jane, der Tochter unserer Nachbarn. Ihr wart ein wenig befreundet."

Es stimmt. Jane. Plötzlich habe ich wieder ihr Bild vor Augen. Sie war ein Jahr älter als ich.
„Hmm ...", sage ich, schlagfertig wie immer.
„Komm schon", sagt er. „Lass uns gehen."

Ich traue ihm nicht. Ich traue mir nicht. Mein Gehirn befindet sich seit dem Unfall in einer Art Halbschlaf-Modus. „Wenn sie mein Vater wären, dann wüsste ich das ja wohl." Aber ich bin bereits dabei, mir meine Schuhe anzuziehen. Alle Welt scheint plötzlich beschlossen zu haben, dass ich wieder einen Vater habe. Und ich bin mir nicht mehr hundert Prozent sicher, dass es nicht so ist. Als ich mein Handy nehme, kommt mir die Idee, meine Grandma anzurufen. Warum habe ich nicht schon früher daran gedacht? Aber im gleichen Moment weiß ich, dass es zwecklos ist. Meine Großmutter hört ihr Telefon praktisch nie. Dennoch versuche ich es. Der Mann sieht ruhig zu und wartet. Es klingelt. Endlos. Vergeblich. Ich lege auf.

„Wollen wir?", fragt er.
„Und Mom?", frage ich. „Lebt sie auch noch? Trinkt vielleicht unten in der Cafeteria gerade einen Latte?"
„Nein. Deine Mom ist tot", sagt er ernst.

Er hat ein Formular ausgefüllt, jetzt hetzen wir zum Ausgang.
„Was ist mit meinen Sachen?", frage ich.
„Welche Sachen?"
„Na, die aus dem Auto. Mein Koffer. Meine Sachen."
„Ich glaube nicht, dass davon noch etwas brauchbar ist. Wegen des Feuers. Ich weiß nicht, wo sie sind, der Polizist hat nichts gesagt, aber wahrscheinlich ist alles verbrannt."
„Feuer? Was für ein Feuer? Da war kein Feuer."
„Mach dir keine Sorgen. Wir kaufen dir neue."

Wir kommen aus dem Krankenhaus. Die Luft ist schneidend kalt. Wir laufen Richtung Besucherparkplatz. Er treibt wieder zur Eile.
„Was soll das?", frage ich, langsam genervt von dem Gehetze. „Du bist nach Denver geflogen und hast deine verletzte Tochter aus dem Krankenhaus abgeholt. Hast du heute noch was anderes vor? Vielleicht etwas Wichtiges?"
„Rede keinen Unsinn. Es ist besser, wenn wir uns beeilen. Und schalte dein Handy aus." Ein paar Meter weiter dreht er sich um, um zu sehen, ob

ich seiner Anweisung folge, sieht nur meinen ungläubigen Blick, fügt das Zauberwort hinzu: "Bitte."
Ich tue so, als würde ich es ausschalten. Ich traue ihm keine Sekunde, und da ist ein funktionsfähiges Handy sicher nicht das Schlechteste.
"Fahren wir zu meiner Grandma?"
"Nein."
"Aber sie wird sich Sorgen machen. Sie hat uns doch schon gestern erwartet."
"Ich weiß. Wir werden versuchen, sie zu erreichen."
Mir wird auf einmal klar, dass wir sie nicht beruhigen können. Jemand muss ihr sagen, dass ihre Tochter tot ist. Mir wird übel. Ich bekomme kaum Luft. Wir sind am Parkplatz. Er zögert kurz und versucht sich zu erinnern, wo er seinen Wagen abgestellt hat. Läuft dann weiter an den Reihen mit parkenden Autos entlang. Im Licht der Laternen auf dem Parkplatz sehe ich, dass es ganz leicht angefangen hat zu schneien.
"Wo fahren wir dann hin?", frage ich, während ich hinter ihm her laufe. Mir ist schwindelig, meine Beine fühlen sich an wie Pudding.
"Nach Colorado Springs. Wir fliegen von dort, ich habe keinen Flug von Denver aus bekommen. Wegen Weihnachten."

„Und wo fliegen wir hin?"
„Nach Vancouver. Zu mir nach Hause."
„Vancouver? In Kanada?" Eben dachte ich, mir könnte nicht schwindeliger werden. Jetzt weiß ich es besser.
„Klar! Da wohne ich. Da, und in Montreal. Eigentlich den größten Teil des Jahres in Montreal. Aber zu dieser Jahreszeit friert man sich in Quebec den Bürzel ab, daher verbringe ich die Wintermonate meistens in Vancouver. Ist längst nicht so kalt dort. Wird dir gefallen."

Ich erinnere mich, auf der anderen Seite des Ausganges einige Taxis gesehen zu haben. Wenn ich losrenne, könnte ich vielleicht eines erreichen, ehe er mich einholt. Und mich zu meiner Großmutter fahren lassen. Vorausgesetzt, meine Puddingbeine lassen mich nicht im Stich. Ich bin mir nicht sicher, ob es eine gute Idee ist. Aber ich habe im Moment keine bessere. Also renne ich los.
Es sind etwa vierzig oder fünfzig Meter bis zum Anfang des Parkplatzes, dann zum Krankenhauseingang, vielleicht noch mal sechzig Meter. Aber je länger ich renne, desto weiter scheint sich der Parkplatzeingang von mir zu entfernen. Mir wird immer schwindeliger und meine Beine entwickeln sich von Pudding zu Eiscreme. Geschmolzener Eis-

creme. Ich lausche auf Schritte hinter mir, kann aber keine hören. Entweder habe ich einen gewaltigen Vorsprung, oder er rennt mir gar nicht hinterher. Nach weiteren fünfzehn Metern halte ich es nicht mehr aus. Ich drehe mich im Laufen um. Ein Fehler. Ich erkenne noch meinen Vater ein Stück weit hinter mir, aber alles dreht sich um mich, ich weiß nicht mehr, in welche Richtung ich renne, die kahlen Bäume scheinen nach mir zu greifen. Ich bin fast erleichtert, als ich auf den Asphalt aufschlage. Ich spüre kurz den Schmerz der abschürfenden Haut, dann wird mir schwarz vor Augen. Als ich wieder zu mir komme, beugen sich mein angeblicher Vater und ein älterer Mann, vermutlich aus einem der Autos, über mich. Seine Frau steht dicht hinter ihm.

„Sie ist schon in Ordnung", höre ich meinen Vater sagen, „nur noch etwas schwach auf den Beinen."

„Wie geht es dir, Kleine?", fragt der andere Mann. „Alles okay?"

„Ja", sage ich.

„Ich weiß nicht", sagt die Frau. „Vielleicht sollten sie sie lieber wieder reinbringen und von einem Arzt untersuchen lassen."

„Nicht nötig", sagt mein Vater. „Sie ist nur etwas schwindelig. Sie wird öfter ohnmächtig. Machen sie sich keine Sorgen." Und dann hebt er mich vorsichtig hoch, steht beinahe mühelos mit mir auf den Armen auf und läuft in Richtung seines Autos. Das ältere Paar bleibt, im Lichtkegel einer Laterne stehend, im stärker werdenden Schneefall zurück.

Auf dem Weg zu meiner Grandma machen wir, kurz bevor wir in Breckenridge ankommen, immer noch einen kleinen Umweg. Wir fahren nach Georgetown. Und besuchen einen Mann namens Peter Hewett. Er führt dort zusammen mit seiner Schwester ein hübsches, gemütliches Café und betreibt zur Weihnachtszeit auf dem Parkplatz dahinter noch einen kleinen Weihnachtsbaumverkauf. Es ist malerisch dort. Die Schneewehen reichen in diesem Jahr fast bis an die mit Schleifen geschmückten Fenster, girlandenumrankte Laternen davor. Wenn ich einen Weihnachtsfilm machen sollte, würde ich sicher ein paar Szenen in Georgetown drehen. Jedes Jahr kaufen wir hier unseren Weihnachtsbaum, den wir dann mit zu Grandma nehmen. Doch der eigentliche Grund unseres Besuches ist, dass Peter die erste Liebe meiner Tante war. Damals in der Highschool.

Er war in ihrem Jahrgang. Sie fand ihn irgendwie niedlich, wie sie sagt. Ein bisschen zu ernst vielleicht. Ein bisschen zu grüblerisch. Mehr als ein bisschen zu schüchtern. Wenn sich ihre Blicke trafen, hat er schnell weggeguckt. Ist manchmal sogar rot geworden. Sie kann sich nicht erinnern, je mit ihm gesprochen zu haben. Am Ende ihres vorletzten Jahres hat er sie auf dem Schulflur angesprochen, ob sie ihm etwas ins Jahrbuch schreiben könnte. Nachdem er es noch fallen gelassen hat und sich beim Aufheben fast den Kopf an einem Spind gestoßen hätte, hat sie ihm eine der üblichen nichtssagenden Nettigkeiten reingeschrieben und ihn dann aus Höflichkeit gebeten, auch etwas in ihr Jahrbuch zu schreiben. Worauf er vermutlich spekuliert hat.
Der letzte Frühlingstag.
Was hätte der Frühling einen anderen Grund zu gehen als den Sommer?
Ich öffne die Augen. Ich atme. Tag für Tag.
Und der Grund dafür bist du.

Okay. Jeder Stift, der etwas auf sich hält, hätte sich Derartigem wahrscheinlich verweigert. Aber meine Tante sagt, sie habe danach in den Ferien gelegent-

lich an ihn gedacht. Ziemlich oft sogar. Eigentlich die gesamten Sommerferien lang.
Als die Schule wieder anfing, hoffte sie, er würde sie nach einem Date fragen. Oder wenigstens mal mit ihr reden. Woche um Woche verstrich. Als nichts passierte, hat sie versucht, ihn zu ermutigen. Ihn angelächelt. Ihn nach irgendwelchen Hausaufgaben gefragt. Sie hat schon befürchtet, sie müsse die Sache selbst in die Hand nehmen. Aber schließlich hat er sie doch gefragt. Sie sind dann ein paar Mal miteinander ausgegangen.
In einer eiskalten Winternacht hat er sie zum ersten Mal geküsst, neben der Eislaufbahn, als sie ganz durchgefroren waren. Hat ihr die Schneeflocken aus dem Haar gestrichen und sich nicht ganz so linkisch angestellt wie sonst. Die Schlittschuhläufer drehten weiter ihre Runden, doch die Welt blieb einen Moment stehen. So hat sie es mir erzählt. Lichterketten in den Bäumen. Musik. Es kann nicht völlig unromantisch gewesen sein, denn ab da waren sie richtig zusammen.

Der nächste Frühling. Der Abend des Abschlussballs. Er hatte sie gefragt, und natürlich wollten sie zusammen hingehen. Meine Tante war super aufgeregt. Sie hatte ein wunderschönes, dunkelgrünes Kleid und Perlenohrringe, ein Geschenk von

Grandma und Grandpa zu ihrem Highschoolabschluss. Sie sah aus wie eine Prinzessin. Aber Peter kam nicht. Sie wartete und wartete. Zwei Stunden. Aber er kam nicht und hat auch nicht angerufen. Prinzessin Claire stand die ganze Zeit an dem kleinen Fenster neben der Eingangstür. Zwischendurch nahm sie gelegentlich das Telefon ab, um zu prüfen, ob es nicht kaputt wäre. Irgendwann hat Grandma bei ihm angerufen, aber niemand ging ran. Minute um Minute verstrich, was ein perfekter Abend hätte werden sollen. Schließlich hat Grandpa meine Tante in seinem Pick-up zum Ball gefahren. Keine Limousine, kein Begleiter. Aber meine Tante wollte ihren Abschlussball nicht gänzlich versäumen.

Natürlich wurde es nun nicht mehr der Abend, auf den sie sich so lange gefreut hatte. Sie war enttäuscht und wütend und trank zuviel und fühlte sich dann noch schlechter. Schließlich endete sie auf einer Bank draußen neben dem Hintereingang, ohne Musik und drehende Leute und Lichter, dafür mit frischer Luft. Der Getränkelieferant, für Nachschub sorgend, lief etwa fünfmal an ihr vorbei, pendelnd zwischen seinem Lieferwagen und dem Hintereingang. Lange Haare, herausfordernde Augen, ungefähr ihr Alter. Nachdem er die letzte Kiste reingebracht hatte, setzte er sich für eine kleine Pause neben sie auf die Bank.

„Proms!", sagte er. „Sind doch immer eine Enttäuschung."

„Ja? Deiner auch?"

„Das hier ist meiner. Oder wäre es, wenn ich nicht die Schule geschmissen hätte. Aber ich hab auch genügend andere gesehen. Mit einer Getränkekiste auf der Schulter", lächelte er. „Ist immer das Gleiche."

„Stimmt! Du warst auf unserer Schule! Ich dachte gleich, dass ich dich von irgendwoher kennen würde. Hi!"

Als Grandpa sie später abholte, erzählte er ihr, dass Peter angerufen hätte. Seine Mom hätte ihm unbedingt noch die Fotos von ihrem Abschlussball zeigen wollen, er hätte gesagt, gleich morgen würde er die Kiste auf dem Dachboden suchen, aber sie hätte nicht warten wollen. Sei mit dem Karton in der Hand die letzten Stufen der klappbaren Bodentreppe hinunter gefallen und hätte sich das Handgelenk gebrochen. Praktisch genau in dem Moment, als er losfahren wollte, um Claire abzuholen. Er musste seine Mutter ins Krankenhaus fahren. Im Smoking. Noblesse oblige. „Warum hat er nicht früher angerufen?", regte sich

Grandpa auf. „Sein Handgelenk war ja wohl nicht gebrochen." Darüber, dass Claire betrunken war, verlor er kein Wort, obwohl er es bemerkt haben musste. Und sie verlor kein Wort darüber, dass sie den Getränkelieferanten geküsst hatte. Riley. Ihren späteren Hippiefreund.

Die nächsten Tage hat Peter ihr immer wieder versichert, wie leid es ihm täte, dass er ihr diesen Abend verdorben hätte. Worauf meine Tante nur lächelte: „Es gibt Schlimmeres."

―――⌂⌐―――

Wir finden einen schönen Baum. Peter trägt ihn zu unserem Kombi, hebt ihn aufs Dach und bindet ihn fest.
„Mit einem Mann im Haus wäre das eine oder andere im Leben einfacher", sagt meine Tante, während sie ihm zusieht.
„Es ist noch nicht zu spät, Claire. Ich bin immer noch zu haben", sagt er.
„Man kann nie wissen", sagt meine Tante.
Wir gehen rein ins Café, setzten uns mit ihm an einen Tisch, trinken Heiße Schokolade mit Marshmallows. Ich habe die Tasse mit beiden Händen umklammert, so kalt ist mir. Er erzählt Geschich-

ten von Leuten hier aus der Gegend, die meine Tante noch kennt. Oder sie reden über die Vergangenheit. Manchmal lachen sie gemeinsam. Gelegentlich nimmt er ihre Hand auf dem Tisch. Ich mag ihn und stelle mir vor, wie es wäre, wenn sie geheiratet hätten. Sein Neffe kümmert sich derweil weiter um die Kunden beim Weihnachtsbaumverkauf.

Als wir uns verabschieden, kommt auch seine Schwester noch kurz dazu. Allgemeines Umarmen. Und dann sagt sie zu meiner Tante: „Hast du noch einen Verehrer hier? Gestern hat sich jemand nach dir erkundigt."

„Wirklich? Wer?"

„Ich weiß nicht", sagt Peter, „ein großer Mann, etwa unser Alter. Hinten beim Weihnachtsbaumstand. Ich hab ihn nicht gesehen, Mathew, mein Neffe, war draußen. Und er hat seinen Namen nicht genannt. Aber er hat gefragt, ob Claire Feliciano nicht jedes Jahr hier vorbei käme auf dem Weg zu ihrer Mutter, und ob sie schon durch wäre."

„Wer das wohl war?", sagt meine Tante. „Vielleicht Billy Hawthorne? Sah er gut aus?"

Peter wirft ihr einen gequälten Blick zu.

„Hey Romeo, pass auf, dass sie dir keiner wegschnappt", sage ich.

„Hat er gesagt, wie ich ihn erreichen kann?"
„Nein. Ich denke, er wollte sich noch mal melden."
„Dann muss er sich aber beeilen. In fünf Minuten sind wir hier weg", sagt meine Tante.
Sie drücken sich noch mal. Peters Schwester gibt uns noch ein paar selbstgebackene Kekse mit.
„Dann bis nächstes Jahr", sagt meine Tante.
„Vielleicht auch mal früher. Das Jahr hat schließlich noch 364 andere Tage", sagt Peter.
„Ja, vielleicht. Frohe Weihnachten."
„Frohe Weihnachten."

Es ist neun Uhr abends.
Ich sitze auf dem Beifahrersitz in einem gemieteten Ford. Die Scheibenwischer kämpfen gegen eine unentschlossene Mischung aus Schnee und Regen. Neben mir sitzt der Mann, der behauptet, mein Vater zu sein. Wir sind fast zwanzig Meilen hinter Denver und haben bisher kaum drei Worte gewechselt. Ich bin nicht böse darüber. Mir ist nicht nach Reden. Ich bräuchte Antworten, aber bis jetzt weiß ich noch nicht einmal die Fragen.
Wir fahren durch die Nacht. Und schweigen. Über meinen Fluchtversuch auf dem Kranken-

hausparkplatz hat er kein Wort verloren. Keine Fragen, keine Vorwürfe. Er hat mein aufgeschürftes Handgelenk desinfiziert und verbunden. Ich komme mir dumm vor. Ich starre in die Dunkelheit. Wenn Licht ins Auto fällt und ich mein Gesicht im Fenster sehe, erschrecke ich.

Der Mann am Steuer achtet praktisch nicht auf mich. Ich meine, wenn es stimmt, was er sagt, und er wirklich mein Vater ist, hat er mich seit vielen Jahren nicht gesehen. Und achtet kaum auf mich. Erst dachte ich, er muss sich auf den Verkehr konzentrieren. Ein gemietetes Auto, eine fremde Stadt. Er wirkte nervös. Als wir aus Denver rausfuhren, kurz bevor wir auf die Interstate 25 kamen, ist er falsch abgebogen. Fuhr zwei Blocks weit, bog nochmals ab, hielt. Wartete. Tat, als würde er in eine Karte sehen. Das Auto hat ein Navigationssystem, aber er hat es nicht eingeschaltet. Die Beschilderung für den Highway war so deutlich, dass selbst ich ihn mit meinem Skateboard gefunden hätte. Nach zwei, drei Minuten wendete er, und diesmal fand er die Zufahrt zur Interstate ohne Probleme. Auch jetzt bemerke ich seine kurzen Blicke in den Rückspiegel.

Ich reibe mir die Beine. Mir ist etwas kalt.

Meine Knie sehen spitz aus in den neuen Jeans. Ich war nie ein allzu großer Fan von Target, hab kaum je etwas dort gekauft. Jetzt bin ich von Kopf bis Fuß neu eingekleidet. Alles von Target. Ich bin froh, dass ich nicht mehr die Sachen tragen muss, die ich beim Unfall an hatte. Vom Krankenhaus aus sind wir in ein Einkaufszentrum gefahren. Wenn ich mit Noelle shoppen gehe, brauche ich meistens eine Stunde, bis ich ein Armband oder ein T-Shirt finde, das mir gefällt. Und das auch nur, wenn sie mir zuredet. Und diese Stunde ist noch unterbrochen von einer halbstündigen Pause, wo wir Eis oder Frozen Yoghurt essen. Noelle sagt: „Wie eine Theateraufführung. Gekauft wird im dritten Akt."
Diesmal sind wir nach fünfundvierzig Minuten wieder draußen, und ich habe nicht nur ein neues Outfit, sondern noch eine ganze Reisetasche voll mit weiteren Sachen. Er hat sich auch Sachen gekauft. Ist so schnell nach Denver geflogen, wie er konnte. Ohne zu packen. So hatten wir beide nur das dabei, was wir gerade an hatten. Jetzt haben wir alles für vielleicht drei, vier Tage.

„Frierst du?"
„Nein."

Er dreht die Heizung höher. „Versuch zu schlafen! Es ist bestimmt noch eine Stunde bis Colorado Springs."

Letzte Nacht im Krankenhaus bin ich nicht einmal in die Nähe von Schlaf gekommen. Zu viele Dinge gingen mir im Kopf herum. Zerrissene Erinnerungsfetzen an meine Tante, kleine und große, nahe und ferne, wechselten ab mit Fragen und Sorgen über mich. Wie es weiter geht. Wer sich um mich kümmert. Wie in einem Film. Alles scheint auf diesen Moment hinzusteuern. Abblende, Abspann. Die Geschichte ist zu Ende. Immer wieder die Bilder des Unfalls. Seltsam vertraut. Als hätte ich es vorher schon hundertmal erlebt. Schon hundertmal geträumt. Ich hatte Angst, die Augen zu schließen. Und als irgendwann endlich die Müdigkeit begann, die Oberhand zu gewinnen über all die wilden, ungeordneten Gedankensplitter, habe ich eine Art Schüttelfrost bekommen. Ich zitterte am ganzen Körper. An Schlaf war nicht mehr zu denken.

Auch jetzt möchte ich nicht schlafen. Es kommt mir falsch vor.

Ich muss doch eingeschlafen sein. Als ich wach werde, stehen wir auf einem Parkplatz vor einem Motel. Offenbar hat er mich mit seiner Jacke zugedeckt. Trotzdem ist mir kalt. Wir steigen aus. Man kann die Sterne sehen, aber die Straßen sind nass. Eine große Kreuzung. Auf der anderen Seite ist ebenfalls ein kleines Hotel,
schräg gegenüber ein McDonalds und eine Tankstelle.
Wir gehen rein. Der Mann an der Anmeldung isst irgendetwas Fettiges aus einer Pappschachtel und sieht fern. Ich komme mir verkleidet vor in dem Outfit. Wie eine Schauspielerin. Eine Fremde in einem fremden Leben. Oder wie die Komplizin des Mannes, der jetzt ein Zimmer nimmt. Ob der Mann am Empfang mich durchschaut? Jedenfalls will er auch meinen Ausweis sehen.
Zu unserem Zimmer müssen wir wieder raus und durch eine andere Tür rein. Wir gehen noch mal zum Wagen, mein angeblicher Vater greift ein paar Sachen aus dem Kofferraum. Ich will gerade meine Reisetasche nehmen, aber er sagt: „Nein. Warte noch."
Also gehen wir so zu unserem Zimmer. Er schließt auf. Es ist klein und muffig, mit einem Doppelbett.
„Wie stellst du dir das vor?", frage ich.

Er zerwühlt ein bisschen das Bett, macht Licht im Bad an, wirft eines unserer neu gekauften T-Shirts aufs Bett. „Wir bleiben nicht hier."
Okay, das überrascht mich jetzt auch. Wir gehen wieder raus zum Auto, holen unsere Taschen, er schließt leise den Kofferraum. Wir überqueren die Straße und gehen in das andere Hotel. Er nimmt zwei zusammenhängende Zimmer im ersten Stock, mit Blick nach vorn auf die Straße. Auf unser Motel.

Im Zimmer geht er zuerst ans Fenster. Checkt die Sicht. Dann zieht er die Vorhänge zu.
„Bleiben wir hier?", frage ich.
„Ja. Welches Zimmer willst du?" Er scheint kein Mann vieler Erklärungen zu sein.
Ich setze mich aufs Bett.

„Hör zu", sagt er, „ich gehe kurz nach nebenan und hole uns was zu essen. Geh nicht ans Telefon und lass niemanden rein." Nimmt seine Jacke.
„Ich hatte nicht vor, hier eine Party zu feiern."
„Und geh nicht ans Fenster, Princesita. Ich bin gleich zurück." Geht.

Ich gehe duschen. Ziehe mir ein anderes T-Shirt und eine Jogginghose zum Schlafen an.

Princesita. So hat mich seit Jahren niemand mehr genannt. Auch meine Tante nicht. Ich hatte es schon vergessen. Bilder entstehen in meinem Kopf. Eine weit entfernte Vergangenheit verschafft sich lautlos Zutritt. Ein Spielplatz im Frühling, umrahmt von blühendem Rhododendron. Ich hangele an Ringen entlang. Jemand steht unter mir. Er hält mich nicht, hat aber seine Hände dicht bei mir, um mich aufzufangen, falls ich falle. „Gut, Princesita. Weiter." Ein rotes Cabrio. Die langen Haare meiner Mutter vor mir auf dem Beifahrersitz wirbeln wild im Fahrtwind. Ich strecke die Arme hoch. Knie mich auf dem Rücksitz hin. „Setz dich ordentlich hin, Princesita. Du wehst uns noch weg." Nicht einmal schlüssellochgroße Lichttupfen der Vergangenheit. Es sind glückliche Bilder.

Princesita. Er hat es ganz beiläufig gesagt. Ganz selbstverständlich. Beinahe unbewusst. Er wollte mir nichts beweisen.

Als er mit dem Essen wiederkommt, sehe ich mir gerade die Fotos auf meinem Handy an. Ich hatte noch mal versucht, meine Großmutter zu erreichen. Erfolglos. Aber ich habe eine SMS von meinem Freund Austin bekommen. ‚Frohe Weihnachten. Und benimm dich, kleine Lady.' Er glaubt, ich wäre bei meiner Grandma in Breckenridge. Dann die Fotos. Meine Tante isst Apfelkuchen. Mit extra viel Sahne. „Das Leben gibt dir den Kuchen, für die Sahne musst du selber sorgen", hat sie immer gesagt. Sie wollte nicht, dass ich sie beim Essen fotografiere. Nun ist es das letzte Bild, das ich von ihr habe. War das wirklich erst gestern? Ein kleines Diner in Grand Junction. Sie meinte, das sei noch das echte Amerika. Bevor sie mit ihrem Freund nach Los Angeles gezogen ist, sind sie eine Weile durchs Land gefahren. Damals habe noch nicht alles gleich ausgesehen. Überall die selben Fast Food Ketten, Baumärkte, Einkaufszentren, Autowerkstätten. Wie Filmkulissen. Man ändert nur die Namen der Orte und Highways, alles andere bleibt immer gleich. Sie wurde nicht müde, sich darüber zu beschweren. „Bist du sicher, dass wir nicht mehr in Hollywood sind? Ich glaube, durch diesen Ort sind wir schon dreimal gefahren. Oh, hier ist Walmart auf der linken Seite! Hoffentlich finden die Leute es da." Sie hat es nie geschafft, mir den Spaß am Autoreisen zu verderben. Immerzu beklagte sie sich, dass sie solche Angst vor dem Fliegen hätte. „Wir könnten in zwei Stunden da sein und bräuchten nicht zwei Tage." Ich fand's toll. Flugzeuge und Flughäfen sehen gleich aus, aber die Straßen, Orte, Landschaften? Ich konnte mich nie satt sehen. Allerdings hat der hausgemachte Apfelkuchen in dem Diner wirklich besser geschmeckt als jeder, an den ich mich erinnere. Ihr letzter. Wenigstens war er gut.

Als mein Vater reinkommt, verstecke ich schnell das Handy, weil er doch wollte, dass ich es ausschalte und so. Aber er hat es trotzdem gesehen.
„Hatten wir ein rotes Cabrio?"
„Du erinnerst dich also doch! Ein 64er Impala. Mann, war das eine Rakete." Er stellt die Papiertüten auf den Tisch. „Ich hab dir doch gesagt, du sollst dein Telefon ausmachen", sagt er, allerdings ganz sanft. „Und nimm am besten auch den Akku raus, falls das möglich ist. Manche Handys senden weiter, auch wenn sie ausgeschaltet sind." Und nach einer Pause: „Ich will nicht, dass man uns orten kann."
„Wer? Wer soll uns orten? Was ist hier los?"
„Was hat deine Tante dir erzählt?"
„Worüber? Gar nichts."
„Vielleicht ist auch gar nichts. Ich weiß es noch nicht genau. Aber wir sind besser vorsichtig."

Wenn er mit vorsichtig vage meint, dann ist er ziemlich vorsichtig.

„Wer ist hinter dir her? Der Geheimdienst?"

„Das wohl eher nicht. Aber sonst so ziemlich jeder." Er lächelt. Ich bin mir nicht sicher, ob das ein Witz war. Er fängt an, die Tüten auszupacken. „Hast du jemanden angerufen?", fragt er mit Blick auf mein Handy.

„Nein."

„Wirklich nicht?"

„Nein!"

„Gut. Wir wissen nicht, wem wir trauen können."

Ich würde sagen, im Moment traue ich so ziemlich jedem außer ihm. Er betrachtet die Burger, als gäbe es zur Zeit nichts Wichtigeres auf der Welt. Teilt die Pommes frites zwischen uns auf, abgesehen von denen, die er gleich dabei isst. Ich versuche meine Gedanken zu ordnen, was nicht so leicht ist nach dreißig Stunden praktisch ohne Schlaf. Hat es etwas mit dem Unfall zu tun? Hat er etwas mit dem Unfall zu tun? Er war in Kanada. Tausend Meilen weit weg. Er kann meine Tante nicht umgebracht haben. Der Gedanke kommt schneller, als ich ihn verstehen kann. Umgebracht. Habe ich das wirklich gerade gedacht? Ist es das, was ich die ganze Zeit irgendwie gespürt habe? Ich fühle mich, als würde ich einer anderen Person

beim Denken zuhören. Ich sehe wieder die Bilder des Unfalls, doch diesmal ungewohnt klar. Höre den Knall vor dem Ausbrechen des Wagens, ohrenbetäubend laut. Oder bilde ich mir das nur ein? Ich bin mir nicht sicher. Dann der Mann, der so plötzlich aus dem Nichts beim Autowrack aufgetaucht ist. Das merkwürdige Verhalten meines Vaters. Umgebracht. Oder will ich nur einen Schuldigen für den Tod meiner Tante? Will nicht akzeptieren, dass nichts als ein Fahrfehler, Dummheit, purer Zufall mich des einzigen Menschen beraubt hat, der mir noch geblieben ist?
Mein Gehirn flüchtet wieder in den halbwachen Zustand, in dem es sich seit dem Unfall befindet. Wie im Traum, wenn man schon weiß, dass man träumt, aber nicht aufwachen kann. Ist das überhaupt wichtig? Wen interessiert das schon? Meine Tante ist tot. Niemand kann daran etwas ändern.

Ich mache mein Handy aus und werfe es aufs Bett. Dann setze ich mich selber aufs Bett. Ich bin unglaublich müde. Der Duft des Essens erfüllt den Raum, aber ich habe keinen Hunger mehr.
„Weißt du, Spatz", sagt er, „ich will dich nicht beunruhigen, aber ich hab immer befürchtet, dass so etwas passiert."
„Dass was passiert?", frage ich lustlos.

„Ich weiß nicht. Irgendwas. Mit dir. Mit Claire."
Er setzt sich neben mich. „Weißt du, ich habe früher ein paar Dinge getan, auf die ich nicht besonders stolz bin. Und es gibt Leute, die nicht sehr glücklich damit waren. Die nicht gerade gut auf mich zu sprechen sind. Aber vielleicht ist alles auch nur ein Zufall."
„Ich verstehe kein Wort."
„Na ja, der Unfall. Ich bin mir nicht sicher, ob es wirklich nur ein Unfall war."
Auf einmal bin ich hellwach. Dieser Mann, der behauptet, mein Vater zu sein, tausend Meilen aus Kanada hergeflogen kommt und mich heute zum ersten Mal seit Jahren sieht, spricht genau das aus, was ich gerade denke.
Kein Unfall! Und er hat damit gerechnet? Hätte er es nicht verhindern können? „Du hast befürchtet, dass uns etwas passieren könnte, und hast nichts dagegen unternommen?"
„Das haben wir ja. Wir haben getan, was wir konnten." Er weicht meinem Blick aus und fügt nach einer Pause leiser hinzu: „Ich dachte, bei ihr wärst du sicherer."
„Was hat denn das alles mit mir zu tun?"
„Eigentlich gar nichts. Aber vielleicht will sich jemand so an mir rächen. Oder sie versuchen, über dich an mich ranzukommen."

„Wer sie?"
„Ich sage doch, ich weiß es nicht." Er steht auf, geht zum Fenster, schiebt den Vorhang am Rand ein klein wenig zur Seite, schaut vorsichtig hinaus.
„Hat Claire davon gewusst?"
„Ja."
„Ja?"
„Ja."
„Bitte, wovon genau reden wir? Und was habt ihr unternommen?"
Er geht wieder zum Tisch, setzt sich. Riecht am Essen, verdreht verzückt die Augen. „Komm lieber, sonst wird es kalt."

Mir tut praktisch jeder Muskel in meinem Körper weh. Und mein Kopf auch. Ich kann nicht klar denken, habe keine Ahnung, was los ist. Ich will nicht träumen, und ich will nicht aufwachen. Ich weiß nicht, ob ich ihm trauen soll. Ich will nichts mehr hören. Aber ich will auch wissen, was er weiß. Sehen, wie er reagiert. Also erzähle ich ihm von dem Knall, den ich vor dem Unfall zu hören geglaubt habe, wobei ich mir aber nicht sicher wäre, und von dem Mann, den ich beim Wagen gesehen habe. Außerdem, dass sich jemand beim Weihnachtsbaumstand nach uns erkundigt hat. Frage, ob er meine, jemand könnte auf meine Tan-

te geschossen haben. Oder auf mich. Er zögert mit der Antwort. Als müsste er erst überlegen. Dann sagt er, das denke er eher nicht, sonst wäre eine Scheibe zerplatzt. Und ein Schuss durch das Blech wäre sehr laut gewesen, das hätte ich auf jeden Fall gemerkt.
Während er weiter redet, drückt er ein Tütchen Ketchup auf seine Pommes frites. Klappt seinen Burger auf, drückt den Rest Ketchup hinein. Diese Normalität irritiert mich mehr als das, was er sagt.
Er spekuliert weiter, ein Schuss auf die Reifen wäre vielleicht möglich. Um einen Unfall zu provozieren. Vielleicht wäre der Knall, den ich gehört habe, sogar das Platzen eines Reifens gewesen. Vielleicht durch einen Schuss, vielleicht aber auch nur so. Oder vielleicht hätte einfach ein Jäger in der Nähe auf Wild geschossen und wäre dann nach dem Unfall gekommen, um zu helfen.
Eine Menge Vielleichts.
„Hast du keinen Hunger?"
Beißt in seinen Burger. Das meiste bleibt in seinem Mund und läuft nicht beidseitig am Kinn hinunter. Er lässt sich jedenfalls nicht abhalten, weder vom Essen noch vom Reden. Das Feuer sei allerdings schon merkwürdig. Könnte natürlich auch durch den Unfall entstanden sein. Aber vielleicht hätte auch jemand die Spuren verwischen

wollen. Wäre nicht das erste Mal. Wischt sich seinen Mund mit einer Papierserviette.
„Isst du deinen Burger nicht mehr? Ich hätte noch Verwendung dafür."

Die Schranktür schließt sich und alle erwarten, dass wir uns küssen.
Wir sind auf Brittanys Geburtstagsfeier und spielen *Sieben Minuten im Himmel*. Und das Drehen der Flasche hat ausgerechnet Austin und mich als Paar ausgelost. Meinen Freund seit Kindertagen. Bei jedem anderen hätte ich jetzt wohl Herzklopfen oder wäre komplett auf Abwehr eingestellt. Aber mit Austin ist es einfach nur peinlich und irgendwie blöd. Ich kenne ihn schon ewig. Abgesehen von Noelle ist er mein bester Freund. Wir sehen zusammen fern, wir lernen für die Schule, wir skaten. Aber küssen? Egal ob in der Realität, in meinen Gedanken oder Träumen, die Schnittmenge von Austin und Küssen ist einfach nur leer.

„Tolle Party, nicht?", fragt er.
„Ja. Ich weiß nicht. Ich bin nicht gerade ein Experte, was Parties angeht. Mir fehlen ein bisschen die Vergleichsmöglichkeiten."

„Ja, mir auch."

Schweigen. Es ist stickig hier drin. Und riecht komisch. Ein kleiner Lichtspalt über einer der Türen, aber nicht genug, um irgendetwas zu erkennen. Von draußen kann man Stimmen hören, Lachen.
„Blödes Spiel", sagt er.
„Stimmt. Ich wollte gar nicht mitmachen. Aber Brittany hat darauf bestanden."
„Ja. Sie ist eine kleine Königin."
Ich drehe mich ein wenig und haue dabei mit dem Ellbogen gegen die Schranktür. „Bestimmt denken jetzt alle, dass wir uns wild küssen", sage ich.
„Lass sie doch. Ist mir egal, was die denken."

Wieder Schweigen. Es ist warm hier drin. Ich spüre Austins Atem. Unsere Haarspitzen berühren sich. Er hat blondes, lockiges Haar, wie der Prototyp eines Surfers. Ironisch, wo er sich praktisch nichts aus Surfen macht. Obwohl er ziemlich gut ist. Er hat einfach nur völlig andere Interessen. Tausend Dinge, die ihm wichtiger sind. Er weiß nicht nur jetzt schon, dass er studieren will, wahrscheinlich Wirtschaft oder Jura, er hat sich sogar schon Broschüren und anderes Informationsmaterial von den Unis schicken lassen. Sich über Anforderungen informiert, und wie man sich von den anderen Bewerbern abheben kann. Mit dreizehn! Am liebsten würde er nach Harvard. Wird seine unangepassten Surfer-Eltern freuen. Ob es Streit deswegen geben wird? Wäre mal was anderes.

„Ich ...", setzt er an, doch mehr kommt nicht. Mir fällt auch nichts ein. Wie lang können die paar Minuten werden?
„Die Zeit müsste bald um sein", sagt er.
Plötzlich möchte ich ihn küssen. Nicht *so*. Einfach nur küssen. Weil es alle erwarten. Als Anerkennung für die vielen Jahre Freundschaft. Weil ich ihn mag. Damit wir hier nicht einfach nur so rausgehen. Weil Brittany ein bisschen zu viel mit ihm geredet hat auf dieser Party. Weil er ein Idiot ist.
Ich recke mich ein wenig, bewege mich etwas vor, stoße mit der Nase gegen seinen Wangenknochen oder was immer, er sagt: „Au!", in diesem Moment gehen die Türen auf. Lärmen, Lachen, das nächste Paar wartet schon, ich sehe Brittanys Blick auf Austin. Er verlässt den Schrank noch vor mir, jemand klopft ihm auf die Schulter, er verschwindet in der Menge. Ohne ein Wort. Ohne dass ich weiß, ob er überhaupt bemerkt hat, dass ich versucht habe, ihn zu küssen. Ich komme mir dumm

vor, stolpere noch, als ich aus dem Schrank steige. Meine Nase tut weh, ich habe keine Lust mehr auf das Spiel. Ich flüchte mich, allen Blicken ausweichend, in den Nachbarraum, wo einige tanzen. Die Musik ist so laut, dass man es fühlen kann. Weiter Richtung Küche. Vielleicht hilft ein Glas Punsch. Es hilft nicht. Zwei Mädchen holen sich eine große Packung Eiscreme aus dem Kühlschrank. Ich schlendere ziellos umher, überlege schon, meine Tante anzurufen, damit sie mich abholt. Da steht Austin auf einmal neben mir.
„Na", sagt er.
„Na."
„Das vorhin im Schrank ..."
„Ja?"
„War 'ne komische Situation ... Ich weiß auch nicht ... Ach, vergiss es."
„Okay."
Und dann zieht er mich plötzlich durch die Hintertür ins Freie, so heftig, dass ich etwas Punsch verschütte. Die feuchtkalte Winterluft ist ein Schock, er sieht mich einen Moment lang an, dann greift er meinen Arm, zieht mich zu sich heran, küsst mich. Aber nicht so, wie ich ihn küssen wollte.

Es ist ja nicht so, dass ich vorher über meinen ersten Kuss nachgedacht hätte. Mir den Kuss vorgestellt hätte. Jedenfalls nicht oft. Jedenfalls nicht öfter als tausend Mal. Nicht viel öfter zumindest.
Und wenn, dann ganz sachlich. Ich dachte, es würde sich anfühlen, als hätte die ganze Welt nur auf diesen Augenblick gewartet. Als würde die Zeit für einen Moment stehen bleiben.

Aber so ist es nicht. Sein Kuss ist anders. Anders, als ich ihn bei dem Spiel küssen wollte. Und auch anders, als ich es erwartet hätte, nachdem er dermaßen an mir gezerrt hat.
Er küsst mich ganz sanft. Unendlich sanft. Als wolle er verhindern, dass ich etwas so Flüchtiges und Zartes ein Leben lang spüre. Doch das werde ich. Vermeiden, dass wir mit dem Kuss eine Grenze überschreiten. Doch das tun wir. Für immer. Keiner von uns kann je wieder zurück.

Der Kuss ist vorbei, er ist schon wieder ins Haus verschwunden, ich stehe allein in der kühlen Nachtluft. Und ein klein wenig ist es doch, als hätte die ganze Welt nur auf diesen einen Moment gewartet.

Ein fremder Wecker klingelt. Man hört oder liest oft, dass jemand nicht weiß, wo er ist, wenn er aufwacht. Das muss merkwürdig sein. Ich hab das noch nie erlebt. Auch jetzt weiß ich sofort, wo ich bin. In einem Hotelzimmer an einer Kreuzung kurz vor Colorado Springs. Aber zum ersten Mal, seit ich denken kann, habe ich das Gefühl, mein Vater schläft eine Tür weiter. Und das ist das merkwürdigste Gefühl überhaupt.

Es ist sechs Uhr morgens. Unser Flug geht um 9:10. Erst nach Chicago, dann nach Vancouver. Wenn man Weihnachten noch kurzfristig einen Flug möchte, darf man nicht wählerisch sein. Ich ziehe den Vorhang zurück, bevor mir einfällt, dass ich eigentlich nicht ans Fenster gehen sollte. Es hat geschneit. Der spärlich beleuchtete Weihnachtsbaum vor dem Hotel sieht nicht mehr so lächerlich aus wie gestern. Er kämpft einen einsamen Kampf für ein bisschen weihnachtliche Stimmung inmitten der Straßenlaternen, Ampeln, Leuchtreklamen und des für diese Zeit bereits beachtlichen Verkehrs.
Die Neonröhren des Schildes an der Straße, das für unser Hotel wirbt, sind kaputt. Was eigentlich

Free WiFi und *Air Condition* heißen sollte, verspricht jetzt nur noch *Free Air*. Wenigstens etwas.

Ich weiß, ich sollte mich beeilen, aber ich starre nur aus dem Fenster. Als mein Dad ruft, gehe ich rüber. Er sitzt am Tisch, vor sich einige Papiertüten.
„Hier gibt es Frühstück erst ab 6:30. Deshalb habe ich etwas geholt. Ich wusste nicht, was du magst, also habe ich mehrere Sachen mitgebracht. Es gibt eine tolle Bäckerei nebenan. Das Mädchen unten an der Rezeption hat mir den Tipp gegeben, als ich nach dem Frühstück fragte."
Zum Vorschein kommen Becher mit Kaffee und Kakao, verschiedene Brötchen, Eier, Obst in Plastikschälchen und einiges mehr.
Ich habe keinen Hunger, aber ich will keine Spielverderberin sein. Ich nehme einen Bagel und Kaffee.
Mein Dad entscheidet sich für so ziemlich alles andere und das so ziemlich gleichzeitig.

„Heute Abend sind wir zu Hause."
Ich weiß, er will einfach irgendwas sagen, aber selbst nach reiflicher Überlegung wäre ihm wahrscheinlich kaum etwas Unsensibleres eingefallen. Doch es fällt ihm etwas ein. Er stippt sein Crois-

sant in seinen Milchkaffee. Eine Sekunde überlege ich, ob er mich provozieren will. Er ist genauso wenig Frankokanadier wie ich, oder wie immer die Leute da oben genannt werden.

Papierserviette an Tower, erbitte Starterlaubnis für einen Flug in sein Gesicht. Ich verwerfe den Gedanken jedoch schnell wieder. Etwas anderes ist mir im Moment wichtiger, und ich will die Erfolgschancen auf keinen Fall schmälern.

Also setze ich ein bezauberndes Lächeln auf, zügle meinen plötzlichen Appetit auf einen Frühstücksburrito, bitte ihn um die Butter, denke mir das S'il vous plaît dazu und fange an.

„Ich weiß, wie schwierig es war, diesen Flug zu kriegen …"

„Schwierig? Es hat nicht viel gefehlt und ich hätte der Dame am Schalter ein Date angeboten."

„Ich weiß. Aber … Bitte werde jetzt nicht wütend. Ich möchte meine Hunde holen."

„Deine Hunde? Aus L.A.? Spatz, ich hab dir doch gesagt, dass es zu gefährlich ist."

„Ich weiß, ich weiß …"

„Wir können da im Moment nicht hin. Vielleicht in einigen Monaten."

„Ich kann doch meine Babies nicht monatelang allein lassen."

„Vielleicht, habe ich gesagt. Ich kann noch nichts versprechen."

„Ich weiß gar nicht, ob Noelles Eltern ihr erlauben, die Hunde für Monate zu behalten. Was, wenn sie sie ins Tierheim geben muss? Was, wenn sie krank werden?"

„Was, wenn wir sterben?"

„Ohne meine Babies werde ich ganz sicher sterben."

„Im Moment benimmst du dich wie ein Baby!"

„Du hast doch selbst gesagt, möglicherweise wäre alles Zufall oder möglicherweise würden die Leute, die hinter dir her sind, unseren Wohnort in L.A. gar nicht kennen. Sonst hätten sie vermutlich schon vorher etwas unternommen."

„Willst du dein Leben darauf wetten?"

„Ja", sage ich und hoffe, dass es nicht irgendwie trotzig klingt.

„Tut mir leid. Wir holen deine Hunde später. Oder wir kaufen dir neue. Ende der Diskussion."

„Ich werde auf gar keinen Fall ohne meine Hunde mit dir mit nach Kanada kommen!" Ich gehe in mein Zimmer und knalle die Verbindungstür zu.

Er kommt mir hinterher. „Wir werden nicht nach L.A. fahren und deine Hunde holen. In zwanzig Minuten fahren wir zum Flughafen. Und ich rate

dir, fertig zu sein, wenn du kein ärztliches Attest vorweisen kannst, dass du nicht fliegen darfst."
Diesmal knallt er die Tür zu.

Dreißig Minuten später sitzen wir im Auto und fahren die 24 nach Westen. Wir fahren nach Los Angeles. Wir holen meine Hunde.

Miss Campbell war meine Englisch- und Naturwissenschaftslehrerin in der fünften Klasse. Sie war noch nicht lange an der Schule. Streng, pünktlich. Randlose Brille. Nicht besonders beliebt, aber auch nicht gefürchtet. Die Schüler witzelten, wenn man unter Disziplin im Lexikon nachsehen würde, fände man dort ihr Foto. Tadellose Frisur, tadelloses Kostüm. Tadellose Langeweile.
Aber nicht für mich. Ich sah sie zum ersten Mal am Tag vor meiner ersten Englischstunde bei ihr, nach dem Unterricht, auf dem Lehrerparkplatz. Sie trug ihre Tasche in der einen Hand, in der anderen, halb vor ihrer Brust und mit einem ihrer Knie gestützt, ein Modell, das aussah wie die Kreuzung zwischen einem Käfer und einer Dampfmaschine, vielleicht die vorjährige Projektarbeit eines Schülers, und versuchte, die Beifahrertür ihres Wagens zu öffnen. Als sie sie gerade einen Spalt auf hatte, fiel ihr ihr Handy runter auf den Boden.

Ein vorbeikommender Schüler hob es auf und reichte es ihr. Sie verstaute das Modell auf dem Beifahrersitz, nahm das Handy, der Schüler ging weiter. Sie betrachtete das Handy, lehnte sich mit dem Rücken an den Wagen. Fing an zu weinen. Dann warf sie das Handy mit voller Kraft auf den Boden, sodass es in mehrere Teile zersprang, und weinte noch mehr. Minutenlang, mit beiden Händen vorm Gesicht. Hatte sich kaum ein wenig beruhigt, trat gegen den Vorderreifen, hüpfte auf einem Bein, weil sie sich dabei weh getan hatte. Weinte wieder.

Als sie am nächsten Morgen in unsere Klasse kam, dann das gewohnte Bild tadelloser Perfektion und Langeweile. Meine Tante vermutete, dass sich ihr Freund von ihr getrennt habe. Zumindest hatte sie bei einem Elterntag etwas Entsprechendes gehört. Was auch der Grund gewesen sein mag, für mich blieb Miss Campbell immer die emotionalste Lehrerin, die ich je hatte.

Erste Eindrücke.

Welcher Vater bekommt schon die Gelegenheit, quasi einen ersten Eindruck bei seiner Tochter zu hinterlassen? Momente, wo er wirklich weiß, dass sie sich daran erinnern wird? Dass sie ihr Bild vom ihm prägen? Momente, in denen er sein Verhält-

nis zu ihr ruinieren kann, noch ehe es entstanden ist?
Ich vermute, dass ihn das dazu bewogen hat, einzulenken. Trotzdem bleibt es der zweite Eindruck. Der erste ist, dass er, warum auch immer, all die Jahre nicht da war und ich nicht einmal wusste, dass er lebt.

„Sie haben dich sehr geliebt." Das hat meine Tante immer gesagt, wenn das Gespräch auf meine Eltern kam oder wenn ich etwas über sie wissen wollte. Nicht, dass sie mir ausweichen wollte. Sie hat mir schon meine Fragen beantwortet und Geschichten über sie erzählt, zum Beispiel, wie Mom immer, wenn sie sich ihre Haare geflochten hat, mir auch meine geflochten hat oder dass Dad gern gekocht hat, und wenn es ans Abschmecken ging, mich auf einen Arm genommen hat und mich kosten ließ, sorgsam darauf achtend, dass der Löffel nicht zu heiß war, und meine Meinung wichtig nahm: „Zu wenig Salz? Noch ein bisschen? So? Okay", aber am Ende sagte Tante Claire immer: „Sie haben dich sehr geliebt." Ich konnte praktisch darauf warten, und das tat ich dann auch. Das war es, was ich hören wollte. Das gab mir Ruhe und Geborgenheit. Und während sie es sagte, umarmte mich meine Tante. Ob ich am Küchentisch saß oder in meinem Bett lag, sie nahm mich in den Arm und drückte mich, und ich wusste, sie liebt mich auch.

Mit dieser Gewissheit bin ich aufgewachsen.

Ich hatte vielleicht keine Eltern mehr, aber ich war mir ihrer Liebe immer sicher. Ich musste nicht darum kämpfen. Ich konnte sie nie verlieren. Niemand konnte sie mir nehmen. Dachte ich.

„Wenn wir uns beeilen, können wir es heute noch bis Las Vegas schaffen", sagt mein Vater.
„Kann's kaum erwarten."
„Lust auf ein Spielchen?"

Die Landschaft fliegt vorbei. Mein Dad fährt viel schneller, als meine Tante je gefahren ist. Keine Abstecher, so gut wie keine Pausen.
„Dad? Warum bist du nicht tot?"
„Das frage ich mich auch manchmal."
„Nein, ich meine, warum bist du nicht bei dem Feuer gestorben, so wie Mom? Und warum haben mir alle erzählt, du wärest es?"
Sein Lächeln verschwindet. Kurz sieht er mich aus verengten Augen an, dann richtet er seinen Blick wieder auf die Straße vor ihm, die schnurgerade

durch die Wüste führt. „Ich bin in der Nacht noch mal weg. Zum Drugstore, für deine Mom Medizin holen. Es ging ihr wirklich nicht gut. Als ich zurück kam, war schon alles zu spät."
„Und was war mit mir?"
„Du warst bei einer Nachbarin. Mrs. Rivera. Dir ist nichts passiert."
„Dad, *was war mit mir?*"
„Spatz. Damals sind eine Menge Dinge schief gelaufen. Und dann das Feuer. Deine Mom tot. Es war alles zu viel für mich. Ich bin durchgedreht. Einfach abgehauen. Untergetaucht. Am nächsten Tag habe ich dann deine Tante angerufen und sie hat dich abgeholt."

Ich könnte mir vielleicht Umstände vorstellen, in denen man eine Jacke nicht von der Reinigung abholt, und selbst dafür müsste ich meine Phantasie schon ziemlich strapazieren. Aber ein Kind nicht von der Nachbarin abholen?!
Ich sehe aus dem Seitenfenster. Viel Ablenkung bietet die Landschaft nicht.
„Keiner dachte, dass es auf Dauer sein würde", fährt er fort. „Es war nicht geplant oder so. Es hat sich einfach so ergeben."
„Tja, wie das Leben so spielt." Gleich wird er noch sagen, dass es so besser für mich war!

„Und vielleicht war es so auch am besten."
Ich sollte Drehbuchautorin werden. „Und warum haben mir alle erzählt, du seiest tot?"
„War meine Idee. Alle sollten glauben, ich wäre ebenfalls bei dem Brand ums Leben gekommen. Ich hielt es für sicherer so. Und du solltest dich nicht so verlassen fühlen."
„Wie rücksichtsvoll!"
„Ich wollte doch nur das Beste für dich. Und ich war sicher nicht das Beste. Ich wollte dir nicht weh tun, Spatz."
„Ich krieg gleich 'ne Gänsehaut."

Viele Leute haben Angst vor dem Fliegen. So wie meine Tante. Sagen Sachen wie: „Ich verstehe nicht, wieso das Ding oben bleibt. Hundert Tonnen Stahl und so." Und sicher ist dann auch gleich ein Nerd zur Stelle, der ihnen erklärt, warum das Flugzeug oben bleibt. Was sie vermutlich trotzdem nicht verstehen, und falls doch, fördert es wohl eher noch ihre Flugangst. Ob der Nerd auch erklären könnte, wieso ein tausend Gramm schwerer Raubvogel fliegen kann? Für mich das größere Wunder. Über mir zieht ein Rotschwanzbussard seine Kreise, fast ohne Flügelschlag. Nutzt die Thermik über dem erhitzten Beton. Eine ganze Weile schon beobachte ich ihn, und er möglicherweise auch mich. Hat er noch kein passendes Abendbrot gefunden? Oder genießt er vielleicht auch den Flug und die Aussicht? Ich würde ihm ja etwas von meinem Sandwich abgeben, ich habe keinen Hunger, aber es wäre wahrscheinlich nicht nach seinem Geschmack. Oder vielleicht doch. Hühnchen mit Tomate und Salat.

Ich lehne mit dem Rücken am Bugfahrwerk einer 757. Ich habe keine Angst vor dem Fliegen, aber dieses Flugzeug wird wahrscheinlich nie mehr abheben. Genauso wie die meisten seiner Freunde hier. Fünfzig Flugzeuge, vielleicht auch hundert, oder noch mehr. Alle sind aus eigener Kraft hierher geflogen. Ich kann die Landebahn von hier sehen. Ein Schrottplatz für Flugzeuge. Oder ein Friedhof. Manche werden vielleicht noch verkauft oder als Ersatzteillieferant benutzt. Die meisten werden einfach nur warten. Nach einem anstrengenden Leben auf Reisen endlich sesshaft geworden. Das Klima hält sie lange fit. Bremsklötze an den Rädern, einige kleinere stehen auf Stützen. Ein Schwarm Vögel, schon zu lange am Boden. Blicken sich unruhig um, zucken gelegentlich zusammen. Die kleinste Störung könnte sie aufscheuchen und davon fliegen lassen.

Mein Vater kennt die drei Brüder, die das hier verwalten und bewachen. Mexikaner wie er. Einer von ihnen hat uns reingelassen. Hat sich mit meinem Vater auf Spanisch unterhalten. Ich hab nicht viel mitbekommen. Mein Spanisch ist ziemlich schlecht. Mein Vater wäre sehr enttäuscht, wenn er wüsste, wie schlecht. Allerdings habe ich verstanden, dass er mich als seine Tochter vorgestellt hat. Also muss er ihm wohl vertrauen. Klang sogar ein wenig stolz. Daraufhin hat der andere mich umarmt und mir ein Kompliment gemacht. Gracias.
Unsere Unterkunft für die Nacht ist ein alter Wohnwagen im hinteren Teil des Geländes. Mein Vater sagt, er sei auch schon früher gelegentlich hier untergekommen. Warum, sagt er nicht.
Kein schlechter Platz. Wer würde einen hier finden? Und wenn, würde man ihn meilenweit kommen sehen. Die Staubfahne bei Tag, das Scheinwerferlicht bei Nacht. Wir sind bestimmt fünfundzwanzig Meilen über eine einsame Straße hier her gefahren. Wir sind mitten in der Mojave Wüste.

Die Wüste ist ein magischer Ort.

L.A. gleicht eher der Oberfläche eines riesigen, strudeligen Whirlpools. Man muss aufpassen, nicht verschluckt zu werden. Und sich auf das konzentrieren, was einen interessiert. Alles andere ausblenden. Den Verkehr, den Lärm, die vielen Leute, die Hektik. Meine Tante meinte, es könne zur Gewohnheit werden, mehr zu übersehen als zu sehen, mehr zu überhören als zu hören. Nach einer Weile bekommt man das kaum noch mit. Deshalb ist sie öfter mit mir in die Wüste gefahren. Manchmal haben wir sogar im Freien übernachtet. Die Wüste erscheint einem vielleicht zunächst karg. Reduziert. Es passiert nur wenig, und man muss darauf achten, aber dann ist es ungeheuer intensiv. Sträucher und Kakteen, die klaglos der Trockenheit trotzen. Die Farben bei Sonnenaufgang. Der Wind. Nachts die Kälte. Die Sterne. Die Stille.
Vor allem die Stille.

Irgendwo dort, wo die untergehende Sonne den Himmel in ein versöhnlicheres Lila färbt, liegt Los Angeles. Das Los Angeles, das für mich nie wieder dasselbe sein wird ohne meine Tante. Auf einmal habe ich fast Angst.
Ich war sechs. Wir waren in Disneyland. Ich hatte eine rote Schleife mit weißen Punkten im Haar

wie Minnie Maus. Meine Tante wollte unbedingt ein Foto mit mir und Minnie Maus machen. Ich war nicht so euphorisch wie sie, aber es war okay. Wir mussten ewig warten. Ich glaube, sie war ganz froh, weil ihr sowieso schon schlecht war und sie nichts mehr fahren wollte. Für die Wartezeit hat sie mir ein Eis gekauft. Als es endlich soweit war, ging sie einige Meter zurück. Da fiel mir mein Eis runter. Ich wollte es aufheben, aber es war zu schmutzig. Als ich wieder hoch sah, konnte ich sie nirgends entdecken. Ich bekam Panik. Die Maus hat das wohl bemerkt und sagte etwas zu mir. Ihre Stimme klang merkwürdig unter dem riesigen Kopf, und verstanden habe ich auch nichts. Dann hat sie noch was gesagt und wollte mich greifen. Na gut, heute ist mir klar, dass sie mich für das Foto umarmen wollte, dass meine Tante nur ein paar Meter woanders stand, aber damals ... Ich bekam noch mehr Panik und bin weggerannt. Andere haben Angst vor Kettensägenmördern oder Zombies. Ich hab eben Angst vor Minnie Maus. Bis heute.

Nachdem ich eine Zeit lang nach meiner Tante gesucht hatte, blieb ich auf einer Steinmauer sitzen. Ich hatte Angst, auch wenn ich es nicht zugegeben hätte. Aber ich habe nicht geweint, jedenfalls nicht, bis mich meine Tante kurz darauf gefunden

hat. Sie tröstete mich, sagte, sie sei die ganze Zeit da gewesen, ich hätte sie nur nicht gesehen. Sie habe noch gewunken. Sie war ganz schön außer Atem, weil sie mir so weit hinterher gerannt ist. Und dann sagte sie: „Ich lass dich nie allein. Ich passe immer auf dich auf."
Das was eine Lüge. Ich hätte es wissen müssen.

Mein Dad kommt raus, eine Bierdose in der Hand. Als er mich sieht, kommt er zu mir.
„Hey."
„Hey", antworte ich.
„Schön hier, nicht?"
„Ja."
Er bleibt stehen. Zusammen betrachten wir schweigend das Farbenspiel des sich abwendenden Tages.
„Ich hab den Süden vermisst. Mir war gar nicht klar, wie sehr. Wenn ich gewusst hätte, wie schön es hier ist ...", sagt er.

Wir sind mitten in der Wüste. Vermutlich sind wir die einzigen Menschen im Umkreis von fünfundzwanzig Meilen, von den Mexikanern am Eingang mal abgesehen. Er ist der Mensch, der mir am vertrautesten von allen sein sollte, aber es nicht ist. Er ist mir völlig fremd. Und scheint dar-

über hinaus wild entschlossen zu sein, mich mit jedem Satz, den er sagt, möglichst tief zu verletzen.
„Na ja, wenn dich hier nichts gehalten hat", sage ich, rappele mich dabei hoch, gehe an ihm vorbei zum Wohnwagen. Lasse ihn stehen.
Er kommt mir nach. „Spatz, bist du wütend auf mich?"
Ich gehe wortlos hinein, setze mich an den kleinen Tisch. Er kommt auch rein, fummelt eine neue Bierdose aus den Plastikringen.
Der Wohnwagen ist alt und heruntergekommen. Falsches Furnier blättert von den Einbaumöbeln, die Schranktüren schließen nicht mehr richtig und die hässlichen, verschlissenen Polster sind über die Jahrzehnte nicht ansehnlicher geworden.

„Was ist denn? Hab ich etwas Falsches gesagt? Spätzchen! Du kennst mich doch ..."
„Nein, tue ich nicht", unterbreche ich ihn.
„Nein, tust du nicht", wiederholt er.
Wir sitzen. Er trinkt. Ich schweige.
In dem dämmerigen Licht und nach der langen Fahrt sieht er älter aus, als er ist.
„War sicher nicht einfach, ohne Vater aufzuwachsen", versucht er nach einer Weile erneut, eine Brücke zu bauen. „Wie war es so?"
„War okay."

„Hat dir nichts gefehlt?"
„Weiß nicht. Du hättest mir vielleicht zeigen können, wie man surft. Hab's aber auch so gelernt."
„Das ist alles?"
„Hör zu. Es war, wie es war. Ich weiß nicht, ob mir was gefehlt hat. Woher soll ich das wissen? ‚Wie war es, ohne Vater aufzuwachsen?!' Wie wäre es gewesen, mit einem Vater aufzuwachsen?"
Wir schweigen beide. Die Luft in dem alten Wohnwagen ist schwer und staubig.
Diesmal fange ich an: „Wo warst du die ganzen Jahre? Warum warst du nicht bei mir?"
Er pult an der abblätternden Tischkante. Presst die Lippen zusammen. Sein Blick wandert an der Decke umher, folgt seinen Gedanken, die er nicht mit mir teilt. „Ich war an all den falschen Orten, und meistens zur falschen Zeit."
„Hast du das aus einem Film?"
„Wenn, dann war er sicher schlecht." Er starrt aus dem verkratzten, milchigen Fenster.
„Dad! Früher oder später wirst du mit mir darüber reden müssen!"
Er nimmt einen langen Zug aus der Bierdose. Malt mit dem Finger Linien in den Staub auf der Fensterscheibe. Sagt nichts.
Also lautet die Antwort wohl später.

Es war an meinem dritten Schultag. An den ersten kann ich mich nicht erinnern. Selbst wenn meine Tante mir die Fotos zeigt, die sie gemacht hat, nicht. Sie hat ein ganzes Album mit solchen Bildern. Bilder von den Schulaufführungen, bei denen ich mehr oder weniger gegen meinen Willen mitgemacht habe, meist in tragender Rolle, zum Beispiel als Banane im Hintergrund mit nur einem Satz Text, irgendwas über Kalzium, und selbst den habe ich noch vermasselt. Tante Claire tröstete mich dann mit Behauptungen wie: „Den kleinen Versprecher hat doch keiner bemerkt." Ein Versprecher bei einem Satz Text! Wenn man mich fragt, konnte sich hinterher keiner der Eltern an meine Rolle erinnern, oder an mein Kostüm. Oder an meinen Kalziumgehalt. Aber jeder an meinen Patzer. „Kein großer Verlust für die Schauspielwelt", sagte meine Tante, und diesmal waren wir einer Meinung. Zumal in einer Stadt, wo jedes dritte Kind offenbar schon kurz vor dem großen Durchbruch steht, wenn man seinen Eltern glauben darf. Oder das erreichen soll, was sie Jahre oder Jahrzehnte erfolglos versucht haben.
Bilder vom Schulfototag oder von Schulausflügen, ungefähr genauso misslungen. Bilder nach einem

der üblichen samstagnachmittäglichen Baseballspiele mit einigen Kindern aus der Nachbarschaft auf der Wiese am Ende unserer Straße. Natürlich war ich sehr gut und auch super beliebt. Wenn beim Aufteilen der Teams nur noch Charlie Brown und ich übrig gewesen wären, dann wäre er zuerst gewählt worden. Wir hatten keinen richtigen Platz und noch weniger einen Schiedsrichter, Zweifelsfälle wurden meistens durch Ringkampf entschieden. Den Bildern nach war ich zumindest dabei gelegentlich Sieger, jedenfalls wenn ein Riss im Kleid und die Anzahl der Kletten in den Haaren entscheidet. Aufgenommen direkt bevor meine Tante sagte: „Wo ist die Schere?" Was Kleid und Haare betraf. Solche Sachen.

Ich habe zu all diesen Bildern keine Beziehung. Oder überhaupt zu Fotos. Die wichtigen Dinge finden sich nicht auf Fotos. Bei den wichtigen Momenten war keine Kamera dabei. Und wenn, dann hätte keiner daran gedacht, sie zu benutzen. Meine Erinnerungen sind andere.
Wie die an diesen spätsommerlich warmen Tag Ende August. Weiches Licht, schwere Luft. Ich sitze alleine auf einer der Holzbänke hinter der Sporthalle, wo es etwas ruhiger ist. Vor mir hopsen einige Spatzen im Staub, schauen mich an und

warten auf Krümel von meinem Lunchpaket. Über mir einige langsam ziehende Wolken, doch die Welt dreht sich für mich bereits zu schnell an diesem dritten Schultag. Ich werfe den Spatzen etwas von meinem Brot hin, beobachte, wie sie sich darum streiten. Plötzlich sind zwei Mädchen hinter mir, eine sagt: „Oh, du gibst dein Essen den Vögeln! Wie nett", und schlägt es mir aus der Hand, ehe ich es überhaupt mitkriege. Lachend gehen sie davon. Ich sehe mich um, ob andere Schülerinnen etwas davon mitbekommen haben. Zwei Bänke weiter sitzt ein Mädchen und sieht mich an. Aber sie lacht nicht oder Ähnliches. Sie steht auf, kommt zu mir rüber und reicht mir ihr Lunchpaket: „Hier. Nimm meins." Sie teilt es nicht mit mir. Sie gibt mir ihr ganzes Mittagessen.
Sie ist bis heute meine beste Freundin. Ihr Name ist Noelle.

Es gibt nichts Zärtlicheres als den Wechsel der Jahreszeiten.

Fast zwei Uhr morgens. Ich kann nicht einschlafen. Wenn ich früher nicht schlafen konnte, ist meine Tante mit mir rausgegangen und wir haben gewettet, was zuerst kommt. Jeder konnte sich etwas aussuchen. Ein Kojotenschrei, Polizeisirenen, das ferne Signalhorn eines Güterzuges, das Hupen eines Lastwagens auf dem Highway. Der Verlierer durfte eine Stunde lang nicht wieder ins Bett gehen. Ich hab immer den Kojotenschrei gewählt, obwohl der fast nie gewann. Oft saß ich hinter unserem Haus und habe der Nacht zugehört.

Ich gehe ans Fenster und ziehe den Vorhang zurück. Schon seit heute Mittag sind wir in L.A. Mein Vater hat sich um Flugtickets gekümmert, außerdem waren wir shoppen.
Ich schiebe das deckenhohe Fenster auf und gehe auf den Balkon. Das endlose Lichtermeer sieht aus wie eine fremdartige Galaxie in einem Science Fiction Film. Es ist Ende Dezember, aber so warm, dass ich nicht friere, obwohl ich barfuß und im Schlafanzug bin. Meine Tante, die ja in Colorado aufgewachsen ist, hat sich immer über das fast vollständige Fehlen der Jahreszeiten hier in Südkalifornien beklagt. Wie sie den kalten Herbst vermissen würde, die Stürme, den schneereichen, frostigen Winter. „Kindchen, du versäumst etwas", hat sie oft gesagt. „Es gibt nichts Zärtlicheres als den Wechsel der Jahreszeiten."

Ich kenne es nicht anders, außer von den Besuchen bei Grandma, und mir fehlt auch nichts.
Ich liebe L.A. Erst jetzt, wo ich weg soll, wird mir klar, wie sehr.

Ich bin in einem Hotelzimmer. In meiner eigenen Stadt! Auf dem kleinen Schokoladentäfelchen auf meinem Kopfkissen stand ‚Willkommen in Los Angeles.' Meine Stadt behandelt mich wie eine Fremde.

Ich höre, wie die Tür nebenan aufgeschoben wird und wie mein Vater auf seinen Balkon tritt. Aber eine Trennwand verhindert, dass wir uns sehen.
Vater. Bis jetzt ist das für mich nicht mehr als ein Wort. Die Menschen, die ich liebe, leben hier. Ich kenne ihn nicht, liebe ihn nicht. Aber ich habe die Chance, ihn kennen zu lernen. Und dann denke ich darüber nach, hier zu bleiben, ihn gehen zu lassen? Ein Teil von mir hasst mich dafür. Aber ich bin auch wütend. Warum soll ich mich schuldig fühlen? Er hat genau dasselbe getan. Hat er sich schuldig gefühlt? Fühlt er sich schuldig? Und warum kann ich nicht beides haben? Mit meinem Vater zusammen sein und trotzdem hier bleiben? Warum kann er nicht nach Kalifornien ziehen?

Vielleicht können wir irgendeine andere Lösung finden.
Ich bin ohne Eltern aufgewachsen. Das war nicht fair. Und nun soll ich für die Möglichkeit, mit meinem Vater zusammen zu sein, praktisch mein gesamtes bisheriges Leben aufgeben? Oder das, was davon noch übrig ist, jetzt wo meine Tante tot ist? Wie unfair kann das Leben sein?

Ich kann hören, dass mein Vater nebenan Bier aus einer der Dosen trinkt, die wir unterwegs gekauft haben.
Und was ist mit ihm? Will er überhaupt mit mir zusammen sein? Oder sind ihm nur die Alternativen ausgegangen? Wäre er vielleicht ganz froh, wenn er sein Leben so weiterleben könnte wie bisher? Ohne mich?
Ich muss wieder an die Telefonnummer in meiner Brieftasche denken. Ich hätte ihn anrufen können. Er hätte mich anrufen können. Ich kann von hier die Flugzeuge sehen, die eine Schleife drehen, nachdem sie in LAX gestartet sind. Er hätte mich besuchen können. Selbst wenn er mich nicht bei sich haben wollte, wir hätten gelegentlich telefonieren und uns sehen können.
Ich hätte gewusst, dass er lebt.

Ich höre, wie er die Bierdose auf den kleinen Balkontisch stellt. Dann macht er zwei Schritte und stützt sich mit den Unterarmen auf das Geländer. Ich kann seine Hände sehen. Ich könnte auch ans Geländer gehen. Ich könnte seine Hand nehmen. Ich möchte es. Aber ich tue es nicht. Ich warte reglos. Nach einer Weile richtet er sich wieder auf, nimmt seine Bierdose, geht rein. Schiebt die Balkontür zu.
Ich bin allein. Allein in der Nacht, mit Blick auf die Stadt, die vielleicht nie wieder meine Heimat sein wird.

Die Palmen wiegen sanft im Wind, der Himmel ist strahlend blau. Es sind dreiundzwanzig Grad. Venice Beach könnte nicht weihnachtlicher sein.
In L.A. zählt ja schon ein Pullover als Winterbekleidung, aber heute braucht man nicht einmal den. Spaziergänger, Fahrradfahrer und Rollerblader bevölkern die Strandpromenade, die meisten in T-Shirt oder Hemd. Der Skateboarder, der mich eben beinahe umgefahren hätte, trug nicht einmal eins.

Mein Vater wollte, dass wir uns mit Noelle an einem belebten Ort nicht zu nah bei uns zuhause treffen. Falls sie überwacht wird. Dann sähe es so aus, als würde sie zufällig eine Freundin treffen. Und mit den vielen Leuten wäre es auch sicherer. Ich habe Venice Beach vorgeschlagen. Langsam steckt er mich mit seiner Paranoia an. Er wollte auch, dass ich sie von einer Telefonzelle aus anrufe, falls ihr Telefon abgehört wird. Allerdings musste ich erst mein Handy einschalten, um ihre Nummer zu finden. Darüber hat er sich ziemlich aufgeregt. Ich hab gesagt, sie hätte eine neue Nummer, die würde ich noch nicht auswendig kennen. Was stimmt. Allerdings kannte ich ihre vorige auch nicht auswendig, und die hatte sie jahrelang.

Als sie abnahm, habe ich mich mit falschem Namen gemeldet und möglichst lange geredet, damit sie meine Stimme erkennt: „Hi. Hier ist Nancy. Ich habe mich gefragt, ob wir nicht mal wieder zusammen abhängen können. Oder shoppen gehen. Oder vielleicht zum Strand. Ich hätte Lust, wie wäre es mit heute Nachmittag?"

„Ach du bist das. Ich hab dich erst gar nicht ..."

„Hab ich doch gesagt", unterbrach ich sie. „Hast du Zeit? Wollen wir uns vielleicht in Venice Beach treffen? So gegen zwei?"

„Ja, klar. Ich wusste gar nicht, dass du schon wieder zuhause bist. Ich dachte, du ..."
„Ja ja, ich weiß schon", unterbrach ich sie wieder. „Es ist was dazwischen gekommen. Erzähle ich dir alles später. Und bring Midnight und Moonlight mit."
„Ja, okay", sagte sie, und ich konnte an ihrer Stimme erkennen, dass sie etwas gekränkt war, weil ich so unfreundlich war.
„Treffen wir uns auf der Strandpromenade, da, wo Andrews Onkel immer seinen Sonnenbrillenstand hat. Bis dann", sagte ich und habe schnell aufgelegt.

Jetzt ist es Viertel nach zwei, und ich gehe in der Nähe des vereinbarten Treffpunkts auf und ab. Allein. Mein Vater sitzt ein Stück weiter in einem Café.
Endlich sehe ich sie. Sie sieht toll aus in einem weißen Kleid mit schwarzen Punkten, darüber eine schwarze Lederjacke, die ich noch nicht kenne und die vermutlich ziemlich warm ist für hier. Vielleicht ein Weihnachtsgeschenk? Mit ihrer Sonnenbrille im Haar und meinen beiden kleinen Hunden an der Leine wirkt sie fast wie ein Hollywoodstar. Ich hoffe, sie ist nicht böse auf mich, aber als sie mich sieht, strahlt sie.

„Matti! Hi. Toll, dass du da bist. Wie geht es dir? Du klangst so komisch am Telefon. Es ist doch nichts mit deiner Grandma?"
„Nein", sage ich. Wir umarmen uns. Dann gehe ich in die Knie und begrüße meine Hunde, die japsen und quieken. Midnight leckt mir das Gesicht. Als ich wieder hoch komme, hält mir Noelle mit ausgestrecktem Arm ein kleines, eingepacktes Geschenk hin. Und strahlt noch mehr. Weihnachten. Das letzte, woran ich zur Zeit gedacht habe. Mir fällt das Handycase mit ihrem Namen in Strass-Steinen ein, das ich schon vor Wochen für sie gekauft habe. Es liegt in meiner Nachttischschublade.
„Frohe Weihnachten", sagt sie.
„Danke. Es tut mir leid, aber ich habe mein Geschenk für dich bei uns zu Hause vergessen."
„Das macht nichts. Und sag mir nicht, was es ist."
Nichts kann ihrem Strahlen etwas anhaben.
Ich weiß nicht, wo ich anfangen soll. „Eigentlich habe ich es nicht vergessen. Ich war noch gar nicht bei uns zu Hause."
Wir gehen ein paar Meter zu einer Bank auf der Strandseite der Promenade, wo es etwas ruhiger ist. Aber wir setzen uns nicht.
„Wir hatten einen Unfall auf dem Weg nach Breckenridge. Einen schlimmen Unfall." Ich brauche

einen Moment, um Kraft zu sammeln. „Meine Tante ist tot."

Noelle nimmt meinen Unterarm, ich spüre ihre Fingernägel in meiner Haut.

„Claire ist tot", wiederhole ich. „Der einzige Mensch, den ich hatte, ist tot." Ich kann nicht weiter sprechen, sie sagt auch nichts. Das Leben auf der Promenade geht weiter. Am Strand spielen ein paar Leute Volleyball. Mädchen schreiben etwas in den Sand und fotografieren sich dann davor. Ein Rollerblader hält neben uns an und wirft eine Flasche in den Papierkorb bei der Bank. Ich bin kurz alarmiert, weil mein Vater mich gewarnt hat, ich solle auf Leute achten, die uns nahe kommen. Doch der Mann fährt schon weiter. Noelle lässt meinen Arm los. Ich sehe, dass sie weint. Mir wird plötzlich bewusst, dass ich noch kein einziges Mal geweint habe seit dem Unfall. Ich kann es auch jetzt nicht. Ich wünschte, ich könnte es. Wie ich da so neben meiner weinenden Freundin stehe, habe ich fast das Gefühl, sie ist es, die jemanden verloren hat und nicht ich.

Sie wischt sich die Augen mit der Hand, in der sie immer noch die Hundeleinen hält, setzt sich auf die Bank. Ich setze mich neben sie. Sie nimmt wieder meine beiden Hände. Eine Weile sitzen wir so.

Sie weiß nicht, was sie sagen soll, und versucht es auch gar nicht mit Worten, die ihr nicht reichen.

„Da ist noch etwas", sage ich. „Als ich im Krankenhaus war, ist ein Mann aufgetaucht, der behauptet, mein Vater zu sein. Und ich weiß, das klingt ziemlich verrückt, aber ich glaube es inzwischen auch."

„Wie ist das möglich?"

„Ganz einfach. Alles, was man mir mein Leben lang erzählt hat, war gelogen. Jedenfalls das meiste davon. Meine Eltern sind nicht beide bei dem Feuer ums Leben gekommen."

„Du hast einen Vater!"

„Ich bin mir nicht sicher. Ich weiß nicht, was ich glauben soll. Oder wem. Ich meine, ich hab seine Nummer in meiner Brieftasche gehabt. Kannst du dir das vorstellen? Auf dem Zettel, den Claire für mich geschrieben hat. Wenn ich einen Vater habe, dann einen, der sich mein Leben lang vor mir versteckt hat. Und den man mein Leben lang vor mir geheim gehalten hat."

Ich streichele meine Hunde. Wenigstens ihnen kann ich vertrauen. „Ich habe versucht, Grandma zu erreichen. Schon mehrmals. Ich könnte sie fragen oder zur Rede stellen. Was auch immer. Aber sie hört ihr Telefon nicht oder ist nicht zu Hause. Wenn ich in unser Haus könnte, könnte ich Claires Sachen durchsehen. Es muss doch irgendwelche Dokumente geben. Irgendwelche Hinweise. Aber er lässt mich nicht."

„Warum nicht?"

„Tja weißt du, er hält es für möglich, dass es kein Unfall war. Er sagt mir nicht, was er weiß. Es hat wohl irgendwas mit seiner Vergangenheit zu tun. Jedenfalls scheint er zu glauben, jemand könnte versucht haben, mir etwas anzutun oder mich zu entführen. Und es wieder versuchen. Deshalb will er nicht, dass wir zu mir nach Hause gehen. Er meint, es sei ein zu hohes Risiko."

„Wow."

„Na ja, ein paar Dinge waren wirklich ziemlich merkwürdig." Ich erzähle ihr von dem Unfall und von dem Mann hinterher beim Auto. Auch von dem Mann, der sich in Georgetown nach uns erkundigt hat. „Ich sage nicht, dass ich seiner Meinung bin. Aber ein bisschen unheimlich ist das schon."

Bei meiner Beschreibung des Unfalls hat sie wieder angefangen zu weinen. „Das ist so schrecklich", sagt sie. „Du tust mir so leid."

Sie tut mir auch leid. Sie hat sich so hübsch gemacht und sich auf einen schönen Nachmittag mit mir gefreut.

Warum können wir nicht einfach loslaufen, am Strand entlang, oder ein Eis essen? Nicht über das

Gestern nachdenken. Das Heute vergessen. Und das Morgen.

„Wenn ihr nicht zu dir nach Hause wollt, wo wirst du denn dann wohnen?", fragt sie, unterbrochen von einem kaum hörbaren Schluchzer.
„In einem Hotel."
„In einem Hotel?"
„Ja. Nur heute Nacht. Wir bleiben nicht hier. Er will mich mit zu sich nehmen. Na ja, er ist mein Vater. Und ich kann vermutlich auch schlecht alleine hier bleiben. Wir sind nur nach L.A. gekommen, um meine Hunde zu holen. Morgen fliegen wir nach Kanada", höre ich mich sagen, meine Stimme klingt seltsam fern, dazu deutlich ruhiger und gefasster, als ich bin.
„Oh", sagt sie.
„Ich will nicht umziehen", gebe ich zu, kämpfe selbst gegen die Tränen, die doch nicht kommen würden. „Ich will nicht von hier weg. Ich will nicht nach Kanada. Ich will nirgendwo hin. Was soll ich bloß machen? Ich möchte hierbleiben. In L.A. In meiner Schule. Bei dir. Bei Austin. Das ist doch alles, was ich noch habe. Meine Tante ist tot, und jetzt soll ich in ein fremdes Land, wo ich niemanden kenne? Mit meinem Dad, den ich seit zehn Jahren nicht gesehen habe und der es vorge-

zogen hat, mich glauben zu lassen, er wäre tot?"
Ich klinge immer noch gefasster, als ich bin.
„Warum kannst du denn nicht hierbleiben? Ich meine, er hat sich ja bisher auch nicht um dich gekümmert. Vielleicht könntest du bei uns wohnen!"
Ein kleiner Satz nur, doch mir erscheint es, als würde jemand meine Käfigtür öffnen. Seit dem Unfall fühle ich mich so hilflos. Alle Dinge passieren mir nur. Allein der Gedanke, selbst Entscheidungen zu treffen, ist meinem immer noch trägen Gehirn fremd. So muss sich ein Roboter fühlen, wenn er plötzlich Leben in sich spürt. Aber wie soll das gehen? Ich bin dreizehn. Ich kann doch nicht alleine für mich sorgen. Und was ist mit meinem Vater? Sollte ich nicht bei ihm bleiben und ihn kennen lernen?
„Das wäre toll", sage ich. „Aber ich glaube kaum, dass das geht."
„Ja", sagt Noelle.
Ich umarme sie. „Es tut so gut, dich zu sehen. Wir müssen unbedingt in Kontakt bleiben. Er erlaubt mir nicht, zu telefonieren. Ich habe Angst, dass er mir mein Handy wegnimmt, wenn er mich nochmal dabei erwischt. Pass auf! Hör bitte jetzt gut zu! Austin wollte mir doch im Sommer sein altes Handy verkaufen. Frag ihn, ob er es noch hat. Wenn

nicht, soll er versuchen, bis morgen ein neues zu kaufen. Wir fliegen morgen Mittag nach Vancouver. Von LAX aus. Um ein Uhr. Er kann ja nachsehen, von welchem Gate. Er soll dort sein, in der Halle, wo man eincheckt, so um zwölf. Besser noch Halb zwölf. Wir tun so, als würde ich dort zufällig einen Bekannten treffen. Dabei gibt er mir heimlich das Handy. Ich hoffe, wir kriegen das hin. Und Geld, soviel wie möglich. Ich werde es ihm später zurückzahlen."
„Was hast du vor?"
„Ich weiß es noch nicht. Aber ich traue meinem Vater nicht. Ich möchte lieber ein paar Optionen haben."
„Ich habe auch etwas Geld dabei. Was ich bekommen habe von meinen Großeltern und von meinem Onkel. Ich dachte, wir gehen vielleicht shoppen." Sie gibt es mir. Dreihundert Dollar. Eine großzügige Familie.
„Du bekommst es irgendwann wieder", sage ich.
„Ist das spannend", sagt sie. „Wie in einem Agentenfilm. In meinem Leben passiert nie etwas Aufregendes. Mein Leben ist so langweilig."
Ich sehe sie an. Meine Tante ist tot, ich wäre es beinahe auch, und ich weiß nicht, ob ich jemals wieder zu mir nach Hause kann. Daran ist nichts cool. Aber sie meint es nicht ernst. Sie weint im-

mer noch. Will vermutlich nur mich oder sich aufheitern.

„Du bist schon mittendrin", sage ich, und jetzt weine ich auch. „Ein heimliches Treffen, du hast mir Geld gegeben, eine geheime Botschaft an Austin."

„Ist ein Anfang", sagt sie.

Wir stehen auf. Sie streicht ihr Kleid glatt, setzt ihre Sonnenbrille auf. Darin spiegeln sich die Wolken und der Ozean.

„Okay, ich muss jetzt gehen. Mein Vater wartet sicher schon. Hat deine Mom dich hergefahren?"

„Nein, mein Bruder. Er nimmt mich auch wieder mit zurück."

„Pass auf dich auf."

„Du auch."

Wir umarmen uns noch mal. Sie gibt mir die Hundeleinen.

„Warte!", sagt sie. „Mir fällt gerade was ein. Du sagst, du warst noch nicht wieder bei euch zu Hause? Das ist komisch. Ich habe vorhin bei euch angerufen, weil ich dachte, ich schaffe es nicht pünktlich. Zuerst habe ich es mit deinem Handy versucht, aber da erreiche ich dich schon seit Tagen nicht mehr."

„Ja, ich weiß. Ich hab's ausgemacht."

„Und dann habe ich es bei euch zu Hause probiert, und das Telefon wurde auch abgenommen. Ich hab gefragt: ‚Matti? ... Claire?' Keine Antwort. Aber ich habe jemanden atmen gehört!"

Mein Verstand sucht nach einer plausiblen Erklärung. Mein Gefühl ist schon weiter. Horror und Panik bemächtigen sich meiner.

Ich liebe den Ozean. Er ist so sanft, so schwer, so kraftvoll. Unendlich weit, unendlich frei. Er erfüllt einen mit einer Gelassenheit, der man sich kaum entziehen kann.
Wenn man in L.A. lebt, nimmt man das leicht für zu selbstverständlich. Alle hier beschweren sich über den Verkehr. Den Lärm. Oder den Smog. Was auch immer. Aber wer sagt schon etwas Positives über die San Gabriel Mountains, die Hollywood Hills, den Ozean? Ich!
Leider bin ich viel zu selten am Strand. Meine Hunde laufen frei. Midnight tapst ab und zu ins Wasser, Moonlight rennt vor jeder Welle davon, die auf den Strand läuft. Mein Vater neben mir, barfuß, Schuhe in der Hand. Wenn wir nicht auf-

passen, taucht gleich ein Kamerateam auf, um eine dieser Perfekte-Familie-Soaps zu drehen.

Als ich heute Morgen in einem sonnigen Los Angeles aufgewacht bin, mich endlich wieder zuhause gefühlt habe, in einer Welt aufgewacht bin, wo unser Unfall vielleicht wirklich nur genau das war, habe ich meinen Vater gefragt, ob wir nicht doch ein paar Sachen von mir aus unserer Wohnung holen könnten. Ich brauche meine Sachen. Wie soll ich denn nach Kanada ohne meine Kleidung, meine Schuhe, mein Notebook und sonst noch so einigem, selbst wenn es nur vorübergehend ist? Ich habe mich bemüht, den besten Moment abzupassen, einen, wo die kalifornische Morgensonne noch unterstützt wird vom Orangensaft des Frühstücksbüfetts, aber er hat nicht mit sich reden lassen. Ich habe es sogar damit versucht, dass ich meinen Computer und einige Bücher und Notizen für die Schule bräuchte, ein Argument, das normalerweise immer bei Erwachsenen zieht. Diesmal nicht. Er hat nur gesagt, ich käme ja sowieso auf eine andere Schule. Toll.

Heute Morgen habe ich seine Angst noch für Paranoia gehalten. Davon kann ich mich jetzt wohl verabschieden, genauso wie von der Hoffnung, bald zu uns nach Hause zu können. Natürlich habe ich

ihm von Noelles Anruf bei uns erzählt. Es hat ihn längst nicht so überrascht, wie ich erwartet hätte. Er ist sogar wütend geworden, hat gesagt, vielleicht sollten wir jetzt gleich dort hinfahren. Uns stellen. Dann würden wir ja sehen, was passiert. Das hat selbst mir Angst gemacht.
„Was sind das für Leute?", habe ich gefragt. „Was wollen die von mir?"
„Ich weiß es nicht, Spätzchen. Aber ich habe das Gefühl, die würden sich auch nicht lange mit Erklärungen aufhalten."
Dann hat er wieder angefangen zu spekulieren, warum jetzt, warum nicht schon früher. Warum bei der Fahrt zu meiner Großmutter, wo es so viel komplizierter sei als hier, wenn sie doch unseren Wohnort kennen würden. Schließlich müssten sie die Route und Zeit herausfinden und sich praktisch auf die Lauer legen. Während ich eine Gänsehaut nach der anderen bekommen habe, ist er zu dem Schluss gelangt, sie hätten wahrscheinlich nicht gewusst, wo Claire und ich wohnen, sondern nur, dass wir Weihnachten immer zu Grandma fahren. Dann hätte vermutlich der Mann, den ich nach unserem Unfall beim Wagen gesehen habe, die Taschen meiner Tante durchsucht und irgendwelche Ausweise oder Ähnliches mit unserer Adresse gefunden.

Vielleicht ist er Sherlock Holmes. Vielleicht weiß er auch mehr, als er zugibt. Jedenfalls weiß ich, dass ich ihm nicht vertraue.

Wir laufen weiter den Strand entlang. Er hat sich beruhigt. Spielt mit meinen Hunden, rennt zwischendurch. Macht Pläne für den morgigen Vormittag.

„Wollen wir nicht was unternehmen? Worauf hast du Lust? Wie wäre es mit Disneyland?"

„Ich dachte, das hier sei Disneyland."

Dad lächelt mich mit einem Gesicht voller Rasierschaum an. „Deine Grandma!"

Wir hatten gestern Abend schon mehrfach versucht, sie vom Hotelzimmer aus anzurufen. Er verbietet mir noch immer, mit dem Handy zu telefonieren.

„Kein Handy, aber du nimmst mit deinem Ausweis Mietwagen und Hotelzimmer? Und kaufst sogar Flugtickets? Und was ist mit deiner Kreditkarte?", habe ich gefragt.

Woraufhin er mir wortlos einen Ausweis mit anderem Namen gezeigt hat. „Und ich zahle bar."

„Kriege ich auch so einen?"
„Ja", hat er gesagt und es ernst gemeint, „aber fliegen tue ich mit meinem richtigen. Dafür sind die wahrscheinlich nicht gut genug."
Ich habe angefangen zu weinen. Es ist alles zu viel für mich gewesen. Und dazu die Ungewissheit mit Grandma. Danach hat er den ganzen Abend versucht, sie zu erreichen. Vergeblich.

Heute Morgen höre ich ihn aus dem Nachbarzimmer rufen. „Matisse! Matisse!"
Als ich reinkomme, ist er im Badezimmer, rasiert sich vor dem beleuchteten Spiegel. Hat offenbar sogar dabei versucht, sie anzurufen. Mit dem Telefon im Bad! Mir zuliebe.
„Deine Grandma!"
Er gibt mir den Hörer.

„Grandma?"
„Ach, Matisse!" Ich kann hören, dass sie weint.
„Wie geht es dir, Grandma?"
„Ach, Kindchen..." Sie kann nicht weitersprechen.
„Du weißt das mit Claire schon, oder?"
„Ja. Schon seit drei Tagen. Seither kann ich nicht mehr aufhören zu weinen. Ich habe mir entsetzliche Sorgen gemacht, als ihr nicht gekommen seid. Ich habe bei euch angerufen. Auch Claires Mobil-

telefon. Ich wusste nicht, was ich machen sollte. Und dann klingelt am nächsten Tag ein Polizist bei mir. Und sagt mir, dass meine Tochter ..." Sie bricht wieder ab, gibt gurgelnde Laute von sich. „Es ist so furchtbar."
„Ja."
„Und dir ist wirklich nichts bei dem Unfall passiert, Matisse?", fragt sie nach einer Weile mit schwacher Stimme.
„Nein."
„Wo bist du? Und wer kümmert sich denn jetzt um dich?"
„In Los Angeles. Ich bin ...", ich zögere einen Moment, so fremd fühlt es sich an, das auszusprechen. „Ich bin bei meinem Dad."
Keine Antwort.
„Grandma?"
„Ja."
„Ich sagte, ich bin bei meinem Dad!"
„Ich habe es gehört."
„Das scheint dich nicht sonderlich zu überraschen?"
„Ach, weißt du ..."
„Nun, mich hat es schon ein wenig überrascht, von meinem toten Vater aus dem Krankenhaus abgeholt zu werden."
„Irgendwann musstest du es ja erfahren."

Gelassen rasiert sich mein Vater neben mir. Bahn um Bahn gibt der Schaum ein glattes und entspanntes Gesicht frei.

„Und du wusstest die ganze Zeit, dass mein Vater noch lebt?"

„Ja. Claire hat es mir irgendwann erzählt."

„Das ist alles? Und du hast es mir nie gesagt?"

„Ach, Kindchen. Für mich war er tot."

„Wie konntest du mir das verheimlichen? Wie konntet ihr alle mir das verheimlichen?"

„Es war nicht wichtig. Und Claire wollte nicht, dass ich dir etwas sage."

„Nicht wichtig? Er ist mein Vater!"

„Kleines! Er taugt nichts. Er hat nie etwas getaugt. Ich wollte nicht, dass Lacey ihn heiratet. Er war ein Herumtreiber. Hat mit Drogen gedealt. Ich habe versucht, es ihr auszureden. Aber sie wollte nichts hören. Nie hat sie auf mich gehört. Und jetzt ist sie tot, und es ist seine Schuld. Und dich hat er auch im Stich gelassen."

Er steht zwei Meter vor mir. Tupft sich mit einem Handtuch das Gesicht.

„Glaub mir", fährt meine Grandma fort. „Es war besser so. Und es wäre besser für dich, du hättest ihn nie wieder gesehen." Ich sehe meinem Vater in die Augen, während ich die Stimme meiner

Großmutter höre: „Und wenn ich dir einen Rat geben kann: Halte dich von ihm fern. Vielleicht könntest du bei mir wohnen. Dasselbe habe ich auch deiner Mom gesagt. ‚Lauf so schnell und so weit von ihm weg, wie du kannst', hab ich gesagt. Aber vielleicht bist du klüger als sie. Vielleicht hörst du auf mich, Matisse." Sie weint noch immer. „Hörst du, Matisse? Lauf so schnell und so weit du kannst von ihm weg!"

Ich gebe meinem Vater den Hörer zurück. Vermutlich kann er etwas an meinem Gesicht ablesen, denn er sagt: „Sie liebt mich, nicht wahr?"

„Einhundertfünfzig Dollar?!", wiederholt mein Vater die Aussage des Verkäufers, und zwar so laut, dass der einzige andere Kunde in dem Geschäft für Taschen und Reisegepäck erschreckt zu uns herüber sieht. Wir sind dabei, eine spezielle Tasche zu kaufen, mit der ich meine Hunde mit ins Flugzeug nehmen kann.
„Einhundertfünfzig Dollar! Kann man nicht einfach ein paar Löcher in einen Pappkarton schneiden?"

„Wenn sie sich noch ein wenig umsehen wollen ...", versucht der Verkäufer, seine Arroganz zu bewahren.

„Es musste aber auch unbedingt Louis Vuitton sein, ihr verwöhnten Babies!", schimpfe ich spaßhaft mit meinen Lieblingen in dem Bemühen, die Situation zu entspannen. Einen Augenblick lang fällt mein Dad darauf herein und sieht verstohlen auf das Label.

„Na gut, wir nehmen sie", sagt er, und dann zu mir: „Ich hoffe, das war es jetzt, sonst können die Hunde alleine fliegen und wir müssen hierbleiben, weil mein Geld alle ist."

Der nicht unerhebliche Betrag, um den ihn vorhin der Tierarzt erleichtert hat für die notwendigen Bescheinigungen über ihren Gesundheitszustand, liegt meinem Vater wohl noch schwer im Magen.

„Ja, das war es", sage ich. „Jetzt brauchen sie nur noch Sonnenbrillen und etwas zu lesen."

Ich stehe bei unserem Gepäck, das nach der vorgestrigen Shoppingtour deutlich angewachsen ist. In der jaulenden Tasche zu meinen Füßen steckt Moonlight. Midnight, der die Tasche noch weniger mochte, auf meinem Arm, leckt mir das Gesicht, dankbar, dass ich ihn rausgenommen habe. Beide waren bei der Autofahrt zum Flughafen nicht allzu glücklich, aber ich versuche, sie an die Tasche zu gewöhnen, damit es im Flugzeug keine Probleme gibt.

Mein Vater kämpft ein Stück weit entfernt mit einem Check-in-Automaten, zur Zeit noch mit der Tastatur, aber er wirkt, als würde er bald zu Schlägen und Tritten übergehen. Ich sehe mich dauernd unauffällig nach Austin um, aber er ist nirgends zu finden. Ich hoffe, er kommt rechtzeitig. Wir sind ziemlich früh dran, und ich habe keine Ahnung, wie ich es hinauszögern soll, dass wir einchecken und durch die Sicherheitskontrolle gehen.

Wo bleibt Austin nur? Ich versuche, mich zu beruhigen. Er wird mich schon nicht hängen lassen. Er ist der verlässlichste Mensch, den ich kenne. Und vielleicht der ungewöhnlichste.

Die Eltern meines Freundes sind Surfer. Ich meine damit nicht, dass sie gelegentlich mal ihr Surfbrett aus der Garage holen, um die Staubschicht in der Brandung abzuspülen. Ich meine, es ist das Wichtigste in ihrem Leben. Wichtiger als sie selbst. Wichtiger als er.

Bevor er geboren wurde, haben sie in einem Wohnmobil gelebt. Sind ständig umhergefahren, immer auf der Suche nach den besten Wellen. Und daran hat sich auch nach seiner Geburt nichts geändert.
Er ist im Wohnmobil aufgewachsen! Genug Essen im Kühlschrank? Glückssache. Du brauchst dringend neue Schuhe? Vielleicht kommen wir nächste Woche in die Stadt. Oder nächsten Monat.
Erst als er in die Schule kam, haben sie ein Haus in Huntington Beach gemietet. Sind quasi sesshaft geworden. Vorübergehend zumindest. Das Wohnmobil steht immer noch in der Auffahrt. Es seien vielleicht nicht die besten Wellen Kaliforniens dort, aber die besten mit Schulanbindung.

Als sein Vater seine Mutter nach der Geburt im Krankenhaus besucht hat, redeten sie einige Minuten über das Baby. „Er hat deine Augen ... hat gelächelt ... ist so winzig." Dann fragte sie ihn, wie die Wellen seien.
Als er am nächsten Tag wieder kam, hat sie ihn gleich als Erstes nach den Wellen gefragt.
Ich weiß nicht, ob die Geschichte stimmt. Jedenfalls erzählt Austin es mir immer so. Will mir weismachen, dass er seine Eltern irgendwie stört. Sie bei ihrem Leben behindert. Eine Last ist. Meint

sogar zu wissen, dass sie kurz überlegt hätten, ihn bei seinen Großeltern aufwachsen zu lassen. Ich habe das immer für Blödsinn gehalten. Ihm gesagt: „Sie lieben dich doch." Ich meine, welche Eltern würden so was tun?

Mein Vater kommt vom Automaten zurück.
Er wedelt mit irgendwelchen ausgedruckten Karten herum und erzählt mir, wie schwierig das alles gewesen sei. In diesem Moment hält mir jemand von hinten die Augen zu. Ich brauche meine Überraschung nicht zu spielen. Es ist Austin. Perfektes Timing. Er trägt ein Harvard-Sweatshirt. Seine Art der Rebellion gegen seine Eltern. Wir begrüßen uns, ich erkläre meinem Vater, dass Austin ein Freund aus der Schule sei. Er gibt meinem Vater artig die Hand, macht höflichen Smalltalk, erzählt etwas von einer Kurzreise mit seiner Familie nach Georgia. Ich brauche gar nicht auf die Anzeigetafel zu sehen, um zu wissen, dass bald ein Flug nach Atlanta geht. Falls mein Vater misstrauisch ist. So ist Austin eben.
Er erzählt etwas von Weihnachten. Vom Essen. Von den Geschenken. Vom neuen Mann seiner Tante Mildred. Vermeidet es, mich über mein Weihnachten bei meiner Grandma zu fragen. Noelle muss ihm alles erzählt haben. Er redet weiter.

Mein Vater steht die ganze Zeit neben uns. Keine Chance, mir unbemerkt das Handy zu geben. Er erzählt von der bevorstehenden Reise nach Georgia. Von der Schule. Langsam geht ihm der Gesprächsstoff aus. Erste peinliche Pausen. Mir kommt der Gedanke, mein Vater könnte glauben, Austin sei in mich verliebt. Immer noch keine Gelegenheit, das Handy zu übergeben. Ich habe auch keine Idee, was ich machen könnte. So schwierig habe ich es mir nicht vorgestellt. Schließlich verabschiedet sich Austin. Ich bin ein wenig erstaunt. Er gibt meinem Vater die Hand und geht. Fünfzehn Meter weiter bleibt er stehen, stellt seinen Rucksack auf den Boden, fummelt darin herum. Dann kommt er noch mal zurück, hält mir eine angefangene Packung Kekse hin, fragt, ob ich sie wolle, ihm würden sie nicht schmecken. Ich nehme sie und stecke sie in meine Tasche. Er geht. Wow. Clever. Wenn mein Vater jetzt keinen Keks will, ist alles in Ordnung.

Schnee

Wir sind auf dem Flughafen in Vancouver. Ich warte bei unserem Gepäck, das wir gerade vom Band geholt haben, und stehe noch mehr Leuten im Weg als gewöhnlich. Mein Vater sucht ein Münztelefon, will sicherheitshalber bei seiner Vermieterin anrufen, ob alles in Ordnung sei. Zumindest er nimmt diese Nicht-mit-dem-Handy-telefonieren-Sache ernst.

Ich gebe den Hunden Wasser und schmuse mit ihnen, weil sie auf dem Flug so brav waren. Ihre Transporttasche mit dem Zettel der Fluggesellschaft um den Tragegriff sieht aus, als wollten sie selbständig verreisen.

Sie sind ein wenig verängstigt wegen der vielen Rollkoffer um sie herum. Moonlight drückt sich an meine Füße, als ein kleines Mädchen mit seiner Familie vorbeikommt und stehen bleibt. Es streckt die Hand in seine Richtung und sagt etwas zu ihm in einer Sprache, die ich nicht kenne. Er läuft sofort auf sie zu, schnüffelt an ihrer Hand und lässt sich streicheln. Scheinbar versteht er sie besser als ich. Sie redet mit ihm, stellt mir lachend eine Frage, ich zucke mit den Schultern, nenne seinen Namen, falls es das war, sie nimmt ihn hoch. Er leckt ihr Gesicht, sie quiekt, ihre Mutter schimpft ein wenig, sie setzt ihn wieder auf den Boden. Sie fragt mich noch etwas, vielleicht will sie die Rasse wissen, ich sage, ich wisse es nicht, aber die Dame im Tierheim habe gemeint, möglicherweise eine Mischung aus Chihuahua und Papillon. Sie lächelt. Ich schätze, dass ihr meine Sprache noch merkwürdiger vorkommt als mir ihre.

Dad ist zurück.
„Kleine Planänderung. Wir werden erst einmal nicht in meine Wohnung hier in der Stadt fahren."
Irgendwie bin ich erleichtert. Allmählich gewöhne ich mich an dieses unstete Leben. Ein Leben aus Mietwagen, Hotelzimmern, Verstecken. Ein Leben auf der Flucht. Niemals ankommen. Nirgends. Über nichts nachdenken müssen. Wer braucht schon eine Wohnung? Wer will schon Normalität? Wer würde sich eingestehen wollen, dass jetzt hier mein neues Leben beginnt?
„Und was dann? Wieder ein Hotel?"
„Nein. Ich habe eine kleine Blockhütte in den Bergen. Tja, eigentlich ist es nicht direkt meine, aber ich darf sie benutzen. Sie gehört einem Freund. Ich bin öfter da, vor allem, wenn ich Ruhe brauche. Es ist wirklich schön dort."
„Ist es weit? Ich bin müde."
„Na ja, ist ein bisschen außerhalb. Du kannst im Auto schlafen."

„Und warum können wir nicht in deine Wohnung? Was hat die Vermieterin gesagt? Dass du mit der Miete zu weit im Rückstand bist?"
„Witzig. Nein, aber sie sagt, jemand sei da gewesen und habe sich nach mir erkundigt. Zweimal schon. Das kommt mir verdächtig vor."
„Jemand? Hat sie gesagt, wie er aussah?" Ich muss an den Mann bei unserem Unfallwagen denken, und an den, der in L. A. unser Telefon abgenommen hat.
„Das braucht sie nicht. Ich weiß, wer es war."
„Wirklich? Wer?"
„Mein Bruder."
„Dein Bruder?! Du hast einen Bruder?"
„Hab ihn lange nicht gesehen."

Dies scheint einer der seltenen Fälle zu sein, in denen sich der Übergang vom Waisenkind zur Großfamilie fließend vollzieht. Vielleicht sollte ich zur Sicherheit schon mal 24-teiliges Geschirr besorgen.

Ein bisschen außerhalb. So kann man es auch ausdrücken. Wir sitzen seit sieben Stunden im Auto. Wenn der Pilot uns hätte direkt hinfliegen wollen, hätte er vermutlich noch einmal nachtanken müssen. Laut den Schildern am Straßenrand verlassen wir bald British Columbia und kommen nach Alberta.

Mein Vater, von dem ich nicht wusste, dass er noch lebt, steuert seinen 4x4 Pick-up mit einer Hand und isst einen Müsliriegel. So, wie der Wagen innen aussieht, könnte man auf den Gedanken kommen, dass er öfter hier drin isst. Oder schläft. Oder was sonst noch. Neben sich seine Tochter, die er nicht haben wollte. Wir fahren von einer kanadischen Provinz in die nächste, weil er Angst hat, sein Bruder, von dem ich nicht wusste, dass es ihn gibt, könnte ihm etwas tun wollen. Oder mir. Aus Rache oder Wut über irgendwelche Ereignisse in der Vergangenheit, über die er mit mir nicht reden will. Und es scheint ihm nicht einmal viel auszumachen. Gerade leckt er sich die Finger. Versucht, das klebrige Papier abzuschütteln. Schüttelt heftiger. Es verabschiedet sich irgendwo Richtung Fußraum. Wenn ich nicht so müde wäre, würde ich vielleicht in Erwägung ziehen, ihn darum zu bitten, mich im nächsten Ort raus zu lassen, danke bisher, aber ich möchte es ab hier und für den Rest meines Lebens lieber alleine versuchen. So, wie bis jetzt ja auch.

Ich bin schon zweimal eingeschlafen und zweimal wieder aufgewacht und wir fahren immer noch. Doch jetzt liegt Schnee und ich mache kein Auge mehr zu. Alles erinnert mich an die letzte Fahrt mit meiner Tante. Ich versuche, mit aufzupassen. Starre in die Nacht vor uns. Erwarte hinter jedem Straßenschild einen hervorspringenden Hirsch oder ähnliches. Klammere mich an der Armlehne fest, dass es schmerzt, wenn wir einen Lastwagen überholen. Versuche, meinen Vater zu einer Pause zu überreden. Aber er will nicht, sagt, er sei nicht müde, das sei längst noch nicht seine Zeit. Ich solle mir keine Sorgen machen, er kenne die Strecke im Schlaf. Etwas in der Art befürchte ich ja.
Schließlich hält er doch an, mir zuliebe. Wir stehen auf einem Parkplatz. Es ist eiskalt. Ich habe die Ärmel meines Pullovers über die Hände gezogen, nur ein Kaffeebecher guckt noch raus, und trete von einem Bein aufs andere. Er läuft ein bisschen umher, schlenkert mit den Armen, geht um den Wagen herum und tritt gegen die Reifen, wohl vor allem, um mich zu beruhigen.
Dann kommt er zu mir: „Alles okay? Können wir wieder?"
„Nein. Nichts ist okay."

Wir sind umgeben von einem Panorama schneebedeckter Berge, darüber ein unglaublicher Sternenhimmel.

„Ist das nicht wunderschön?", fragt mein Vater.

Wir stehen schweigend, mein Vater an das Auto gelehnt, betrachten die Szenerie.

„Weißt du", sage ich, „in einem Moment war Claire noch völlig lebendig, hat sich über den quietschenden Scheibenwischer beschwert, der kaum mit ein paar Schneeflocken fertig wurde, hat sich über die Musik, die die Radiosender in Colorado spielten, lustig gemacht. Ich hab gesagt, vielleicht bräuchten wir Satellitenradio, sie: ‚Vielleicht gab es das damals aber noch nicht, als das Auto gebaut wurde', ich: ‚Vielleicht bräuchten wir dann auch ein neues Auto drum herum', sie: ‚Vielleicht steht ja hinter der nächsten Kurve der Weihnachtsmann und schenkt uns eines!' Und im nächsten Augenblick war sie tot. Einfach so. Ohne Abschied."

„Ja", sagt mein Vater.

„Wir haben uns noch über eine Textstelle in einem Weihnachtslied, das im Radio lief, gestritten. Jeder hat etwas anderes verstanden, und jeder hat dann seine Version mitgesungen, möglichst laut. Dann haben wir rumgealbert, uns immer neue, noch abwegigere Möglichkeiten ausgedacht, wie es heißen könnte, und diese gesungen. Wenn ich gewusst hätte, dass das unsere letzten gemeinsamen Minuten sind."

„Ich weiß", sagt mein Vater.

„Meinst du, ich bin Schuld? Hab sie vielleicht abgelenkt?"

„Nein, ganz bestimmt nicht, Spatz." Er streicht mir übers Haar. „Es ist meine Schuld. Alles ist meine Schuld."

Ich fange an zu weinen. Er nimmt mich in den Arm. Zum ersten Mal, seit ich ihn vor vier Tagen wiedergesehen habe, nimmt er mich in den Arm.

„Ich habe Angst", sage ich.

„Ich auch."

Wir folgen dem gewundenen Band roter Rückleuchten vor uns, das sich kurvenreich durch die Berge schlängelt, meiner ungewissen Zukunft entgegen. Je näher wir Jasper kommen, desto munterer wird mein Vater. Er erzählt, wie überlaufen der Ort und der Park in anderen Jahreszeiten seien. Man würde sie kaum wiedererkennen vor lauter Touristen. Ich komme mir auch nicht gerade einheimisch vor. Aber im Winter sei nicht viel los, man habe seine Ruhe. Viele Hotels, Restaurants und sogar Straßen seien jetzt auch geschlossen. Ich bin völlig erschöpft, meinem Gefühl nach haben wir die Rocky Mountains sicherheitshalber zunächst zweimal umkreist, ehe wir uns jetzt unserem Zielort nähern. Was mich bei meinem Vater auch nicht übermäßig wundern würde. Ich bin die meiste Zeit dem Schlaf näher als dem Wachsein, habe größte Mühe, seinen Ausführungen zu folgen. Beziehungsweise die Lücken zu überspielen, die entstanden sind, wenn ich richtig eingeschlafen bin. Er beschreibt die Lage der Hütte, nennt die Namen der Berge und des Flusses, erzählt von dem Wasserfall in der Nähe. Ich bekomme nicht die Hälfte mit. Er erzählt von den Tieren, die es dort gäbe, Bären, Wölfe, Pumas, Luchse, Elche, Karibus und, und, und. Von ihren Spuren im Schnee. Wie man sie zuordnen könne. Von der Hütte. Warum sie am Rande des Parks stehe, obwohl sie dort eigentlich nicht stehen dürfte. Von seinem indianischen Freund, dem sie gehört. Er erzählt von dem Generator, der den Strom liefert. Worauf man da achten müsse. Woher das Wasser komme. Und so weiter und so weiter. Wozu nur wurde eigentlich das Schlaflied erfunden? Hoffentlich kommt er nicht gleich noch auf die Idee, Kontrollfragen zu stellen. Mich interessieren genau zwei Dinge: Wo ist die Dusche und wo ist mein

Bett? Er sagt, die Hütte würde anfangs natürlich eiskalt sein, weil sie nicht beheizt wurde, und es würde ein bisschen dauern, bis es gemütlich wird. Und mit dem Wasser würde es noch länger dauern, bis es warm wird, schätzungsweise drei Stunden. Soviel zu Frage eins.

Wir kommen durch Jasper. Der Ort ist zu Ende, ehe ich richtig gemerkt habe, dass er angefangen hat. Noch ein kleines Stück auf dem Icefields Parkway, dann biegen wir auf eine Nebenstraße ab. Kurz darauf schlafe ich wieder ein.
Ich wache auf, als wir rüttelnd einen kleinen Waldweg bergauf fahren. Irgendwann scheint es nicht mehr weiter zu gehen, mein Vater hält an, stellt den Motor ab. Ohne Scheinwerfer ist es trotz des Schnees unglaublich dunkel, die Innenbeleuchtung wirkt wie das Licht einer Raumkapsel im endlosen Nichts.
„Wir können nicht ganz bis zur Hütte fahren, ein kurzes Stück müssen wir noch laufen."
Na toll. Als ich aussteige, versinke ich bis zu den Knöcheln im Schnee. Gleich wird er sagen, dass ich noch Holz hacken muss.
Immerhin nimmt er meine Reisetasche.
„Ich werde zweimal gehen. Nimm du deine Hunde."

„Tut mir leid, Leute, ihr müsst wieder in eure Flugtasche."
Also stapfen wir los, er mit einer Taschenlampe. Aber es ist nicht weit, und die „Hütte" erweist sich als ausgewachsenes zweistöckiges Holzhaus. Sieht aus wie etwas, das sich reiche Städter für ihren exklusiven Winterurlaub mieten würden.
„Nicht schlecht, oder?"
„Könnte schlimmer sein."

———⌐ ⋄ ⌐———

Es klopft an meiner Zimmertür.
„Spätzchen, bist du wach? Das musst du dir ansehen."
„Ja?"
Mein Vater kommt rein, entsetzlich munter, „Morgen, Spatz!", läuft durch den Raum, öffnet das Fenster, stößt die Fensterläden auf. „Schau doch nur!"
Morgensonnenstrahlen fallen durch den Raum auf mein Bett. Blinzelnd stehe ich auf und folge ihm zum Fenster, noch etwas steif nach einer Nacht, in der ich die meiste Zeit das Gefühl hatte, die einzige Wärmequelle im Zimmer zu sein.
Ich brauche einen Moment, ehe ich im hellen Sonnenlicht etwas erkenne. Der Anblick würde

mir den Atem rauben, wenn es die kalte Bergluft nicht schon getan hätte. Wir blicken auf eine große Lichtung, glitzernd schön, die Schneedecke unberührt, abgesehen von ein paar Tierspuren. Die meisten führen schüchtern am Rand entlang, einige mutige quer rüber. Die Lichtung wird umarmt von einem Saum dichter Tannen, dunkel wie Samt, mit dicken Mänteln aus Schnee. Nach rechts steigt der Hang sanft an, nach links ziemlich steil. Hinter den Tannen erhebt sich ein gewaltiger Berg bis weit über die Baumgrenze, kantiger Fels, orange im Sonnenlicht leuchtend, schneebedeckt. Mein Vater deutet in eine Richtung, aber ich habe es schon gesehen: direkt am Waldrand, im Schatten kaum erkennbar, eine Gruppe Hirsche, vielleicht zehn oder zwölf. Bewegen sich lautlos, scharren im Schnee. Einer hebt den Kopf und schaut uns an. So eine Szenerie gehört auf eine Postkarte oder vielleicht auf den Einband eines Bildbandes, aber nicht vor das Schlafzimmerfenster.
„Siehst du sie?", fragt mein Vater. „Ist das nicht unglaublich?"

Ich bin noch einen Augenblick lang gefangen von der Schönheit, ehe ich antworte: „Ist hier lange Winter?"

„Ich fahre nach Jasper! Einkaufen. Es ist ja nichts da. Möchtest du mitkommen?"
„Ich muss zugeben, die Aussicht, mich gleich wieder in deinem harten Pick-up durchschütteln zu lassen, klingt überaus verlockend, aber ich habe etwas anderes vor. Weiß nur noch nicht, was."
„Okay. Ich beeile mich. Und falls du rausgehst, bleib in der Nähe des Hauses. Man kann sich in dieser Einsamkeit leicht verirren. Besonders, wenn man sich nicht auskennt. Und zieh dich warm an. Ist kalt hier."
„Was du nicht sagst."
Weg ist er.

Ich schlendere ein bisschen im Haus herum, sehe mir alles an. Beinahe jedes Fenster bietet eine fantastische Aussicht, und auch das Haus selbst ist wirklich hübsch. Die Böden, die Wände und die von dicken Balken getragene Decke sind aus demselben Holz. Und dennoch gleicht keine Stelle der anderen. Unendlich viele Schattierungen von Honig bis Ahornsirup. Tausende Astlöcher und Risse. Im Wohnzimmer ein aus Natursteinen gemauerter Kamin, der schon ohne Feuer gemütlich aussieht. Dann weiß ich, was ich vorhabe: sauber ma-

chen! Zum einen, weil es nötig ist. Keine Ahnung, wann mein Dad das letzte Mal hier war, wenn ich mir den Staub so ansehe, würde ich schätzen, vor zwei Jahren. Und es sieht aus, als hätte danach noch ein Bär seinen Winterschlaf in der Hütte gehalten und wäre im Frühlingsenthusiasmus überstürzt aufgebrochen. Ohne aufzuräumen. Oder zu lüften.
Zum anderen brauche ich Beschäftigung, denn meine Gedanken beginnen schon wieder, auf Wanderschaft zu gehen. Zu dem Unfall. Zu meiner Tante.

In der Küche finde ich nicht viele Putzutensilien. Vielleicht in dem Schrank unter der Treppe. Zu meiner Überraschung verbirgt sich hinter der abgeschrägten Tür gar kein Schrank, sondern ein kleiner Raum. Erst denke ich, dass er kein Fenster hat, dann sehe ich, dass es mit Brettern vernagelt ist. Ich mache Licht. Der Glasschirm der Lampe ist kaputt, so dass im Wesentlichen nur eine nackte Glühbirne übrig ist. Der Raum ist größtenteils gefüllt mit etwas unter weißen Tüchern. Vorsichtig hebe ich eines an. Wer will schon einem eventuell zurückgekehrten Bären sein Betttuch wegziehen? Es sind Ölbilder. Eine ganze Reihe. Leinwände auf Holzrahmen. Wenn unter allen Tüchern

Bilder sind, dann müssen es an die hundert sein. Ich bin schon dabei, sie wieder zuzudecken, mein Vater hat mir ja erzählt, dass er kleine Kunstgalerien in Montreal und Vancouver betreibt. Doch dann ziehe ich doch eines heraus und sehe es mir an. Dann noch eines und noch eines. Dann blättere ich die ganze Reihe durch.

Ich verstehe nicht viel von Kunst. Aber was ich sehe, bricht mir das Herz.

Ein Junge in einer Sackgasse, hinter einem Müllcontainer. Ich habe schon Fotos von Leuten mit einer Überdosis gesehen. Aber nicht so. Die Farben auf dem Bild haben die Wärme und das Leben, das der Junge nie haben wird.

Kinder haben ein Kreidespiel auf eine Straße gezeichnet, hopsen vergnügt. Ahnen nichts von den verblassten Kreidemarkierungen weiter vorne im Bild, Fundorte von Kugeln und die Umrisse eines Toten.

Eine Beerdigung. Ein kleiner Sarg. Niemand steht am Grab. Jeder steht woanders, für sich allein.

Mehrere Bilder von einem offenen Fenster in der Nacht. Zum Teil ziemlich abstrakt, doch die Verlorenheit ist konkret genug, mich frösteln zu lassen.

Daneben auch Portraits. Ein Mädchen mit langen, dunklen Haaren, mir nicht unähnlich, lächelnd. Ein kleiner Junge, ebenfalls lächelnd. Dennoch sind beide umweht von einer Traurigkeit, die mich die Bilder schnell zurückstellen und wieder zudecken lässt.

Ihre Blicke verfolgen mich noch, als ich schon lange beim sauber machen bin.
Ich habe nicht allzu viel Erfahrung im Putzen. Mit meiner Tante war die Arbeitsteilung ziemlich klar. Sie hat gesagt, was gemacht werden müsste, und ich habe mir eine Ausrede ausgedacht, warum ich gerade nicht könnte. Aber es dauert so lange, bis mein Dad wiederkommt, dass ich doch weitgehend fertig bin, als er von draußen ruft: „Spatz, kannst du mir bitte mal die Tür aufmachen? Ich hab die Hände voll."
Ich öffne. Zwei riesige Einkaufstüten mit Beinen. Erschreckt springe ich zur Seite, um nicht verschüttet zu werden, falls mein Dad das Gleichgewicht verlieren sollte. Mit dem Gedanken spie-

lend, ihm meine Hilfe anzubieten, folge ich dem schwankenden Turm in die Küche.
„Es ist schön hier. Dein Freund hat Geschmack."
„Außer bei der Wahl seiner Freunde."
„In dem Raum unter der Treppe, warum ist das Fenster vernagelt?"
„Letztes Jahr ist eine große Fichte umgefallen und hat mit einem Ast das Fenster durchschlagen. War gerade kein Glaser zur Hand." Er schafft es, die Einkaufstüten auf dem Tisch abzustellen.
„Und was sind das für Bilder?"
„Bilder eben. Hab sonst keinen Platz dafür."
„Willst du sie verkaufen? In deiner Galerie?"
„Eher nicht."
„Was dann?"
„Weiß nicht. Im Grunde könnte ich sie auch wegwerfen. Aber hier kommt nun mal keine Müllabfuhr."
„Hast du sie gemalt?"
„Ja. Sieh sie dir nicht an", sagt er, aber ohne viel Interesse an dem ganzen Thema. Räumt seine Einkäufe ein.
„Und warum nicht?"
„Bin schüchtern."
„Ja, klar! Das habe ich aber schon."
„Dann vergiss, was du gesehen hast." Konzentriert sich immer noch mehr auf seine Auberginen.

„Das Mädchen mit den langen Haaren, bin ich das?"
„Nein. Hilf mir mal mit der Milch."

Wir gehen raus zu seinem Auto. Es ist nicht weit bis zum Parkplatz, aber so kalt, dass ich bereue, mir keine Jacke angezogen zu haben. Vier Papp-Paletten Milch. Will er darin baden?
„H-Milch", sagt er. „Wir können hier ja nicht jeden Tag einkaufen. Ist hoffentlich in Ordnung für dich?"
„Wer ist sie?"
„Meine Schwester. Sie ist gestorben, als ich fünfzehn war. Und nun vergiss mal die Bilder und mach dich nützlich." Übergibt mir zwei Paletten. Beinahe mein Eigengewicht in Milch.
„Okay, okay. Ist ja gut."
Als ich kurz darauf ein zweites Mal versuche, über die Bilder zu sprechen, ende ich mit einem Karton voller Reispackungen, auf dem noch ein Jahresvorrat Zucker balanciert. Also stelle ich meine Bemühungen vorerst ein.
Es gibt schließlich noch andere Tage. Und vielleicht ist mein Dad gesprächiger, wenn er einen Zuckerrausch hat.

Ich habe die Keksschachtel aufgemacht, die mir Austin am Flughafen von Los Angeles gegeben hat, und darin wie erwartet sein altes Handy gefunden. Allerdings nicht nur das. Dazu noch fünfhundert Dollar und eine Prepaid-Kreditkarte, die Brittany gehört, mit einem angeklebten Zettel mit der Geheimnummer und einem verschnörkelten *Viel Glück.*

Brittany ist vor drei Jahren während der Pilotseason nach Los Angeles gekommen. Sie stammt aus Tulsa. Sie hatte eigentlich alles, was man sich wünschen kann. Eine nette Familie, ein wunderschönes Haus. Sogar ein eigenes Pferd. Aber sie träumte Tag und Nacht von einer Karriere beim Film. Oder wenigstens von der Hauptrolle in einer TV-Serie. Und mit der Zeit wurde das auch der Traum ihrer Mutter. Sie hat Brittany unterstützt, ihr Hoffnung gemacht. Also kamen beide für eine Pilotseason nach L.A. Brittanys Vater und ihr kleiner Bruder blieben in Oklahoma.
Pilotseason nennt man in Hollywood die Zeit etwa ab Ende Januar, in der viele Fernsehsender Castings für ihre neuen Produktionen durchführen. Anfang Januar beginnt vielleicht ein neues Jahr,

aber in dieser Zeit beginnt für einige ein neues Leben.

Es waren bestimmt spannende Wochen für Brittany, Fotos verschicken, zu Castings gehen, schon mal die Dankesrede für den Oscar üben, und es wäre bestimmt auch spannend gewesen zu sehen, wie ein verwöhntes Mädchen, das daran gewöhnt ist, alles zu bekommen, mit Ablehnung fertig wird. Aber überraschenderweise hat sie es geschafft, sowohl einen Werbespot zu drehen als auch für eine Serie ausgewählt zu werden. Zwar nicht für die Hauptrolle, für die sie vorgesprochen hatte, aber für eine wichtige Nebenrolle. Wenn ich daran denke, wie sie kreischt, wenn sie eine gute Note in einem Test oder einer Hausarbeit hat, möchte ich sie nicht erlebt haben an dem Tag, als der Anruf der Produzenten kam. Sie haben dann den Pilotfilm gedreht, doch am Ende hat sich der Sender gegen die Serie entschieden. Sie hat ein paar Fotos von den Dreharbeiten und durfte einige Armbänder und ein Baseball Cap von ihren Kostümen als Erinnerung behalten. Darauf steht *Superstar*. Und ich dachte immer, ich hätte den Sarkasmus erfunden.
Allerdings schwärmt sie heute noch von den Drehtagen. Wen sie alles getroffen habe. Was sie alles

gelernt habe. Tricks, die sie sich von ihrem Hair-and-Make-up-Artist abgeschaut hat. Ihr Name am Wohnwagen. Und auf einem Klappstuhl.

Manchmal werden Träume war. Und manchmal eben auch nicht. Wenn sie gar keinen Erfolg gehabt hätte, wären sie und ihre Mutter sicher am Ende der Pilotseason wieder nach Tulsa gefahren. Sie hätten sich mal mit meiner Tante unterhalten sollen. Die hätte ihnen gesagt, wie unwahrscheinlich es gewesen war, dass Brittany gebucht worden sei. Dass Tausende gleich hübsche und talentierte Mädchen die Rolle nicht bekommen hätten. Und ihnen, als es mit der Serie nicht geklappt hat, geraten, wieder nach Hause zu fahren. Aber so haben sie natürlich geglaubt, es sei einfach und sie hätten es schon fast geschafft. Also sind sie geblieben. Brittany nahm Schauspielunterricht und Gesangsunterricht und hat was weiß ich noch für Kurse besucht. Hat sich einen Agenten gesucht. Ihre Mom hat sie überall rumgefahren. Dann und wann dabei einen kurzen Umweg zur Bank gemacht, um einen weiteren Teil ihrer Ersparnisse abzuheben. Aber das ganze Jahr über ist nichts passiert, und in der nächsten Pilotseason ist Brittany nicht zu einem einzigen Casting eingeladen worden. Und in der übernächsten auch nicht. Sie ist

zu mehreren offenen Castings gegangen, ohne Erfolg. Aber Träume sind Träume. Sie sind geblieben.
Es mag viele Chancen geben, auch Chancen, die das Leben verändern können. Ihres hat sich ganz sicher verändert. Ihre Eltern haben sich getrennt, sie lebt jetzt mit ihrer Mutter in einer kleinen Wohnung in L.A. und an ihren Traum glaubt eigentlich keiner mehr.

Und jetzt liegt ihre Kreditkarte vor mir, dazu fünfhundert Dollar in bar, die vermutlich auch ihr gehören.
Ich kann kaum glauben, dass sie mir einfach so ihre Kreditkarte anvertraut, wo wir uns nicht besonders gut kennen und man uns sicher nicht als Freundinnen bezeichnen kann. Jedenfalls würde ich es nicht so nennen. Ich weiß zwar nicht, ob ich mit ihrer Karte irgendwo bezahlen kann, aber Geld am Automaten abheben geht bestimmt.
Ich kann allerdings noch weniger glauben, dass Austin mit ihr offensichtlich über meine Situation gesprochen hat. Hat er ihr von Claires Tod erzählt? Von meinem Vater? Wie kommt er dazu, ihr so private Dinge zu erzählen? Was bereden sie denn noch alles? Und wie oft reden sie überhaupt miteinander? Wie oft sehen sie sich?

Es war letzten Sommer. Austin, Noelle und ich und noch ein paar andere haben einen Tag am Strand verbracht. Brittany war auch da. Sie hatte eine neue, riesige Sonnenbrille auf. Einige fingen an, sich über sie lustig zu machen, ob sie sich vor den Paparazzi verstecken wolle, die müssten doch wie wild hinter ihr her sein, wo sie ja einen nie gesendeten Pilotfilm gedreht habe, und so weiter.
Da ist Austin dazwischen gegangen, hat gesagt, sie sollen sie in Ruhe lassen. Und dann hat er sich sein Surfbrett gegriffen, Brittany an die Hand genommen und ist mit ihr Richtung Brandung verschwunden.

Über zwei Stunden blieben sie weg. Ich habe das Buch, das ich in meiner Tasche hatte, halb ausgelesen. Und nicht ein Wort mitbekommen.

Vor uns erhebt sich ein Märchenschloss. Ein Märchenschloss aus Eis.

Mein Vater wollte mir unbedingt den Wasserfall zeigen. „Komm, wir machen eine kleine Wanderung."

Bei dem Wort Wanderung gehen bei mir die Alarmglocken an. So hat es mit meiner Tante auch immer angefangen. Sie ist gerne gewandert, aber alleine machte es ihr keinen Spaß. Was mich angeht, so gibt es eigentlich nur eine Sache, die ich lieber mache als wandern: nicht wandern!

„Einer muss doch das Gipfelfoto machen!", sagte Tante Claire, und der eine war meistens ich.

„Aber ich hab Hausaufgaben auf. Muss für eine Prüfung lernen." Oder was immer mir sonst als Ausrede einfiel. Wenn wir zum Shoppen in der Melrose Avenue waren, oder auch nur in einer Mall, machte sie stets nach höchstens fünfzehn Minuten schlapp. Aber beim Wandern kannte sie keine Gnade.

„Hausaufgaben! Es gibt Dinge, die lernt man nicht in der Schule. Die muss man erleben. Du wirst mir dankbar sein."

Ab ging es, in die Santa Ana Mountains, in die San Joaquin Hills, in den Griffith Park.

„Ist es weit?", fragte ich.

„Nein", sagte sie. Und hatte auch Recht. Wenn man es mit der Entfernung zum Mond vergleicht.

„Sind wir schon in Oregon?", fragte ich.

„Ach komm schon, hab dich nicht so. Wozu hast du zwei Beine?"

„Und wozu hast du einen Autoschlüssel?"

„Mit dem Auto kommt man da aber nicht hin. Du wirst sehen, die Aussicht ist die Mühe wert."
Die Aussicht war tatsächlich spektakulär. Das fanden auch all die anderen, mit denen wir uns am Aussichtspunkt drängelten und deren Autos fünfzig Meter weiter auf dem Parkplatz standen.

Aber mein Vater ist nicht meine Tante. Es ist wirklich nicht allzu weit. Wir gehen am Rand der Lichtung entlang, am Waldsaum dann nach rechts. Ein Stück über den Hang, danach tauchen wir wieder in den Wald ein. Folgen einem schmalen, gewundenen Pfad, bis wir nach einiger Zeit plötzlich oberhalb des Flusses rauskommen, dessen Namen wohl zu den Dingen gehört, die ich auf der Fahrt nicht mitbekommen oder wieder vergessen habe. Und nun bin ich zu stolz, nachzufragen. Ich versuche, mich zu erinnern. Zwecklos. Der Creek bleibt namenlos. Noch ein Stück müssen wir flussaufwärts, um eine langgezogene Biegung, dann stehen wir direkt unterhalb der Fälle.

Ich habe vielleicht nicht darüber nachgedacht, aber ich hatte nicht erwartet, dass der Wasserfall vollständig gefroren ist.
Umgeben von silbrigen Zinnen gleichenden, in der Gischt überfrorenen Kiefern, erhebt er sich

wie der Turm eines eisigen Schlosses. In zwei anmutigen Kaskaden erklimmt er die unterste Stufe, vereinigt sich dann in einer schimmernden Freitreppe, dann noch zwei Stufen, wie gläserne Spiegel. Darunter der namenlose Creek, trichterförmig erweitert wie ein riesiger Ballsaal, in tausend Strudeln erstarrt im letzten Tanz, in dem Moment, als die Zeit stehen blieb.

„Unglaublich, nicht?" sagt mein Vater.

„Ja. Es ist wunderschön."

„Kaum einer kennt das hier. Die meisten Touristen sehen sich die Athabasca-Fälle an, oder die Sunwapta-Fälle. Ist ja auch bequem, von der Straße aus, und die Aussichtsterrassen. Aber ich finde das hier viel schöner."

„Ja", sage ich und habe die namenlosen Fälle des namenlosen Creeks bereits in mein gefrorenes Herz geschlossen.

„Im Sommer ist es ohrenbetäubend laut", sagt mein Vater. „Man kann sich kaum schreiend unterhalten. Die Fälle sind so laut, dass man sie manchmal sogar bis zur Hütte hören kann."

Aber es ist kein Sommer. Es ist unglaublich still. Man könnte Tränen fallen hören. Wie Perlen, geweint in einem Palast aus Kristall.

„Dad, wenn du an mich gedacht hast, was hast du dir da vorgestellt?"

„Vor allem habe ich mir dich kleiner vorgestellt."

„Ja, klar. Nein, im Ernst."

„Das ist mein Ernst. Für mich warst du immer noch das kleine Mädchen von damals. Als ob die Zeit stehen geblieben wäre. Als ob ich jederzeit zurück könnte."

„Und jetzt?"

„Jetzt sehe ich, dass ich nicht mehr zurück kann." Er schüttelt kaum merklich den Kopf. „Und ich sehe, was ich alles versäumt habe."

Manchmal gibt es beim Filmen den perfekten Moment. Wo nicht nur alles stimmt, sondern wo die Magie einen weiter trägt, als sich Drehbuchautor, Regisseur oder sonst wer je hätten vorstellen können. Man kann ihn nicht planen. Und man kann ihn auch nicht wiederholen. Niemals. Entweder lief die Kamera oder sie lief nicht. Meist lief sie nicht. Meist war es nur eine Probe.

Wir sind auf dem Parkplatz vor der Hütte. Dad wechselt ein Hinterrad an seinem Pick-up. Der Reifen hat Luft verloren, obwohl wir nicht sehen konnten, woran es lag. Ich lehne am Auto und

sehe ihm zu. Auf der Motorhaube wartet ein Träger Dosenbier, den er sich als Belohnung mitgebracht hat. Es ist Vormittag, eiskalt, aber irgendetwas an dem Tag, ich weiß nicht was, atmet schon etwas von dem kommenden Frühling.
„Und du?", fragt er. „Was hast du dir vorgestellt?"
„Ich hab mir gar nichts vorgestellt. Ich dachte, du wärest tot!"
„Natürlich." Er zieht die Radmuttern fest. „Und was meinst du jetzt?"
„Tja, du bist ein miserabler Mechaniker. Und eine modische Katastrophe." Ich zupfe an seiner Lederjacke.
„Hey, das ist meine Lieblingsjacke!"
„Das bleibt aber besser unter uns!"
Er ist fertig. Verstaut den Wagenheber. Öffnet eine Dose Bier. „Und sonst?"
„Na ja, du bist ein Chaot. Trinkst zuviel. Bist wahrscheinlich das, was meine Tante einen Frauenheld nennen würde."
„Erzähl mir etwas, was ich noch nicht weiß." Lehnt sich an den Kotflügel. „Und gibt's auch was Negatives?"

„Hast du je daran gedacht, mich zu dir zu holen?"
Er sieht mich über seine Bierdose hinweg an. „Ab und zu schon. Immer, wenn es irgendwo Rabatt

für Familien mit Kindern gab." Scheint heute seinen witzigen Tag zu haben.
Eine kleine Meise landet auf einem kahlen Baum neben mir, hüpft von Ast zu Ast, lässt einen zarten Schleier aus Schnee herabrieseln. Fliegt zu der Stelle, wo Dad den Wagenheber angesetzt hatte, inspiziert sie.
„Hast du mich denn nicht vermisst? Dich gefragt, wie ich bin? Wer ich bin?"
Er nimmt ein zweites Bier, schüttelt es, nimmt die andere Hand an die Aufreißlasche und tut so, als wollte er mich nass spritzen. Jagt mich um das Auto. „Mich gefragt, wie du bist? Du bist wie deine Mom. Sie musste auch immer am meisten lachen, wenn sie versucht hat, ernst zu bleiben."
Hat mich eingeholt. Knufft mich in die Seite. „Komm schon, gehen wir rein. Mir ist kalt."
„Mir auch."

Ich habe Chocolate Chip Cookies gemacht. Und Cupcakes, die noch im Ofen sind. Mein Vater hatte eine Cupcakeform. Und Frosting aus der Sprühdose! Die Wildnis ist nicht mehr ganz so wild.

„Kochen ist keine Zauberei", hat meine Tante immer gesagt. Vornehmlich wenn sie gerade ein Glas aufgemacht oder eine Aluschale in die Mikrowelle geschoben hat. Und das waren schon die heimeligen Tage. Die meiste Zeit ernährten wir uns so, wie es von der Natur für die Bewohner von Los Angeles vorgesehen wurde: mit Essen von einem Food-Truck, vorzugsweise mexikanisch.
Kochen ist keine Zauberei. Wenn ich meinem Vater so zusehe, bin ich mir da nicht mehr so sicher. Er kostet momentan seine olivenölbestrichenen, mit viel Knoblauch im Ofen gebackenen Tomatenhälften. „Hier, probier mal, Spatz. Noch Pfeffer?" Schafft auf der feenstaubgleich mit Mehl bedeckten Arbeitsplatte Platz, um Petersilie zu hacken. Rührt die selbstgemachten Nudeln um, den Kochlöffel wie einen Zauberstab schwingend. Funkenregen würde mich jetzt nur mäßig überraschen.
Ich helfe ihm dabei, die Fleischbällchen zu formen.

Es klopft. Wir beide erstarren in unseren Bewegungen und sehen uns erschreckt an. Das Brutzeln der Fleischbällchen in der Pfanne ist das einzige Geräusch. Gestern ist ein Tier um die Hütte geschlichen. Wir haben heute Morgen die Spuren im Schnee gesehen. Mein Vater denkt, es wäre ein

Schwarzbär gewesen. Wohl auf der Suche nach etwas Essbarem. Ob die jetzt nicht Winterschlaf halten würden, habe ich gefragt, worauf er geantwortet hat, dass habe er eigentlich auch gedacht. Er meinte noch, ich könnte ganz beruhigt sein, die Hütte wäre eigentlich bärensicher. Bei dem leckeren Geruch unseres werdenden Abendessens würde ich mich über eine ganze Bärenbande nicht wundern. Aber die würden vermutlich nicht klopfen.

Es klopft wieder. Mein Vater sieht durch die kleine Öffnung in der Tür, die dafür da ist, sich bärenmäßig einen gefahrlosen Überblick zu verschaffen.
„Ach, alles in Ordnung."
Er öffnet die Tür. Augenblicklich kommt ein Schwung kalter Luft herein. Ach-alles-in-Ordnung ist etwa Mitte dreißig, hat lange, dunkle Haare und leicht indianische Züge. Sie wedelt mit einer Flasche Wein und sagt: „Hi. Tommy hat mir gesagt, dass du da bist." Und als sie mich sieht, fügt sie etwas unsicher hinzu: „Ich dachte, ich schau mal vorbei und sag Hallo."
„Gute Idee", sagt mein Vater.
‚Na, das hast du ja nun getan. Danke für den Wein', denke ich.

„Das ist Matisse, meine Tochter. Und das ist Deborah. Ihrem Bruder gehört die Hütte", stellt mein Vater uns vor.
„Deine Tochter?" Sie bemüht sich nicht, ihre Überraschung zu verbergen. Scheint, als wäre dieses winzige Detail bisher zwischen ihnen nicht zur Sprache gekommen. Dann lächelt sie mich an.
„Freut mich!"
Wir geben uns die Hand.

Mein Vater nimmt ihren Mantel und die Flasche Wein und weiß mit beidem nicht, wohin.
„Komm doch mit in die Küche. Wir machen uns gerade eine Kleinigkeit zu Essen."
Eine Kleinigkeit! Die Küche sieht aus wie nach einer Explosion.
„Setz dich doch."
„Ich kann doch was helfen", sagt sie. Irgendwie wünschte ich, es wäre ein Bär gewesen.
„Nicht nötig", sagt mein Vater. „Wir sind beinahe fertig. Mach's dir gemütlich."
„Okay", sagt sie. „Riecht verführerisch." Sie braucht etwa zehn Sekunden, sich einen Stuhl zu suchen. Ich brauche keine fünf, um zu wissen, dass zwischen den beiden etwas läuft.

Mein Vater nimmt die Pfanne mit den Fleischbällchen vom Herd, rührt die Tomatensoße um, die gerade anfängt zu kochen, tut die Fleischbällchen mit hinein, um sie darin fertig zu kochen. Ich nehme meine Cupcakes aus dem Ofen, zu spät, aber sie duften köstlich. Mein Vater beauftragt mich, die Soße weiter umzurühren, dekoriert währenddessen seine Vorspeise mit Oregano, öffnet die Weinflasche. Aber für mich ist der Zauber verflogen.

Als ich die Nudeln auftue, bemerke ich, dass noch immer keiner an einen dritten Teller für unseren Gast gedacht hat. Ist noch nicht zu spät, fürchte ich. Während ich es nachhole, frage ich meinen Dad: „Haben wir noch Teller?" Er presst die Lippen zusammen und versucht, mich mit seinem Blick zu hypnotisieren, während er drei Schälchen mit Tomatenhälften balanciert, doch sie lächelt mich überraschenderweise an, als ich ihren Teller hinstelle.
„Kochst du auch so gut wie dein Vater?"
„Fast. Eigentlich habe ich erst einmal versucht, Nudeln zu kochen. Spiralförmige. Sahen aus, als wollten sie sich aus Angst vor meiner Soße durch den Teller bohren. Meinen Segen hätten sie ge-

habt. Und hart genug dafür wären sie auch gewesen."

Wir essen. Wir reden. Sie lachen. Sie sind etwas unsicher meinetwegen, und ich bin unsicher, weil ich das merke. Aber dennoch. Sie reden viel. Und lachen viel. Sie machen teils nur Andeutungen. Kommunizieren mit Blicken. Beenden gegenseitig ihre Sätze. Lachen, wenn sie gleichzeitig etwas sagen wollen.

In Hollywood macht man nach dem Casting häufig noch Screentests, wo man die Schauspieler, die für die Rollen ausgewählt sind oder zumindest in der engsten Auswahl stehen, einlädt und sie ein paar Szenen spielen lässt. Man will sehen, wie sie zusammen vor der Kamera wirken. Wie sie interagieren. Ob die Chemie stimmt. Was nützen die besten Einzeldarsteller, wenn es zusammen nicht funktioniert?
Und es hilft nichts, ich muss es mir eingestehen: Diese beiden passen fantastisch zusammen. Und sie haben scheinbar mehr gemeinsam und kennen sich besser als mein Vater und ich. Sollten sie gleich anfangen, die zwei Enden der selben Nudel aufzusaugen, erwarten sie hoffentlich nicht noch von mir, dass ich dazu singe.

„Die Fleischbällchen sind wirklich unglaublich, einfach köstlich", sagt Deborah zu meinem Vater, und dann zu mir: „Sind sie nicht toll?"
„Ich bin eigentlich Veganerin!"
„Oh."
„Aber keine sehr strenge!", sagt mein Vater, wirft mir einen mahnenden Blick zu und tut mir noch zwei riesige Fleischbällchen auf.
Für eine Minute ist das leise Geklapper des Bestecks das einzige, was zu hören ist.

„Du hast die selben lachenden Augen wie dein Vater. Warum hab ich dich hier noch nie gesehen?"
„Ja warum?", frage ich und schenke meinem Vater einen Blick aus meinen lachenden Augen.
„Na ja, sie wohnt nicht bei mir. Sie wohnt in Kalifornien. Eigentlich. Bis vor kurzem", windet er sich, dass die um seine Gabel gewickelten Nudeln noch etwas von ihm lernen könnten.
„Bei ihrer Mutter?"
Vielleicht sollte ich mich anschnallen bei den zu erwartenden Turbulenzen.
„Nein. Sie ist Laceys Tochter."
„Oh! Entschuldige! Das tut mir leid."
„Ist schon gut", lüge ich.

„Kalifornien! Das muss fantastisch sein", versucht sie, mich abzulenken.
„Ja, ist es."
„Die Sonne, die tollen Strände."
„Tja. Wer würde da wegwollen?"
„Und jetzt besuchst du deinen Vater?"
„So kann man es auch nennen. Für den Tatbestand der Entführung gibt es wohl nicht genügend Beweise."
„Du bist witzig!", sagt sie.
„Ich glaube, das habe ich von meiner Mom."
Mein Vater dreht geräuschvoll eine Pfeffermühle über seinem Teller, und als sich unsere Blicke treffen, auch über meinem.
„Und was hast du von deinem Dad?", fragt unser Gast und sieht ihn flirtend an.
„Sag, wenn es genug ist", sagt mein Vater, während er weiter dreht.
„Wahrscheinlich seinen Charme", sage ich.

Weiteres Reden. Weiteres Besteckgeklapper.
Sie fängt an, von ihrem Bruder zu erzählen. Bemüht sich um gute Stimmung. Und lässt sich in ihrer Freundlichkeit keineswegs bremsen. „Mein Bruder hat eine Tochter, Laura, sie müsste ungefähr in deinem Alter sein. Vielleicht könnt ihr mal was zusammen machen!"

„Ja, vielleicht. Warum nicht?"

Sie stellt mir Fragen, echte Fragen, nicht diese Bist-du-gut-in-der-Schule-hast-du-schon-einen-Freund-Peinlichkeiten. Nach der Musik, die ich höre, nach dem Leben in L.A., ob meine Locken Natur wären. Ist wirklich an mir interessiert.

Midnight tapst zu ihr, kleine weiße, mehlige Fußabdrücke hinterlassend. Sie nimmt ihn auf den Arm: „Noch ein Koch! Na du! Ist der niedlich! Wie heißen die beiden?"

„Midnight und Moonlight."

Sie hält den pechschwarzen kleinen Kerl vor ihr Gesicht, er stupst ihre Nase. „Dann bist du bestimmt Moonlight und dein hellbrauner Freund ist Midnight!"

Humor hat sie auch noch.

Die ersten Klippen sind umschifft, Dad hat sich wieder gefangen, die Tomatenhälften schmelzen praktisch auf der Zunge, die Chance, den beiden den Abend zu verderben, ist vorerst vertan. Wenn das so weiter geht, halte ich nicht einmal bis zum Nachtisch durch und muss zugeben, dass sie eigentlich ganz nett ist.

Ich liege in meinem Bett. Im Zimmer ist es dunkel, bis auf das Licht, das unter der Tür durchscheint. Ich habe die Fensterläden offen, und wenn ich ans Fenster gehe, kann ich die Sterne sehen. Viel mehr als je in L.A., selbst durch die Scheibe. Glitzernde Diamanten in einer frostigen Nacht.
Unten höre ich sie manchmal lachen. Und bereue schon ein wenig, dass ich mich gleich nach den Cupcakes selber verkrümelt habe, mit der Ausrede, ich bekäme möglicherweise Kopfschmerzen. Hat meine Tante auch immer gesagt, wenn sie sich vor etwas drücken wollte. Mein Dad schien auch nicht übermäßig enttäuscht zu sein, doch unser Besuch hat gesagt: „Wirklich? Ach, wie schade. Kannst du nicht noch etwas bleiben? Es war so schön, dich kennen zu lernen." Und ich konnte spüren, dass sie es ehrlich meinte.

Ich gehe noch mal zum Fenster. Unendlich viele Sterne, unendlich weit entfernt. Endlose Einsamkeit. Eine endlose Nacht.
Aber ich habe heute nach langer Zeit wieder etwas wie Wärme gespürt. Ich hatte schon vergessen, wie sich das anfühlt.

Leblos.
Ich knie auf der Bank unter meinem Fenster, die Ellbogen auf das Fensterbrett gestützt, und starre auf eine leblose Welt. Eine Welt aus Schatten. Froststarr. Die Sonne ist noch nicht aufgegangen. Alles ist in ein unwirkliches Licht gehüllt. Und in Schweigen.

Ich versuche, mich an meine Mom zu erinnern. Wie sie wirklich war. Wie sie geredet hat. Ihre Stimme. Wie sie sich bewegt hat. Aber es gelingt mir nicht. Mir kommen immer wieder nur die Fotos in den Sinn, die ich von ihr kenne. Vor allem das, wo sie mich als Baby hält. Sie sieht so glücklich aus.
Aber es bleibt ein Standbild.
Leblos.
Ich weine, aber es nützt nichts. Ich habe sie vergessen.
Hat mein Vater sie auch vergessen?

Draußen erreichen die ersten Sonnenstrahlen die Spitzen der Fichten auf dem gegenüberliegenden Hang, lassen sie erglühen. Doch sie können der Kälte nichts anhaben.

Ich bin wütend. Vor allem auf mich selbst.
Ich weiß nicht, was ich mir gedacht habe. Dass mein Vater nie wieder eine andere Frau ansehen würde? Dass er ewig um meine Mutter trauern würde? Dass all seine Gefühle sozusagen mit ihr gestorben wären? Eigentlich habe ich gar nicht darüber nachgedacht, aber wenn, dann wäre es vermutlich etwas in der Richtung gewesen.
Meine Mom und mein Dad sind für mich immer eine Einheit gewesen. Sie gehören zusammen. Sie gehören einander. Untrennbar. Bis vor kurzem dachte ich ja auch, sie wären beide tot. Nun weiß ich, dass mein Vater noch lebt. Na gut, und seit gestern weiß ich, dass auch sein Liebesleben noch recht munter ist. Okay. Wen kümmert's?

„Wach auf, Schlafmütze. Ich habe Pfannkuchen gemacht."
Ich konnte es schon riechen, ehe er gerufen hat. Aber als ich in die Küche komme, verdirbt mir seine gute Laune fast den Appetit.
Ich gieße mir ein Glas Milch ein, er tut mir Pfannkuchen auf.

„Ist sie weg?"
„Wer? Deborah?"
Ich werfe ihm einen Blick zu.

„Klar ist sie weg."
„So klar ist das nicht."
Diesmal wirft er mir einen Blick zu.
„Dad, ich bin keine acht mehr."
„Nein", sagt er.

Wir essen. Schweigend.
Es gibt nicht viele Probleme, die ein paar Pfannkuchen mit Ahornsirup nicht lösen können. Aber einige eben doch.
„Dad?"
„Ja?"
„Denkst du noch manchmal an sie?"
„An Deborah?", fragt er verwundert.
„An Mom!"
„Spätzchen! Was glaubst du denn?"
„Gestern Abend hatte ich nicht das Gefühl, dass du oft an sie gedacht hast."
„Schatz. Ich liebe deine Mom. Ich werde sie immer lieben. Die Sache mit Debby ... mit Deborah wird daran nichts ändern. Aber weißt du, seit ich sie kenne ..."
„Oh bitte, verschone mich mit diesem Sie-ist-gut-für-mich-man-kann-nicht-ewig-in-der-Vergangenheit-leben-Schwachsinn!"

Wir essen schweigend weiter. Auf der Arbeitsplatte steht noch ihre mitgebrachte Flasche Wein, fast leer, Korken wieder ein Stück reingesteckt. Ich gieße mehr Ahornsirup auf meine Pfannkuchen, als nötig ist. Ertränke sie fast, bis sie nach Luft schnappen.
Er streicht mir über das Haar. „Ich denke jeden Tag an deine Mom. Glaub mir! Jeden Tag! Und ich vermisse sie jeden Tag. Am Anfang hatte ich das Gefühl, mir würde die Luft wegbleiben, wenn mich etwas unvermittelt an sie erinnert hat, irgendwelche Kleinigkeiten zumeist, oder wenn ich an sie gedacht habe. Ich hatte ja keine Ahnung, wie sehr sie in den wenigen Jahren zu einem Teil von mir geworden ist. Ich musste mich setzen, konnte buchstäblich kaum atmen. Oder manchmal habe ich morgens, wenn ich aufgewacht bin, mit ihr geredet, bis mir klar wurde, dass sie gar nicht neben mir liegt. Dann habe ich rumgeschrien, in die Kissen geschlagen. Das hat sich geändert. Sonst hat sich nichts geändert. Ich brauche nur die Augen zu schließen und sehe sie vor mir. In letzter Zeit muss ich sogar wieder häufiger an sie denken. Und es tut nicht mehr so weh."
„Ja, wahrscheinlich, weil dich Deborah an sie erinnert."

„Nicht Deborah." Er lächelt mich fast mitleidig an. „Zum Glück bist du nicht immer so schlau, wie du tust."

Er tut uns zwei weitere Pfannkuchen auf. „Reichen die Pfannkuchen, oder soll ich noch welche machen?"
„Erzähl mir von Mom! Wie war sie so?"
Er stellt die Pfanne ab. Macht den Herd aus. Schaut mich an, oder durch mich hindurch. „In manchem war sie dir sehr ähnlich. Zum Beispiel, wie du oft mitten im Satz eine kleine Pause machst, einfach so, zwischen zwei Worten, ohne dass es Sinn ergibt. Wie du beim Essen den Kopf schief hältst und mich ansiehst, wenn wir uns unterhalten. Oder wie du unter der Dusche singst."
„Tu ich nicht!"
„Tust du doch."
Er setzt sich wieder zu mir an den Tisch.
„Ich weiß noch, wie ich sie zum ersten Mal sah. Es war der Sommer, den sie bei ihrer Schwester verbrachte. Der Sommer, nachdem ihr Vater gestorben war. Ihre Mutter war wahrscheinlich ganz froh, sie eine Zeit lang aus dem Haus zu haben, schätze ich. Sonst hätte sie es ihr wohl kaum erlaubt. Ihre Schwester – Claire – wohnte damals heimlich mit ihrem Freund zusammen zwei Häu-

ser neben uns. Es war keine besonders gute Gegend. Tenderloin. Deine Tante hat dir ja bestimmt von dieser Zeit erzählt."

Allerdings. Dann leuchteten ihre Augen und es fielen schon mal Worte wie *Boheme* oder *bourgeoiser Lebensstil*. Mit nur leicht ironischem Tonfall. Es war die Zeit etwa ein Jahr nach ihrem Highschoolabschluss. Sie wusste nach der Schule nicht viel mit sich oder ihrer Zukunft anzufangen, arbeitete in einem kleinen Café als Bedienung und Küchenhilfe. Was sie wusste war, dass sie mit ihrem neuen Freund zusammen sein wollte, Riley, ihrem Hippiefreund. Und der interessierte sich damals vor allem für seine Band. Er war der Gitarrist. Machte ein bisschen auf Rockstar. Na ja, in Breckenridge brennt musikmäßig nicht gerade die Luft. Wenn sie nicht zufällig auf einer Benefizveranstaltung in einem Altersheim spielen konnten, oder vielleicht auf einem Schulball, wenn sie Glück hatten, dann waren ein paar Ersatzreifen und Farbtöpfe in der Garage des Drummers ihre einzigen Zuhörer. Doch dann bekamen sie die Chance, regelmäßig zwei Abende die Woche in einem Club in South of Market zu spielen. Der Sänger kannte den Besitzer. Zwei schlecht bezahlte Gigs jede Woche. Das muss ihnen schon fast wie eine ausverkaufte Stadiontour vorgekommen sein. Und schon zog Claires Hippiefreund nach San Francisco. Was sollte sie machen? Ihn mit seinen Rockstarallüren allein in einer fremden Stadt lassen? Also erzählte sie ihrer Mutter, sie wolle es jetzt doch mit einem College versuchen. Meeresbiologie. Und das würde man nun einmal am besten an der Küste studieren. In Kalifornien. Sie könne ja abends kellnern, um sich eine billige Wohnung zu mieten. Ihre Mutter stimmte zu, und so zog auch sie nach San Francisco. Im Frühling darauf starb ihr Dad, und im Sommer kam ihre Schwester sie besuchen, meine Mom.

„Wir, das heißt mein Bruder Brian und ich, kannten Claire flüchtig", fährt mein Vater fort. „Sie war ungefähr so alt wie er. An diesem Nachmittag hatte sie sich bei unserer Mutter ein paar Sachen geborgt, da ihre Schwester kommen würde und sie keine Zeit mehr hatte, einkaufen zu gehen. Abends sah ich deine Mom dann – und war sofort verzaubert. Mein Bruder leider auch. Sie und einige andere Mädchen aus der Nachbarschaft spielten auf der Straße dieses Spiel, wo sie zwei Springseile gegenläufig schwingen und eine in der Mitte springt und Tricks vollführt. Ich weiß nicht, wie es heißt, aber es war damals ziemlich in Mode."

„Double Dutch."
„Mein Bruder und ich und noch ein paar Jungs lungerten an unserem Eingang herum. Aber ich konnte meine Augen nicht von ihr abwenden."

Ich sehe es geradezu vor mir. Im goldenen Gegenlicht des Abends schwingen zwei Mädchen quasi in Zeitlupe die Seile, und sie tanzt darin elfengleich, fast ohne den spiegelnden Boden zu berühren.
„Sie war nicht besonders geschickt", zerstört er meine Vorstellung, „aber voller Energie. Wollte nicht aufgeben. Die Mädchen versuchten, ihr ein paar Tricks beizubringen. Sie passte eigentlich gar nicht in diese Gegend. Viel zu artig. Viel zu brave Frisur, viel zu fein angezogen. Weiße Bluse mit Spitzenkragen. So sahen die Mädchen bei uns allenfalls aus, wenn sie sonntags zur Kirche gingen. Aber sie hatte diese Art an sich. Unterschwellig nur. In ihren Gesten, ihren Blicken. Irgendetwas Wildes, Ungezähmtes. Ich glaube, es waren vor allem ihre Augen. Als würde sie uns alle insgeheim auslachen."
Ich bin mir nicht ganz sicher, ob ich die Details wirklich so genau wissen will, aber es geht um Mom. Also ...

„Ja. Ihre Augen! So erinnere ich mich bis heute an sie. Glaub mir, sie war wirklich der netteste, höflichste, liebenswürdigste Mensch, den du dir vorstellen kannst. Nur ihre Augen! Fast schon provokativ."

Jetzt bin ich mir sicher, dass ich das alles nicht so genau hören möchte.

„Weißt du", sagt er, „beinahe wie das Fenster zu einer unterirdischen Magmakammer."

Mir wird gleich schlecht. „An dir ist ein Dichter verloren gegangen", sage ich. „Und dieses Feuer loderte nur für dich."

„Oh nein, ganz sicher nicht. Für niemanden. Es war einfach da", lässt er sich nicht aus der Ruhe bringen. Lacht sogar. „Und wenn, dann schon eher für meinen Bruder. Irgendwie hat er es mit seinem feinen Getue und seinen Manieren geschafft, ihre Aufmerksamkeit zu gewinnen. Ich habe bemerkt, wie sie ihn angesehen hat. Schließlich hatte er sogar ein Date mit ihr. Mann, war ich eifersüchtig. Aber als es soweit war, hat er sich verspätet. Schaffte es nicht rechtzeitig nach Hause. Er hat mich angerufen und gesagt, ich solle sie abholen. Und mich mit ihr unterhalten, bis er kommen würde. Dachte, wir würden im selben Team spielen."

„Was hast du gemacht?"
„Na genau, was er gesagt hat. Sie abgeholt, mich mit ihr unterhalten. Nur haben wir uns besser verstanden, als alle geglaubt hätten. Hat mich auch überrascht. Aber du kennst mich ja! Charmant. Einfühlsam. Wie heißt das Wort noch, das ich suche? Unwiderstehlich. Wir haben geredet und geredet. Außer in dem Moment, als er endlich nach Hause kam. Da haben wir uns gerade geküsst."
„Und dann?"
„Erst dachte ich, er würde sich auf mich stürzen. Aber er hat nur gesagt: ‚Danke, dass du dich um Lacey gekümmert hast', und sich bei ihr für die Verspätung entschuldigt. Na ja, sie sind dann trotzdem noch losgezogen. War bestimmt 'ne tolle Stimmung. Vermutlich haben sie noch die zweite Hälfte des Films sehen können. Sozusagen den Abspann, ohne dass es richtig angefangen hätte. Jedenfalls war das, soweit ich mich erinnere, ihr erstes und ihr letztes Date."
„Da kannst du aber stolz auf dich sein! Du bist ja als Bruder beinahe noch besser als als Vater."
„Was meinst du damit?"
„Na, was wohl? Und Mom? Hat sie gedacht, es bleibt ja in der Familie?"

Er steht auf. Wirft den Rest seines Pfannkuchens in den Müll. Lässt das Geschirr in die Spüle krachen.
„Über mich kannst du denken, was du willst. Und wahrscheinlich hast du mit allem Recht. Aber rede nicht so über deine Mom!", sagt er leise. „Sie war der tollste Mensch der Welt."

„Matisse, komm doch mal. Das hier wollte ich dir zeigen."
Es ist fast Mittag. Ich bin dabei, uns Sandwiches zu machen. Wir haben seit dem Frühstück kein Wort miteinander gesprochen.
Die Stimme meines Vaters kommt aus dem kleinen Raum unter der Treppe. Er sitzt auf dem Fensterbrett unter dem zugenagelten Fenster und hält eines seiner Bilder in der Hand.

Es sieht vom Stil ganz anders aus als die anderen, und auch die Farben sind sanft wie Sommerwind, der in einem Lavendelfeld umherstreift. Ich nehme es und sehe meinen Dad fragend an.
„,Le cœur connaît la réponse.' Das war das Lieblingsbild deiner Mom. Natürlich ist das nicht das Original. Ich habe es nachgemalt."

„Was bedeutet es?"
„Na ja, sie hätte es dir sicher besser erklären können, aber es bedeutet so ungefähr: Wenn der Verstand auch seine Gründe haben mag oder wenn er noch verwirrt ist, ziellos herumirrt und nach einer Richtung sucht, das Herz kennt bereits die Antwort."
„Es ist schön!"
Wir betrachten das Bild eine Weile.
„Hast du auch welche von Mom gemalt?"
Er schüttelt den Kopf. „Ich kann es nicht. Und es würde ihr auch nicht gerecht werden." Er blickt ins Leere. Dann schaut er auf Moms Lieblingsbild, dann sieht er mich an. Rutscht vom Fensterbrett runter, blättert den abgedeckten Stapel durch, nimmt eines der Bilder mit dem geöffneten Fenster und den wehenden Vorhängen in die Hand, betrachtet es. „Ich habe dir doch erzählt, dass ich an dem Abend, an dem sie starb, im Drugstore war, um für sie Medizin zu holen. Ich hab dir nicht alles erzählt. Ich hab dir nicht erzählt, dass es meine Schuld war." Er blickt auf das vernagelte Fenster über mir, als bräuchte er Luft. Sieht sich in dem engen Raum um, als würde er einen Ausweg aus der Vergangenheit suchen. Sein Gesicht wirkt hart im Licht der einzelnen Glühbirne, die von der Decke hängt.

„Ich komme also vom Drugstore wieder. Finde erst keinen Parkplatz, muss zweimal um den Block fahren. Im Fahrstuhl sehe ich mir noch mal das Medikament an, das ich eben besorgt habe. Als die Fahrstuhltür sich öffnet, kommt gerade jemand aus einer der Wohnungstüren, komplett schwarz gekleidet, ziemlich in Eile. Bewegt sich trotzdem irgendwie behutsam. An mehr erinnere ich mich nicht. Als er mich sieht, dreht er sofort um, erwischt die Tür gerade noch, bevor sie zufällt, und verschwindet wieder in der Wohnung. Es dauert eine Sekunde, bis ich erkenne, dass es die Tür zu unserem Apartment ist, die vorletzte im Gang. Ich renne hin, versuche, die Tür aufzukriegen. Habe zuerst den falschen Schlüssel. Als ich endlich drin bin, bemerke ich als erstes das offene Fenster. Ich denke noch: ,Aber sie ist doch krank!' Es wird recht kühl in dieser Jahreszeit in San Francisco. Von dem Mann ist nichts zu sehen. Die Wohnung ist voller Rauch. Es brennt an mindestens zwei verschiedenen Stellen. Die Vorhänge im Schlafzimmer und irgendetwas in der Küche. Dann sehe ich sie. Deine Mom. Sie liegt auf dem Boden im Wohnzimmer, neben der Couch. Eine Lampe liegt auch da. Es muss einen Kampf gegeben haben. Ihr Kopf blutet. Selbst wie sie da so liegt, sieht sie noch wunderschön aus. Ich spreche sie an, berühre vorsichtig ihr Gesicht. Keine Reaktion. Ich nehme ihre Hand. Sie ist warm, aber ich fühle keinen Herzschlag, keinen Atem. Nichts. Sie sieht in meine Richtung, aber sie sieht mich nicht an. Sie ist tot. Ich schreie sie an: ‚Lacey! Lacey!' Stürze zum offenen Fenster, sehe den Mann noch unten die Straße entlang laufen. Ich rufe: ‚Hey! Hier bin ich!' Verstehst du? Er wollte doch mich! Nicht deine Mom. Mich! Oder das Geld, von dem sie glaubten, dass ich es hätte. Ich meine, es könnte natürlich auch ein normaler Raubüberfall gewesen sein, aber daran glaube ich nicht. Er hat mich wahrscheinlich im Fahrstuhl nur nicht erkannt.

Schnell nehme ich eine Decke vom Sofa, mache sie in der Dusche nass, gehe in die Küche, wo etwas auf dem Fußboden brennt, was aussieht wie ausgekippter Müll. Nachdem ich die Flammen erstickt habe, renne ich ins Schlafzimmer, mache dort das Fenster auf, reiße den brennenden Vorhang herunter und werfe ihn auf die Straße. Dann öffne ich die Wohnungstür, rufe: ‚Hilfe! Ich brauche Hilfe!', gehe wieder zurück ins Wohnzimmer. Deine Mom liegt immer noch genauso da. Hilflos wiederhole ich leise: ‚Ich brauche Hilfe.' Ich knie neben ihr. Kalte Luft weht in das Fenster, durch das der Mann entkommen ist. Es ist das Fenster mit der Feuerleiter. Ich springe auf, klettere hinterher, laufe ihm nach. Aber es ist zu spät. Er ist verschwunden. Ich laufe zwei Blocks in die eine Richtung, dann drei in die andere. Er ist weg.

Als ich zurückkomme, ist die ganze Straße vor unserem Haus voll von Polizei und Feuerwehr. Überall Menschen, Blinklichter. Rauch kommt aus dem Fenster. Vielleicht habe ich das Feuer nicht richtig gelöscht, oder ich habe einen weiteren Brandherd übersehen. Die anderen Bewohner laufen aus dem Haus, einige Feuerwehrmänner hinein.
Ich sehe es, aber es ist, als hätte es nichts mit mir zu tun. Als würde es gar nicht zu meinem Leben gehören. Alles ist mir fremd. Unsere Straße, unser Haus, die Leute. Zuerst habe ich Panik. Ich überlege, was ich tun soll. Sie würden mich wahrscheinlich nicht ins Haus lassen. Und sie würden Fragen stellen. Je länger ich stehe, desto fremder wird alles. Und unwichtig. Verstehst du? Wie bei einem Alptraum. Wenn man aufwacht und alles noch ganz nah und real ist, aber eine halbe Stunde später schon hat es keine Bedeutung mehr.
Ich beobachte noch eine Zeit lang das Treiben, dann gehe ich einfach weiter. Die Straße entlang, um die nächste Ecke. Komme nie wieder zurück."

Wir beide starren auf das Fenster auf dem Bild, als ob wir durch es der Realität entfliehen könnten. Mein Dad setzt sich wieder neben mich auf die Fensterbank.

„Aber ich hab doch zu deinem Leben gehört? Oder nicht?"

„Natürlich, Spätzchen. Das habe ich doch auch nicht gemeint. Ich hoffe, du glaubst das nicht. Den ganzen nächsten Tag habe ich überlegt, wie ich es anstellen sollte, dich zu holen. Bei Mrs. Rivera würde höchstwahrscheinlich die Polizei auf mich warten, um mich zu befragen. Ob ich etwas gesehen hätte. Oder was der Mann gewollt haben könnte. Vielleicht würden sie sogar denken, ich hätte deine Mom umgebracht. Außerdem war ich mir damals nicht sicher, ob sie mich wegen einer anderen Sache suchen würden. Schließlich habe ich Claire angerufen. Ich wusste nicht, wem ich sonst vertrauen konnte. Sie war so still am Telefon. Ich konnte spüren, dass sie mich nie wieder sehen wollte. Nie wieder mit mir sprechen wollte. Ich war froh, dass ich ihr nicht ins Gesicht sehen musste, als ich sie bat, dich abzuholen. Wenn ihre Stimme mich nicht töten konnte, ihre Augen hätten es sicher getan. ‚Das arme Ding', hat sie dauernd wiederholt. Und ich wusste, sie meinte nicht nur, dass du deine Mom verloren hattest. Sie sollte dich wirklich nur abholen, ich wollte dich ein paar Tage später zu mir nehmen. Daraus sind dann leider ziemlich viele Tage geworden."

Ich könnte nicht sagen, warum, aber ich nehme seine Hand. Darf ich denn nicht auch mal etwas Dummes tun? Sie ist eiskalt.
Er umfasst meine Hand mit seiner zweiten: „Ich kann mir vorstellen, wie sich das für dich anhören muss. Ich war in Panik. Deine Mom hat immer nur das Gute in mir gesehen. Aber ich glaube, sie hat sich geirrt. Ich habe mich damals so ziemlich für den Coolsten gehalten. Dachte, ich könnte alles machen, was ich wollte. Mir alles erlauben. Mir nehmen, was ich wollte. Und plötzlich ging mein ganzes Leben den Bach runter. Deine Mom war tot, und es war purer Zufall, dass du es nicht auch warst. Oder ich. Und ich wusste, es war nur eine Frage der Zeit, bis es mich auch erwischen würde. Entweder die Leute, die hinter mir her waren, oder die Cops. Oder vielleicht sogar die Drogen. Ich konnte nicht klar denken. Ich hatte keine Ahnung, wie ich es ohne Lacey schaffen sollte. Ich hatte Angst. Und ich war hilflos ohne sie. Bin es noch. Ich könnte es vielleicht anders formulieren, aber was hätte das für einen Sinn? Im Grunde bin

ich einfach davongelaufen. Vor allem. Und irgendwie schien es mir nach einer Weile tatsächlich das Richtige zu sein. Du warst bei deiner Tante auf jeden Fall besser aufgehoben als bei mir. Ich habe deine Mom nicht verdient. Und ich habe dich nicht verdient. Trotzdem hatte ich immer vor, dich zu holen. Nächste Woche. Oder nächsten Monat." Er lässt meine Hand los, betrachtet seine Hände. „Vielleicht habe ich mir auch nur etwas vorgemacht. Weißt du, Weglaufen ist gar nicht so einfach. Deine Gedanken, Gefühle, Erinnerungen kommen immer mit. Und je länger ich gewartet habe, desto mehr Angst hatte ich, Claire auch nur unter die Augen zu treten. Oder dir."

Er nimmt wieder das Ölbild in die Hand, dreht es ein wenig vor und zurück, als ob die Gardinen dann anfangen würden, sich zu bewegen.
„Das ist das Bild, das ich immerzu vor mir sehe. Anfangs träumte ich fast jede Nacht davon. Auch jetzt noch ab und zu. Das offene Fenster. Die sich sanft im nächtlichen Wind bewegenden Vorhänge. Ich sehe nicht deine Mom oder das Feuer. Nur das Fenster. Als hätte jemand es offen gelassen und sie wäre einfach davongeflogen. Wie ein Vögelchen."

Ich wache auf. Schweißgebadet. Kann kaum atmen. Ich glaube, ich habe geschrien.
Ich mache das Licht an. Meine Hunde sind wach und sehen mich erschreckt an. Ich habe ganz bestimmt geschrien. Nur weiß ich nicht, warum.

Mein Dad kommt rein: „Spatz?! Alles in Ordnung?"
„Schon gut, Dad. Nur ein Alptraum", sage ich, obwohl ich mir nicht ganz sicher bin.
Er setzt sich aufs Bett: „War wohl schlimm." Ich muss furchtbar aussehen.
„Ich weiß nicht."
„Soll ich hierbleiben?"
„Danke, es geht schon", sage ich, zu stolz zuzugeben, dass ich es möchte.
„Ich kann warten, bis du wieder eingeschlafen bist."
„Nein danke, wirklich, ist nicht nötig."

Er bleibt dennoch. Und tut etwas, was ich am allerwenigsten erwartet hätte. Er fängt an zu singen. Spanisch. Ein Schlaflied.
Zunächst achte ich auf seine Stimme. Doch schon nach wenigen Takten versinke ich in einer Welt

aus Wärme und Geborgenheit. Ich kenne dieses Lied. Ich weiß nicht, wie es heißt, und verstehe nicht viel vom Text. Aber ich kenne es. Mein Vater muss es mir auch früher schon vorgesungen haben. Die vertraute Melodie will mich in ein Land entführen, in das nur Kinder Zutritt haben. Ein Land aus Zuversicht und Sicherheit.
Aber ich bin kein Kind mehr.

Ich schließe meine Augen. Nicht, weil ich wieder einschlafen möchte, sondern damit mein Vater meine Tränen nicht sieht.

Das Lied ist verklungen.
Mein Dad bleibt noch einen Moment sitzen, dann macht er das Licht aus. Steht vorsichtig auf, schleicht zur Tür.

„Dad?"
Er bleibt stehen.
„Warum hast du mich damals verlassen?"
„Ich hab dich nicht verlassen!"
„Es muss doch andere Möglichkeiten gegeben haben! Möglichkeiten, bei denen du mit mir hättest zusammenbleiben können. Du hättest eine Lösung finden müssen. Was immer du gesucht hast oder

wovor immer du davongelaufen bist, was kann denn wichtiger gewesen sein als ich?"

„Das war es nicht! Nichts war wichtiger als du!"

„Wenn du gewollt hättest, hättest du einen Weg gefunden. Du hattest kein Recht, nicht bei mir zu sein. Ich hatte ein Recht auf einen Vater. Jedes Kind hat das. Du warst nicht tot! Du hattest nicht das Recht, das alleine zu entscheiden. Du hattest kein Recht, mich allein zu lassen."

„Matisse ..."

Es ist immer noch dunkel im Zimmer, aber meine Tränen sind mir jetzt auch egal.

„Mom war tot. Da hätte ich dich umso mehr gebraucht. Mehr als je zuvor. Ich hätte dich gebraucht, und du hast mich im Stich gelassen! Ich hätte dich gebraucht - und du vielleicht auch mich."

„Es tut mir leid ... Ich wollte doch nicht ..."

„Wie konntest du mich allein lassen? Wie konntest du nur?"

Mein Vater möchte morgen mit mir nach Vancouver fahren. Einer der indianischen Künstler, die er seit Jahren vertritt, und mit dem er auch ein wenig befreundet ist, hat es geschafft, dass ein Museum einige seiner Werke ausstellen will. Ist wohl eine ziemlich große Sache für beide. Es wird einen kleinen Empfang geben und so. Presseleute werden da sein.

Ich würde lieber schwänzen, aber mein Vater will mich nicht so lange allein lassen. Sagt, es würde mir gut tun. Das hat meine Tante auch immer über Brokkoli gesagt. Also werden wir wieder neun Stunden im Auto sitzen. Ich fange langsam an zu überlegen, ob ich nicht, wenn ich mal zu Hause bin, einen Reiseführer über Kanada schreiben sollte. Nachmittags wollen wir dann shoppen gehen. Wir haben ja beide nicht so viel anzuziehen, und in Jasper ist die Auswahl auch nicht allzu groß. Im Wesentlichen karierte Jacken und Flanellhemden. Hab mir schon ein paar vorgemerkt. Falls ich mal Holzfäller werde. Am nächsten Morgen ist dann die Veranstaltung im Museum und danach fahren wir wieder neun Stunden hierher zurück.

Ich weiß nicht, ob ich schon dafür bereit bin. Hier ist es so, als würde das Leben eine Auszeit nehmen. Als hätte die Welt aufgehört, sich zu drehen. Vermutlich eingefroren. Genau genommen kann man in dieser winterlichen Abgeschiedenheit nicht einmal sagen, ob die Welt da draußen noch existiert. Und es ist mir auch egal.

Es schneit schon den ganzen Tag. Genau wie gestern. So fein, dass man es kaum erkennen kann. In der Nacht sieht man es in der Luft glitzern, wenn man das Fenster oder die Tür öffnet. In Kalifornien habe ich es geliebt, wenn es nachts geregnet hat. Was nicht allzu oft vorkam. Ich mochte das Geräusch, ich mochte den Geruch. Es war irgendwie beruhigend und aufregend zugleich.
Der Schneefall draußen ist auch beruhigend, aber auf eine andere Weise. So, als würde sich die stoisch wirkende Gelassenheit, mit der die Landschaft, die Bäume und sogar die Tiere dem unaufhörlichen Schneefall begegnen, auf einen übertragen. Als gäbe es nie etwas anderes. Ich habe mal gehört, dass keine Schneeflocke der anderen gleicht. Wie auch immer, jedenfalls bemühen sich alle, die ohnehin weiße Welt weicher und weißer zu machen. Wie viel Schnee muss fallen, um alles zuzudecken? Wie viel Schnee ist nötig, um zu vergessen?

Die Bilder, die ich in dem Raum unter der Treppe gefunden habe, zeigen, dass all der Schnee und all die Jahre bisher bei meinem Vater nicht gereicht

haben. Und auch ich kann nicht vergessen. Dass mein Vater mich nicht wollte. Dass er mich einfach zurückgelassen hat. Dass meine Tante mich aufgenommen hat. Was hat sie alles geopfert? Bis vor kurzem habe ich mir darüber nie Gedanken gemacht, weil ich dachte, meine Eltern wären tot. Aber jetzt weiß ich es besser. Sie hat mich groß gezogen wie eine Mutter, war all die Jahre für mich da, bloß weil mein Vater andere Pläne hatte. Vielleicht hätte sie auch andere Pläne gehabt. Andere Wünsche. Hat er daran mal gedacht? Und was wäre gewesen, wenn sie mich nicht genommen hätte?
Mein Vater will nie mit mir über diese Dinge reden. Und vielleicht ist es auch besser so. Ich habe Angst, dass ich ihm nicht verzeihen könnte.

Das Fenster ist offen, dennoch habe ich das Gefühl, nicht genügend Luft zu bekommen. Von Zeit zu Zeit knackt die Tür wegen der Kälte im Raum, und meine Hunde, die mit mir auf meinem Bett dösen, zucken zusammen. Wahrscheinlich erwarten sie, dass Tante Claire reinkommt und sie wie üblich vom Bett runter jagt. Tja, das wird nicht passieren. Nie wieder wird sie sich darüber aufregen, wenn sie die beiden morgens in meinem Bett findet. Und insgeheim lachen müssen, weil ich

Moonlight beigebracht habe, die Pfoten betroffen neben die Schnauze zu nehmen, wenn sie schimpft. Nie wieder wird sie sich über irgendetwas aufregen. Oder freuen. Oder lachen.

„Midnight! Moonlight! Kommt, wir gehen ein bisschen raus. Ja, ich weiß, ihr mögt den Schnee nicht. Na kommt schon!"
Kurz überlege ich, meinem Vater, der anfängt, unser Abendessen vorzubereiten, Bescheid zu sagen, lasse es aber dann. Ich will nicht lange bleiben, er merkt wahrscheinlich gar nicht, dass ich weg bin, tief versunken in der Zubereitung seiner Guacamole. Außerdem hat es ihn die letzten Jahre ja auch nicht interessiert, wo ich bin oder was ich mache.

Leise schleiche ich mich aus der Eingangstür.
Moonlight springt mit großen Sätzen im Schnee, als wollte er ihn möglichst wenig berühren. Midnight dreht gleich wieder um und will ins Haus zurück. Ich muss ihn auf den Arm nehmen.
„Schaut doch nur! Ist das nicht wunderschön? Wie in einer riesigen Schneekugel. Was ist? Wollen wir zum Wasserfall gehen? Ihr wollt auch zum Wasserfall, stimmt's? Ja, ich weiß schon, Dad hat mir verboten, allein dort hinzugehen. Lasst uns abstimmen!" Ich hebe meine Hand und halte Midnights

Pfote hoch. „Also gut. Zwei gegen einen. Auf geht's."

Wir stapfen los. Durch den vielen Neuschnee ist der Weg kaum zu erkennen. Angeblich ein alter Indianerpfad, viel älter als der Park selbst. An ein, zwei Stellen bin ich mir unsicher, wie es weiter geht. Ich hoffe, ich verlaufe mich nicht. Nach einer Weile setze ich Midnight auf den Boden. Da Umkehren jetzt keine Option mehr für ihn ist, bleibt ihm keine andere Wahl, als mitzulaufen. Aber es ist unglaublich schön. Ich wünschte, meine Tante wäre mit mir hier und könnte das sehen. Sie liebte die Berge, den Winter, den Schnee. Ich breite die Arme aus, drehe mich, renne ein Stück. Meine Hunde tanzen um mich herum.
Tief verschneiter Fichten- und Kiefernwald, nirgends das geringste Anzeichen von Zivilisation. Nichts zu hören, außer unseren eigenen knirschenden Schritten. Kein Anhaltspunkt, in welchem Jahrhundert man sich befindet, und ganz sicher kann man sich auch nicht sein. Jedenfalls hat mein Handy hier keinen Empfang. Plötzlich bemerke ich nicht weit entfernt von mir einen Luchs. Reglos steht er im feinen Schneefall, blickt mich unverwandt an, als wäre dies ein Anstarrwettbewerb. Scheint die Ohren zu spitzen. Ich

habe noch nie zuvor in meinem Leben einen Luchs gesehen, und so verdutzt, wie er guckt, hat er wohl noch nicht viele Menschen gesehen.

Der Weg kommt mir weiter vor als beim ersten Mal mit meinem Vater. Langsam beginne ich, mir Sorgen zu machen. Aber dann erreichen wir die Biegung, an die ich mich erinnere. Der Pfad öffnet sich, wir sind am Hang über dem Fluss. Vor uns das Tal des namenlosen Creeks. Anmutig windet es sich durch die schroffen Berge, den leisen Schatten folgend, der Dämmerung entgegen. Die Wasserfälle liegen ein Stück weiter flussaufwärts, wo der Hang etwas zurückweicht. Man kann sie von hier noch nicht sehen. Allerdings wird der Pfad auf diesem Stück recht gefährlich. Eng und abschüssig schmiegt er sich an den Berg, als müsse er sich selber festklammern. Und der letzte Abschnitt unterhalb der Fälle ist sehr glatt wegen des gefrorenen Sprühnebels unter dem Schnee. Wer das nicht weiß, ahnt nicht einmal etwas von der Gefahr. An einer Stelle, wo es besonders steil ist, gibt es sogar ein an den Felsen geschraubtes Stahlseil zum Festhalten. Ich hätte es übersehen, wenn mein Vater mich nicht darauf aufmerksam gemacht hätte. Sicher hat es schon den einen oder anderen Eiskletterer vor einem Absturz bewahrt. Aber für heute reicht mir der Blick über den gefrorenen Fluss, und dass ich alleine hierher gefunden habe. Außerdem wird es bald dunkel. Ich mache mich auf den Rückweg, nehme dabei beide Hunde auf den Arm. Ich bin ja schon erschöpft, wie muss es einem da erst gehen, wenn man bei jedem Schritt bis zum Bauch im Schnee einsinkt?

Wir fahren durch ein regennasses Vancouver. Die Stadt ist mir so fremd wie mein Leben. Mein Vater hat sein Navigationsgerät eingeschaltet. Offensichtlich ist er hier auch nicht viel mehr zuhause als ich. Eine leicht nervige Frauenstimme lotst uns in zerhackten Sätzen durch den Verkehr. Sie ist die einzige, die spricht.
Mein Vater trägt einen dunklen Anzug. Er sieht aus, als würde er zu einer Beerdigung fahren. Und ich wünschte, es wäre so. Ich wünschte, wir hätten nicht die Beerdigung meiner Tante versäumt, letzte Woche, in Breckenridge. Meine Großmutter wird da gewesen sein. Wahrscheinlich auch Peter. Ein paar Freunde von früher. Ich hoffe, es hat geschneit.

Wir sind falsch abgebogen. Fast vorwurfsvoll fordert die Frauenstimme uns auf, bei der nächsten

Gelegenheit zu wenden. Es kommt keine. Sie wiederholt ihre Forderung.

„Ist ja gut!", schimpft mein Vater gereizt. „Wer soll sich denn hier auskennen?" Er sollte. Er wohnt doch hier. Hier und in Montreal und in Jasper. Mir scheint, er ist nirgendwo richtig zuhause. Sucht eine Heimat, die er niemals finden wird. Wie auch? Er hatte eine. Sie war bei Mom und bei mir. Er hat sie verlassen. Er hat sie zerstört.

Meine Finger folgen den Regentropfen, die auf der Seitenscheibe entlang wandern.

Die meisten Ampeln sind rot. Die Straßenbäume kahl. Der Himmel grau.

―⸺◆⸺―

Es ist unangenehm warm im Museum, und stickig. Mein Vater hat gesagt, ich solle mich nicht wundern, wenn die Mitarbeiterinnen seiner Galerie ihn mit dem Namen seines Vaters ansprechen würden, und auch ich solle ihn dort besser Alejandro nennen. Ich hab gesagt, ich könnte auch so tun, als würde ich ihn gar nicht kennen.

Mein Vater hat mir vorgeschwärmt, wie schön das Museumsgebäude sei. Aber wir sind direkt in die Tiefgarage gefahren, und die sieht aus wie alle anderen auch. Vom Gebäude habe ich nichts gesehen.

„Es geht ja auch um die Kunst", hat mein Vater gesagt. Doch im Augenblick sehe ich nur eine Menge Leute, die sich an wenig kunstvoll mit Glanzfolie umwickelten Stehtischen unterhalten und Sekt trinken. Mein Dad, mittlerweile geübt in der Kunst zu erkennen, wenn ich kurz davor bin, mir aus Langeweile einen Finger abzunagen, hat Erbarmen: „Sieh dich doch ein bisschen um, Spatz. Schau dir die Bilder an. Es wird nicht mehr allzu lange dauern."

Also schlendere ich durch die Ausstellungsräume. Ich fühle mich unbehaglich in Museen. Meine Ziellosigkeit beschert mir die kaum verhohlene Aufmerksamkeit eines Wachmanns. Es ist nicht viel los. Die meisten Besucher wirken, als seien sie öfter hier. Jüngere Frauen, die ihre wöchentliche Dosis Kunst konsumieren. Ruhelos, als ob sie etwas finden müssten. Und das noch vor ihrem Termin im Fitnessstudio. Rentnerinnen, die ihre Lieblingsbilder besuchen wie alte Bekannte. Einige Touristen mit Reiseführern in der Hand. Nur ein Mann wirkt ähnlich verloren wie ich. Er sieht beinahe aus wie ein Clochard, der sich hier ein wenig aufwärmen möchte. Wäre da nicht sein teurer

Mantel. Also eher wie ein schlechter Geheimagent in einem noch schlechteren Film. Er ist blass und hustet dauernd. Und er schiebt sich in regelmäßigen Abständen etwas aus einer kleinen Tüte in den Mund. Dabei ist hier doch Essen verboten. Eine der Rentnerinnen verwickelt ihn gerade in ein Gespräch über ihr Lieblingsbild.
Ich hätte auch schon einen Favoriten, wenn es um Lieblingsbilder geht. Ein einzelner Baum im Spätherbst, fast kahl, windzerzaust, sturmumtost. Einsam. Traurig. Ich gehe die letzten paar Räume zurück, um ihn mir noch einmal anzusehen. Die Pinselstriche folgen dem Sturm, zerren an den Ästen. Die wenigen verbliebenen Blätter klammern sich verzweifelt fest, doch letztlich ist es vergebens. Kalte Farben. Fast meint man, den Regen zu spüren, der noch nicht lange vorbei ist. Für mich strahlt das Bild eine gewisse Gelassenheit und Ruhe aus. Die Art, wie der alte Baum dort im Sturm steht. Viele Stunden. Viele Jahre. Er hat etwas Würdevolles. Aber er ist immer noch allein. Ob er noch Hoffnung hat? Plötzlich steht der Mann von vorhin schräg hinter mir, schaut sich ebenfalls das Bild an. Er war mir überhaupt nur aufgefallen, weil ich schon mehrmals das Gefühl hatte, er würde mir folgen.

„Stewart", sagt er. „Einige empfinden ihn ja als traurig. Mich beruhigt er."

Okay, es ist schon recht verblüffend, dass er das Bild genauso wahrnimmt wie ich, und möglicherweise möchte er ja wirklich nur ein harmloses Schwätzchen über Kunst führen. Aber ich überlege gerade, was ich dabei habe, das ich im Notfall als Waffe benutzen könnte. Mein Handy vielleicht? Mein Pfefferspray habe ich im Hotel gelassen, weil mein Vater gesagt hat, ich dürfte es hier sowieso nicht mit hinein nehmen.
„Tatsächlich?", frage ich.
Er nimmt wieder etwas aus seiner Tüte. Es sind kleine, schwarze Bonbons, soviel kann ich erkennen. Vielleicht etwas gegen seinen Husten.
Ich sehe mich um. Außer uns sind noch drei andere Leute in diesem Ausstellungsraum, und durch den Durchgang zum nächsten Raum kann ich weitere Leute und einen Wachmann sehen. Hier kann er mir wohl kaum etwas tun.
Die Rentnerin von eben kommt vorbei, sieht ihn und sagt, mit Blick auf das Bild: „Ach ja. Das gefällt mir auch sehr."
Er ist zu höflich, um sich ihr nicht zu widmen. Ich nutze die Gelegenheit, in den Nachbarraum zu entwischen. Dort durchwühle ich meine Tasche.

Nichts Waffenähnliches drin, wie zu erwarten war. Dafür finde ich ein altes Karamellbonbon. Ich nehme es heraus und lutsche es kurz an. Hat geschmacklich schon bessere Tage gesehen. Ich gehe zurück zum Durchgang, nehme es aus dem Mund und klebe es in einem unbeobachteten Moment in den Türrahmen. Dann schlendere ich wieder in den Raum zurück und wende mich an den Wachmann: „Ist es hier drin nicht verboten zu essen?"
„Ja", sagt er gelangweilt.
„Aber der Mann da drüben im dunklen Mantel isst etwas."
Er sieht einmal kurz hin, zeigt aber keinerlei Ambition, irgendwas zu unternehmen.
„Bonbons", sage ich.
„Vielleicht ist es Medizin", sagt er nach einem erneuten kurzen Blick. Hat offenbar keine Lust, sich zu streiten oder auch nur, sich zu bewegen. Ich wäre ja normalerweise auch nicht so kleinlich, aber was sein muss, muss sein.
„Nein, es sind Bonbons. Karamellbonbons. Er isst sie aber nicht nur, er klebt sie auch überall hin."
Ich zeige auf das Bonbon im Türrahmen. Jetzt quellen dem Wachmann fast die Augen raus. Wenn das hier ein Cartoon wäre, käme ihm vermutlich auch Dampf aus den Ohren. In einer Geschwindigkeit, die ich ihm kaum zugetraut hätte,

steuert er auf meinen Verfolger zu. Ich würde ja gerne noch zusehen, entscheide mich aber für die andere Richtung.

Drei Räume weiter kommt mir mein Vater entgegen. „Schon fertig. Ich hab dir ja gesagt, es dauert nicht lange. Hast du dich gelangweilt?"
„Eher nicht." Ich erzähle ihm, was passiert ist. Er ist auch beunruhigt, möchte sich den Mann gerne ansehen, stimmt aber zu, lieber schnell hier zu verschwinden. Allerdings müssen wir trotzdem zurück, um zum Ausgang zu gelangen. Schnell durchschreiten wir die Reihe der Ausstellungsräume, kommen durch den Türrahmen, in dem noch mein Bonbon klebt, in den Raum, in dem der Mann in eine heftige Diskussion mit zwei Wachmännern verwickelt ist. Ich vermeide es, ihn anzusehen, bemerke aber, dass mein Vater kurz zögert und sich ihre Blicke treffen. Wir hetzen weiter, ehe der Mann Gelegenheit hat, uns in die Angelegenheit mit hineinzuziehen. Durch weitere Ausstellungsräume, durch die Halle, durch die Drehtür am Ausgang. Wir meiden den Fahrstuhl, nehmen stattdessen die Treppe zur Tiefgarage.

Mein Vater fährt mit quietschenden Reifen aus dem Parkhaus, wie in einem Gangsterfilm. Erst als

wir im immer noch regennassen Grau der Straßen untergetaucht sind, entspanne ich mich ein wenig. „Nun, was meinst du?", frage ich. „Glaubst du, er war allein? Fandest du, dass er gefährlich aussieht? Denkst du, er hat was mit der Sache zu tun?"
„Ich fand eigentlich nicht, dass er gefährlich aussieht. Und ich weiß wirklich nicht, ob er was mit der Sache zu tun hat", sagt mein Vater. Und dann fügt er noch hinzu: „Aber er hat etwas abgenommen, seit ich ihn das letzte Mal gesehen habe. Na ja, mein Bruder war ja schon immer ein wenig schmächtig."

Wir sind wieder in Dads frostigem Versteck in den Bergen am Rande des Jasper Nationalparks. Aber irgendwie fühlt es sich anders an, seit wir aus Vancouver zurück sind. Die Hütte, eingekuschelt in die tief verschneiten Hänge, wirkt merkwürdig verloren. Drinnen riecht es nach dem Holz der Nadelbäume, aus denen sie gebaut ist – und die für sie ihr Leben lassen mussten. Was bleibt von einem Leben?

Natürlich habe ich meinen Dad gefragt, warum er Angst vor seinem Bruder habe. Ob er glauben wür-

de, dass dieser uns etwas tun wolle. Dad hat geantwortet, eigentlich würde er das nicht glauben. Es würde nicht zu ihm passen. Aber ob ich es nicht merkwürdig fände, dass er gerade jetzt aufgetaucht sei, wo das mit Claire passiert ist. Zuerst bei Dads Wohnung und dann im Museum. Wo er ihn vorher jahrelang nicht gesehen habe.
Ich wüsste nicht, habe ich gesagt. „Hätte er denn einen Grund? Wegen der Sache mit Mom beim ersten Date?"
Es gäbe noch ein paar andere, hat mein Dad gesagt.

Wenn mein Dad nicht gerade meinen Fragen ausweicht, ist er die meiste Zeit am Malen. Oder rennt mit seinem Skizzenblock herum. Sagt, die Bilder im Museum und das Treffen mit Leuten aus der Kunstszene hätten ihn inspiriert. Hat sich noch in Vancouver mit Farben und Leinwänden eingedeckt. Sagt, er habe schon viel zu lange nicht mehr gemalt.

Vielleicht will er auch nur in seine Bilderwelten fliehen. Ich würde auch gern fliehen. Ich möchte mit Noelle reden. Oder mit Austin. Vielleicht. Aber mein Handy hat hier keinen Empfang. Es gibt nicht mal einen Fernseher hier. Bis jetzt war mir das gar nicht aufgefallen.

Claire hat immer zu mir gesagt: „Das Leben findet draußen statt. Nicht in deinem Computer oder im Fernseher." Nur als ich einmal versehentlich eine ihrer Sendungen auf dem Festplattenrekorder gelöscht habe, hat sie sich aufgeführt, als wäre ihres zu Ende.

Also höre ich Musik. Weit führt meine Flucht nicht. Bis zu „The Way We Were", Tante Claires Lieblingssong. Deshalb habe ich ihn auf meinem Handy. Ich fange an zu weinen. Höre ihn ein zweites und ein drittes Mal. Lasse die Erinnerungen an Tante Claire vorbeiziehen, flüchtig wie chinesische Tuschezeichnungen.

Dad kommt rein, räumt irgendetwas weg. Fragt: „Willst du darüber reden?"

„Müssen wir jetzt schon reden, wenn ich mal Barbra Streisand höre?"

Er sieht mich an, zieht eine Augenbraue hoch.

„Claire ist tot! Was gibt's da zu reden?"

„Ich weiß nicht ..."

„Kannst du sie wieder lebendig machen?"

„Nein."

„Na also. Dann wüsste ich auch nicht, was wir reden sollen."

Dad lässt mich allein. Allein mit der Musik, allein mit den Erinnerungen.
Was bleibt von Claires Leben? Das, was ich von ihr gelernt habe? Sie war nicht meine Mutter, aber eine Menge von dem, was ich bin, bin ich durch sie.
Das, was ich von ihr in meinem Herzen habe?

Ich sitze am Küchentisch, Kopfhörer auf, versunken in meine Musik und in Gedanken an Tante Claire.
Plötzlich schiebt sich eine Zeichnung in mein Gesichtsfeld: Ich, ebenfalls mit Kopfhörern, schlafend im Pick-up meines Vaters, Kopf an die Seitenscheibe gelehnt. Vermutlich auf der Rückfahrt aus Vancouver.
Ich nehme die Kopfhörer raus. Dad lächelt mich an, bewegt lautlos die Lippen. Offenbar sein dezenter Hinweis darauf, dass schon einige vergebliche Versuche der Kontaktaufnahme vorausgegangen sind.
„Ja? Was?"

Erneut Lippenbewegungen, dazu pantomimische Gesten. Und dann lässt er das Bild zur unhörbaren Musik tanzen.

Stimmt. Ich sollte die Wäsche machen und außerdem den Salat vorbereiten.

„Lass den Quatsch", sage ich. „Aber die Zeichnung ist gut. Ich wünschte, ich könnte so zeichnen und malen. Schade, dass du dein Talent nicht nutzt."

„Du weißt ja, wie es heißt: Talent überspringt immer eine Generation. Nein, ernsthaft, ich wollte sogar mal Künstler werden. Lach nicht, vielleicht hätte es sogar geklappt. Tja, das ist ziemlich lange her."

„Was ist passiert?"

Er legt die Zeichnung in seinen Skizzenblock, klappt ihn zu. „Ist eine lange Geschichte. Ich denke, wir sollten lieber das Essen vorbereiten. Um die Wäsche kannst du dich auch später noch kümmern."

„Dad! Wir haben keinen Termin. Und ich weiß so gut wie nichts von dir. Nie erzählst du mir irgendetwas."

„Spätzchen. Wir haben noch unser ganzes Leben, uns kennen zu lernen."

„Mir scheint es eher, als hättest du dein bisheriges Leben hauptsächlich darauf verwendet, mich nicht kennen zu lernen."

Er lässt eine weitere Minute unseres zukünftigen Lebens verstreichen. Blickt auf das Deckblatt seines Blocks, wo ein alter Maler drauf ist. „Hast du eine Ahnung, wie viele Künstler es in unserer Familie gab?"
„Nein."
„Keinen, so viel ich weiß. Keinen einzigen."
Wäre auch meine Vermutung gewesen.
„Ich würde ja gerne sagen können", fährt er fort, „ich käme aus einer langen Linie von Künstlern. Tatsächlich komme ich wohl eher aus einer langen Linie von Träumern."
„Ist auch nicht schlecht."
Er kritzelt auf seinem Block herum, verpasst dem alten Maler eine Zahnlücke, macht aus dem Wort ‚Sketch' ‚Edge.'
„Erzähl mir von den Träumern."
„Mein Vater stammt aus der Gegend von Tapalpa. Er sagt, das sei der schönste Ort auf der Welt. Grüne Hügel, lichte Wälder, viel Sonne. Als ich noch klein war, hat er oft von Mexiko erzählt. Er hat Geschichten erzählt und ich saß auf dem Boden zu seinen Füßen und habe gemalt. Mit Wachsmalstiften. Die Bilder zu seinen Geschichten, so, wie ich es mir vorgestellt habe. Die Landschaften, die Orte. Die Felder. Die Ernte. Familienfeste. Manchmal hat er eines meiner Bilder genommen

und gesagt: ‚Ja! Genau so sieht es aus!' Mit den Jahren hat er immer seltener über Tapalpa gesprochen. Aber er hat dauernd gesagt, irgendwann würde er dahin zurückkehren. Vor allem, wenn er traurig war. Seiner Familie gehört dort ein Stück Land, eine kleine Farm. Er hat mitgeholfen, oft von früh bis spät. Viel Zeit für Schule blieb da nicht."

„Was für ein hartes Leben! Keine Zeit für die Schule!"

„Das war es", bleibt er ungerührt. „Aber es hat schon damals nicht zum Leben gereicht."

Er schlägt ein leeres Blatt in seinem Skizzenblock auf und fängt an zu zeichnen, während er weiter erzählt: „Kannst du dir das vorstellen? Den ganzen Tag zu arbeiten und trotzdem abends oft nicht satt zu werden? Nicht zu wissen, womit man all die fälligen Rechnungen bezahlen soll? Reparaturen? Neues Saatgut? Außerdem hatte mein Vater Träume. Große Träume, zu groß für diesen Ort. Er wollte mehr aus seinem Leben machen. Er wollte in die USA. Alle haben versucht, es ihm auszureden, seine Eltern, sein Bruder, aber er hat sich nicht beirren lassen. Und er hat es geschafft. Gleich beim ersten Versuch. Auf der Zugfahrt zur amerikanischen Grenze haben sie versucht, ihn auszurauben. Und auch sonst muss es schwierig gewesen sein, er redete nicht gern darüber. Aber er hat es geschafft. Und damit war sein Glück noch nicht zu Ende. Er hat Arbeit gefunden, im Napa Valley. In der Landwirtschaft, meist aber im Weinanbau. Wie viele andere auch. Es war fast wie zuhause. Es wurde Spanisch gesprochen, mexikanisch gekocht. Abends gesungen. Doch er hatte ein Händchen für Wein, wie sich zeigte. Und er hat sich mit dem Sohn einer Familie, für die er oft arbeitete, angefreundet. Sie waren im selben Alter. Und als dieser sich dann später mit einem eigenen Weinanbau selbständig machte, hochwertiger Wein, sogar für den Export, hat er meinen Dad mitgenommen. Er wurde praktisch seine rechte Hand. Anfang zwanzig war er damals. Er hat gut verdient, konnte viel Geld nach Hause schicken. Doch damit nicht genug. Er hat dabei auch noch meine Mom kennen gelernt. Sie arbeitete ein Jahr lang als Köchin für die Familie. Sie verliebten sich, haben geheiratet, bekamen meinen Bruder, mich und meine kleine Schwester. Und dann gab es Mitte der Achtziger noch die Amnestie für illegale Einwanderer aus Mexiko. Mom und er konnten eine legale Arbeitserlaubnis bekommen. Als mein Dad über die Grenze kam, hatte er so gut wie nichts außer seinen Träumen. Aber das, was dann folgte, war mehr als ein Traum, es war fast schon ein Märchen."

Er ist fertig mit seiner Zeichnung, reicht mir den Block. Ein kleines Farmhaus, so idyllisch wie baufällig, auf dem Feld davor ein alter Mann, der sich auf den Stil seiner Hacke stützt. Hat seinen Hut abgenommen, wischt sich mit dem Ärmel den Schweiß von der Stirn. Ich fühle mich schon vom Anschauen erschöpft.
„Es ist schön dort. Sieht es wirklich so aus?"
„Keine Ahnung. Manchmal sind Bilder schöner als die Wirklichkeit. Aber so stelle ich es mir vor. Irgendwann müssen wir mal hinfahren. Dad besuchen. Ich hab ihn nicht mehr gesehen, seit er zurück nach Mexiko gegangen ist.
Als ich ihm den Block wieder gebe, schlagen die Seiten um. Ein weiteres Portrait von mir, wie ich mit meinen Hunden spiele. Ich blättere noch einige Skizzen durch. Die meisten sind von mir.
„Du hast mich auch schöner gezeichnet als die Wirklichkeit."
Statt einer Antwort hält er mit übertriebener Geste seinen Stift erst senkrecht, dann waagerecht vor mein Gesicht, lächelt und fängt an zu zeichnen. Vielleicht will er mich nur noch mehr in Verlegenheit bringen.

„Zurück zu dem Traum, der eher ein Märchen war", sage ich.

„Ja, in Ordnung. Aber halte den Kopf etwas höher." Er kann's nicht lassen. „Wo war ich? Ach ja, wie gut es für meine Eltern lief. Für meine Geschwister und mich war das alles normal, wir sind ja so aufgewachsen, aber Mom und Dad sagten ständig, wie viel Glück wir alle hätten, wie dankbar wir sein müssten, wie gut es uns ginge.

Und es ging uns gut! So gut, dass mir sogar ein Kunststudium im Bereich des Möglichen zu sein schien. Nicht, dass ich mit Mom oder Dad darüber gesprochen hätte. Aber ich besuchte Kurse neben der Schule, arbeitete heimlich an meiner Bewerbungsmappe. Kunst war eigentlich das Einzige, was mich je interessiert hat. Mein gesamtes Taschengeld ging für Farben drauf, und für Bücher über Malerei. Ich wartete auf den richtigen Moment, um ihnen von meinem Traum zu erzählen. Tja, ich habe zu lange gewartet. Der Moment kam nicht. Meine Schwester starb, dann verlor Dad seine Arbeit. Plötzlich hieß es nur noch: Das Geld reicht hier nicht, das Geld reicht dort nicht. Mein Bruder sollte möglichst schnell auf eigenen Füßen stehen, ich sollte mir neben der Schule einen Job suchen."

„Hättest es als Straßenmaler versuchen können."

„Wäre wahrscheinlich besser gewesen. Alles wäre besser gewesen."
„Besser als was?"

Mit zusammengekniffenen Augen betrachtet er seine Zeichnung, schraffiert hier, verwischt dort.
„Hast du dir einen Job gesucht?"
„Na ja, es war kein richtiger Job. Da gab es diesen Jungen bei uns in der Nachbarschaft. Carlos. Aber er wurde von allen nur Al Carlos genannt. Ich fand ihn cool. Ich hab ein paar Dinge für ihn erledigt."
„Dinge? Was für Dinge?"
„Na, Dinge eben. Dies und das."
„Hast du Drogen für ihn verkauft?"
„Drogen? Wie kommst du denn darauf?"
„Hab einiges gehört. So dies und das."
„Gehört! Glaub nicht alles, was du hörst."
„Bestimmt nicht! Also, hast du?"
„Nein, hab ich nicht!"
„Malerei als Hauptfach, Drogenhandel als Nebenfach. Wirklich ungewöhnlich. Kann man darin seinen Master machen?"
Einen Augenblick sieht er aus, als wollte er mich schlagen. Doch er klappt nur seinen Block zu, hat keine Lust mehr, mich zu zeichnen. Dann sagt er:

„Komm runter von deinem hohen Ross. Du hast keine Ahnung, wovon du sprichst."
„Nein, wahrscheinlich nicht."
„Ich habe keine Drogen verkauft. Natürlich wusste ich, dass er ein Dealer war. Und sein Vater war sogar ziemlich groß im Geschäft, drüben an der Ostküste. Ich hab Botengänge für sie gemacht, ein bisschen aufgepasst, Schmiere gestanden. Meistens Schmiere gestanden."
„Hast du ihm auch Nachhilfe in Mathematik gegeben und seine Großmutter sonntags zur Kirche gefahren?"
„Ob du mir nun glaubst oder nicht! Wahrscheinlich hätte ich Drogen verkauft, wenn sie mich gefragt hätten. Bestimmt sogar. Aber dazu ist es nie gekommen. Bei den richtigen Geschäften wollten sie mich nicht dabei haben. Irgendwie trauten sie mir nicht wirklich. Was macht das überhaupt für einen Unterschied? Ich war sein Kumpel. Und hab mir dann und wann ein paar Dollar verdient. Ziemlich viele Dollars. Das ist alles."
„Dad, warum kannst du nicht einmal ehrlich zu mir sein?"
„Das bin ich."
„Ja. So ehrlich, wie's gerade kommt."
„Du glaubst mir nicht, oder? Und wenn schon. Ich bin dir keine Rechenschaft schuldig!"

„Du hast einen gefälschten Ausweis, du führst deine Galerien unter falschem Namen, deine Mitarbeiter kennen nicht einmal deinen richtigen, ..."
„Du weißt doch, das ist nötig, ich muss vorsichtig sein."
„Deborah wusste nicht einmal, dass du eine Tochter hast."
„Mag ja sein, dass ich nicht perfekt bin. Aber zu dir bin ich ehrlich."
„Ich glaube, auf mich wartet noch Wäsche." Ich bin schon auf dem Weg zur Tür.
„Matisse, bitte!"
Ich zögere. „Also gut, fein, du willst ehrlich sein? Dann beantworte mir eine Frage: Warum wolltest du mich nicht bei dir haben? Und willst du mich jetzt? Ich meine, dass ich hier bin, ist ja wohl eher ein Produkt der Ereignisse. Wenn du heute entscheiden könntest, ob alles wieder so ist, wie es war, oder so, wie es jetzt ist, und du mich bei dir hättest?"

Ein Wimpernschlag.
Als ich dabei bin, die Wäsche zu sortieren, laufen mir die Tränen herunter.
Vielleicht habe ich es mir eingebildet, aber ich hatte das Gefühl, er hat einen Wimpernschlag zu lange gezögert, ehe er mir versichert hat, wie froh er

wäre, mich bei sich zu haben, und dass er es nicht anders haben wollte.

Vielleicht hätte es dieses eine Mal etwas weniger Ehrlichkeit getan.

Es ist kurz nach zehn Uhr morgens und wir haben schon mehr erledigt als sonst an den meisten Tagen insgesamt. Wir sind in Downtown-Jasper, wie ich es nenne, haben Vorräte gekauft und waren im Postamt. Mein Vater hat da ein Postfach, und er hat auch einen Teil seiner Korrespondenz gleich dort erledigt, wie vor hundert Jahren. Außerdem hat er telefoniert, E-Mails geschrieben, noch mehr telefoniert. Es gibt tatsächlich ein Netz hier! Eine Stunde hat mein Dad gearbeitet, er führt immerhin zwei kleine Kunstgalerien, auch wenn es mir noch immer unmöglich ist, ihn als Geschäftsmann zu sehen.

Jetzt sitzen wir in einem gemütlichen Café und gedenken, etwas Dampfendes und Schwarzes gegen die Kälte zu unternehmen. Dad hat mir versprochen, dass wir hinterher noch schauen, ob es hier einen Buchladen gibt. Cafés und Buchläden, was will man mehr? Orte, wo Atmosphäre, Produkt und Ambiente zu einem magischen Ganzen verschmelzen.

„Die frische Bergluft macht ganz schön hungrig", sagt mein Dad, reibt sich die Hände und sieht in die Karte. Wir sitzen uns gegenüber auf Bänken, die mit rotem Vinyl bezogen sind, doch plötzlich springt er um den Tisch herum und rutscht in meine Sitzreihe. Streckt seinen Kopf dicht neben meinen und hält die aufgeklappte Speisekarte daneben hoch, um uns gegen etwas abzuschirmen.

„Was ist los?", frage ich.

„Ich dachte, ich hätte was gesehen", sagt er und lugt vorsichtig an der Karte vorbei.

„Geht's vielleicht ein wenig genauer?", frage ich und bemühe mich, ebenfalls etwas zu erkennen.

„Bleib in Deckung!"

„Die Karte ist nicht kugelsicher!", sage ich, doch in diesem Augenblick sehe ich ihn. Ein Mann steht zwei Fenster weiter draußen vor dem Café, beide Hände zur Abschattung neben seinem Gesicht an die Scheibe gelegt, und schaut herein. Wir sind durch eine Säule und die Rückenlehnen ziemlich gut geschützt. Doch jetzt kommt er ein Fenster näher, schaut wieder herein, und da erkenne ich ihn. Es ist der Mann aus dem Museum, der mich verfolgt hat. Mein Onkel, wie mir gleich darauf klar wird. Im nächsten Moment wird er durch unsere Scheibe sehen.

„Runter!", sagt mein Vater und zieht mich gleichzeitig unter die Tischplatte, meinen Kopf schützend, damit ich nicht mit dem Kinn gegen die verchromte Tischkante schlage. Tja, im Wegrennen und Verstecken macht ihm so schnell keiner was vor. Wir warten. Ein Schatten fällt auf meine Sitzbank. So ziemlich jeder im Café starrt uns an. Ich hoffe, das verrät uns nicht. Wir warten weiter. Ich bin kurz davor, mich mit einem runtergefallenen Pfefferstreuer anzufreunden, da geht der Schatten weiter.

„Ich glaube nicht, dass er uns gesehen hat", sagt mein Vater leise. „Ich werde schauen, ob es hier einen Hinterausgang gibt. Meine Waffe ist im Wagen."

Zwei stämmige Beine unter einer beigefarbigen Schürze tauchen neben unserem Tisch auf, gefolgt von einem rundlichen Gesicht.

„Kann ich ihnen helfen?", fragt die Kellnerin, während sie sich zu uns herunter beugt.

„Wir haben uns noch nicht entschieden", sagt mein Vater. „Aber sie könnten bitte schon einmal Kaffee bringen, wenn's nichts ausmacht."

„Den servieren wir aber nur *auf* dem Tisch", sagt sie schnippisch.

Wir rappeln uns hoch. Die Leute starren immer noch, und murmeln.

„Meine Kontaktlinse!", erklärt mein Vater und hält einen leeren Zentimeter zwischen seinen Fingern hoch. „Immerzu verliere ich diese Dinger!"

Ich frage mich gerade, ob es noch peinlicher geht, da kommt mein Onkel zur Tür rein und mein Vater, der ihn im gleichen Moment wie ich sieht, zieht mich wieder unter den Tisch. Mein neuer Freund, der Pfefferstreuer, freut sich, mich wiederzusehen, aber wir haben nicht viel Gelegenheit, unsere Beziehung zu vertiefen.

Langsam kommt mein Onkel ein paar Schritte näher, bleibt dann stehen. Dad und ich halten den Atem an, und ich glaube, so ziemlich jeder andere in dem Café ebenfalls. Es ist so still, man könnte die Papierumhüllung eines Strohhalms fallen hören, und das tut man auch. Ein dicklicher Junge zwei Tische weiter schießt sie, in seinen Strohhalm blasend, in unsere Richtung und sieht mich dabei frech an. Wenn das meinen Onkel nicht auf uns aufmerksam macht, die Blicke praktisch aller Gäste tun es bestimmt, auf uns gerichtet, deutlich wie die Beleuchtung einer Landebahn. Wir könnten auch gleich Autogramme geben.

Mein Onkel, erschreckend blass und hager, steht im Gang, beugt sich etwas herunter und sieht uns mit zur Seite geneigtem Kopf direkt an. Dann greift er in Zeitlupentempo in seine Mantelinnentasche. Falls das das Ende sein sollte, hätte ich mir meine letzten Minuten etwas würdevoller gewünscht. Aber er zieht eine kleine Tablettendose hervor, nimmt eine Pille heraus, bittet den Mann hinter der Theke um ein Glas Wasser. Als er es erhält, sagt er: „Ich wusste gar nicht, dass sie hier ein Unterhaltungsprogramm haben."
„Ach", antwortet der Mann, während er gelangweilt den Tresen wischt, „wenn ich für jeden Verrückten, der hier rein kommt, einen Dollar kriegen würde ..."

Da ein weiteres Verstecken nur schwer zu begründen wäre, krabbeln wir erneut zurück auf unsere Sitze. Diesmal stoße ich mir den Kopf. „Das nächste Mal suche ich das Café aus", sage ich zu meinem Vater, während ich mir den Kopf reibe. „Eines, wo die Tische nicht festgeschraubt sind."

Mein Onkel stellt das Wasserglas ab und steuert auf uns zu.

Verzögert neben uns, wünscht: „Buenos días", setzt sich dann in die Sitznische hinter uns, Rücken an Rücken mit mir.

Die Bedienung kommt an unseren Tisch. „Haben sie sich jetzt entschieden?", fragt sie, mit einem Block in der Hand und leicht genervtem Unterton in der Stimme.

„Die Pfannkuchen mit Blaubeersirup sollen hier ganz ausgezeichnet sein", sagt die Stimme meines Onkels hinter mir, ohne dass ich ihn sehen kann.

„Was möchtest du, Spatz? Ich werde zwei Spiegeleier nehmen, dazu Hash browns und zwei Scheiben Speck", sagt mein Vater.

„Ich denke, ich probiere die Pfannkuchen mit Blaubeersirup", sage ich.

Mein Vater wirft mir einen missbilligenden Blick zu.

„Was denn? Sind mir empfohlen worden." Ich weiß nicht, ob ich ihn provozieren oder die Dinge voranbringen will oder von dem ganzen Theater einfach nur genug habe. Vermutlich etwas von allem.

„Als sie vorhin so unter dem Tisch verschwunden sind", sagt die Bedienung, „hatte ich schon befürchtet, ein Puma wäre hier rein gekommen. Man hat nämlich Spuren gefunden heute Morgen, gleich hinter dem Ort."

„Nein, nein. Nur meine Kontaktlinse. Ein Glück, dass sie nicht draufgetreten sind!"
Würde oder Humor, da muss man sich wohl entscheiden.
„Vor Pumas habe ich nämlich wirklich Angst", sagt sie.
„Keine Sorge!", sage ich. „Unter dem Tisch ist er jedenfalls nicht. Wir haben nachgesehen. Zweimal!"
„Pumaspuren!", sagt die Stimme hinter meinem Rücken. „Eine einsame Hütte mitten in der Wildnis! Ist das nicht gefährlich?"
„Pumas sind üblicherweise eher scheu und gehen Menschen aus dem Weg", sagt mein Vater, mehr in die Luft als zu jemand Bestimmten. „Wenn sie aber das Gefühl haben, ihre Jungen seien bedroht, und sie sie verteidigen müssen, dann können sie sehr gefährlich werden. Ich meine, wirklich gefährlich." Das richtete sich an jemand Bestimmten.
„Ja, ja", sagt die Stimme, „Zusammenhalt in der Familie! Was könnte es Wichtigeres geben?"

Die Bedienung ist jetzt bei ihm, will seine Bestellung aufnehmen. Dann fragt sie leise: „Sind das Freunde von ihnen?"
„Freunde? Gewiss nicht. Sie wissen ja, wie es heißt: Freunde kann man sich aussuchen ..."

„Wem sagen sie das?"

Irgendetwas fällt in der Küche runter. Poltern, Scheppern, fremdsprachiges Fluchen. Kurzzeitig wendet sich die allgemeine Aufmerksamkeit von uns ab.
Mein Vater zeigt auf den Tisch eines älteren Pärchens und fragt mich: „Ist das ein Schälchen mit Nüssen und Rosinen, was die Leute dort als Extra haben? Sieht lecker aus. Was meinst du? Wollen wir uns auch eines bestellen?"
Mir will es nicht ganz so schnell gelingen, mich wieder auf Frühstücksnormalität umzustellen, doch als die Stimme hinter mir vorschlägt, einfach rüber zu gehen und es sich zu holen, und dann noch hinzufügt: „Hat dich doch noch nie gestört, dir von anderen die Rosinen zu nehmen", ist es auch für meinen Dad zu viel. Er springt auf, sagt betont ruhig zu seinem Bruder: „Könnte ich dich kurz sprechen? Allein! Draußen!", und zu mir: „Bitte entschuldige uns für einen Moment. Familienangelegenheit. Warte hier und fang ruhig schon an, wenn das Essen kommt. Wäre schade, wenn es kalt wird. Wir sind gleich zurück."

Natürlich warte ich nicht, sondern folge ihnen. Vorne sind sie nicht, und als ich um die Ecke bie-

ge, sehe ich gerade noch, wie mein Vater seinen Bruder an den Schultern gepackt hat und ihn ziemlich unsanft gegen die Wellblechwand des Küchenanbaus schleudert. Mit sichtbarem Atem sagt er zwanzig Zentimeter vor dessen Gesicht: „Was willst du hier? Warum folgst du uns?"
Eine kleine Tür in der Seitenwand geht auf, ein kleiner Koch streckt seinen Kopf heraus, will wohl schauen, wo der Lärm herrührt. In der Hand hält er einen Pfannenwender. Nicht sehr geeignet, falls er meinen Dad zur Raison bringen will, es sei denn, er hat vor, ihn mit Bratkartoffeln zu bestechen. Aber als er den Streit sieht, schließt er die Tür gleich wieder.
Mein Onkel ist noch blasser geworden, schüttelt leicht den Kopf. Mein Vater rüttelt ihn, sagt: „Wenn du etwas von uns willst, schlage ich vor, du versuchst es gleich hier!" Mein Onkel ist angesichts der Brutalität meines Vaters noch sprachloser als ich. „Wenn du ihr etwas tust ...", sagt mein Vater, gerade in dem Augenblick, als beide mich bemerken.
„Ihr etwas tun?" Mein Onkel hat seine Sprache wiedergefunden. „Ich passe auf sie auf!"
Mein Vater starrt ihn an, als wäre er plötzlich des Englischen nicht mehr mächtig, lockert aber seinen Griff.

„Wie war das?"
„Ich passe auf sie auf", wiederholt mein Onkel. „Ich beschütze sie. Ich beschütze sie, seit du es nicht mehr tust."

Mein Vater lässt ihn los. Er sinkt, offenbar doch ein wenig angeschlagen, an der Wand herunter und setzt sich auf den Schnee, den Rücken an die Wellblechwand gelehnt. Fühlt seinen Hinterkopf nach Blut ab. Dann zieht er eine flache Schnapsflasche aus der Mantelinnentasche und gönnt sich einen angemessenen Schluck. Hält sie meinem Vater hin. Der nimmt sie, trinkt, setzt sich neben seinen Bruder in den Schnee. „Na? In letzter Zeit mal was von Vater gehört?" Reicht ihm die Flasche zurück.
Mir geht durch den Kopf, dass dieser erbärmliche Haufen so ziemlich das ist, was mir an Familie geblieben ist.

Wir sitzen wieder drinnen im Warmen und ignorieren die Blicke der anderen Gäste. Diesmal sitzt mein Onkel mit uns am Tisch und kämpft seit zehn Minuten mit einer Miniportion fettarmen Joghurts mit Früchten. Ich denke, er würde sich in

L.A. wohl fühlen. Dazu hat er auch einen Tee bestellt, was ihm einen Blick der Bedienung eingebracht hat, als müsste sie erst eine Karawane losschicken. Er sieht blass aus, besonders im Vergleich zu meinem Vater, und wie er da so zögernd in seinem Joghurt herumstochert, würde ich sagen, die Wetten, wer am Ende wen auffisst, stehen im Augenblick leicht für den Joghurt.

Er schiebt eine halbe Erdbeere umher, als ob sie schwimmen lernen soll.
„Vielleicht solltest du dir die Erdbeere einteilen! Hier in den winterlichen Bergen kann es ohne Weiteres sein, dass du bis zum Mittag nichts mehr bekommst."
Er schenkt mir ein müdes Lächeln für meinen müden Witz. Kurze Zeit später lächelt keiner von uns mehr. Ich kämpfe mit den Tränen, als mein Onkel erzählt, wie er regelmäßig mit Claire telefoniert habe. Wie sie ihn auf dem Laufenden gehalten habe über ihr Leben. Und über meins. Sie hat sogar gelegentlich Fotos und kurze Videos im Internet gepostet, speziell für ihn. Er zeigt mir ein Bild, das er ausgedruckt hat: Claire und ich in einem Donut-Laden, in der Hand zwei der köstlich-kringeligen Gründe unseres Kommens, in der Vitrine hinter uns fünfzig Gründe, um noch einmal wie-

derzukommen. Er hat ihr geholfen, als es Probleme mit der Schulbehörde gab. Er war für sie da, wenn sie Angst hatte, oder Fragen, oder Sorgen. Oder wenn sie einfach nur reden wollte. Er hat ihr Ratschläge gegeben, zum Beispiel, dass ich im Internet nie meinen richtigen Namen angeben sollte, oder dass ich keinen Handyvertrag unter meinem Namen abschließen sollte. Und ich erinnere mich, wie ich deswegen noch mit ihr gestritten habe. Hab sie einen Kontrollfreak genannt, weil sie darauf bestanden hat, den Vertrag auf ihren Namen abzuschließen. Ich fange an zu weinen. Je weiter er erzählt, umso mehr entfaltet sich vor mir eine Welt, von der ich keine Ahnung hatte. Und die doch mein Leben war. Er hat sich dauernd erkundigt, ob sie etwas beunruhigend oder merkwürdig fände. Wollte sie zu sicheren Schlössern und vielleicht sogar zu einer Alarmanlage überreden. Worauf sie nur gelacht habe und gemeint habe, ob das auch was nützen würde, wenn man Tag und Nacht die Fenster und Türen offen hätte. Und als sie vor einigen Jahren eine Freundin in Tenderloin besuchen wollte, hat er sie sogar begleitet. Ist extra nach San Francisco geflogen. Plötzlich erinnere ich mich an ihn. Sie hat ihn mir als einen Freund und früheren Nachbarn vorgestellt, was ja auch stimmte. Weiterhin hat er Kontakt zu einem ehemaligen Polizeikollegen gehalten, der jetzt auf einem Revier in Los Angeles arbeitet. Hat ihn veranlasst, ab und an bei uns vorbeizufahren. Und letzten Sommer, als meine Tante glaubte, nachts hätte jemand bei uns in die Fenster gesehen, hat dieser Polizist sogar dafür gesorgt, dass ein Kollege in Zivil zwei Nächte in unserer Straße aufgepasst hat. Ohne dass wir das Geringste davon wussten.

„Aber seit Weihnachten habe ich Claire nicht mehr erreicht. Sie hatte versprochen, anzurufen, wenn ihr in Breckenridge angekommen wäret."
Mein Vater erzählt ihm von dem Unfall, weil ich nicht dazu fähig bin. Aber mein Onkel weiß es schon, hat den Polizeibericht aus Denver gelesen.
„Stand da auch etwas von einer Autopsie?" frage ich.
„Ja. Hab die Zusammenfassung gelesen."
„Woran ist ... woran ist Claire gestorben?" frage ich, unterbrochen von einem Schluchzer.
„Bist du sicher, dass du das hören willst, Matisse?"
„Nein, bin ich nicht."
„An einer stumpfen Kopfverletzung. Das konnte man trotz des Feuers zweifelsfrei feststellen. Sie muss übel gegen die Seitenscheibe oder den Türholm geknallt sein."

„Keine Schussverletzung?"
„Nein."
Ich weine.
„Es tut mir leid wegen Claire", sagt er.
„Wie konntet ihr das zulassen?", frage ich. „Warum konntet ihr nicht auf sie aufpassen?"
Beide weichen meinem Blick aus. Dad widmet sich seinen Hash browns, Brian starrt aus dem Fenster.
„Im Bericht stand auch, dass du in die Obhut deines Vaters übergeben wurdest", fährt er kurz darauf fort. „Daher wusste ich, wo ich dich suchen sollte."
„Aber woher wusstest du, wo du mich findest?", fragt mein Vater wie ein kleines Kind, das enttäuscht ist, dass sein Versteck nicht so gut war, wie es dachte.
„Ich wusste jederzeit, wo du bist. Wieso, hast du dich vor mir versteckt?"
„Nein. Natürlich nicht", sagt mein Vater, ohne dass ihm einer am Tisch wirklich glauben würde. Selbst sein Teller mit den beiden Spiegeleieraugen scheint ihn zweifelnd anzusehen.
„Hab immer noch genügend Freunde bei der Polizei, die mir gerne mit einer kleinen Auskunft oder einer Recherche im Polizeicomputer behilflich sind. Und nicht nur alte Freunde in Kalifornien.

Wer würde es glauben, da lerne ich doch vor zwei Jahren diese nette Lady in Vancouver kennen, zufällig, bei einem Musical im Stanley Park, und dann stellt sich heraus, dass sie ebenfalls bei der Polizei arbeitet? Natürlich haben wir eine Menge Gesprächsstoff, wo wir doch quasi Kollegen sind."

„Hab's kapiert", sagt mein Dad.

„Musst übrigens noch deine letzten beiden Strafzettel bezahlen."

„Sie arbeitet in Vancouver?"

„Ja."

„Was machst du in Vancouver?"

„Ich wohne da. Schon länger als du. Ist das nicht ein Zufall?"

„Ist 'ne kleine Welt."

„Du wirst ja nicht erwartet haben, dass ich dich besuche?!"

„Und wieso warst du im Museum? Wieso bist du hier?"

„Ich war beunruhigt. Der Vater von Carlos ist im Sommer aus dem Gefängnis rausgekommen. Und mein alter Freund bei der Polizei in L.A. hat mir erzählt, dass ein Anwalt, der oft für die Unterwelt arbeitet, kürzlich Einsicht in die Akten von damals genommen habe. Und als dann der Kontakt zu Claire abgerissen ist, habe ich versucht, dich zu erreichen. Zuerst war ich bei deiner Wohnung, aber deine Vermieterin hat mir gesagt, du wärest verreist. Sie konnte mir nicht weiter helfen. Also habe ich im Internet recherchiert und dieses Interview mit einem indianischen Künstler in einer Lokalzeitung gefunden. Dort stand alles über die kleine Ausstellung im Museum. Und über deine Galerien. Wie du dich auch auf Malerei von Angehörigen der First Nations spezialisiert habest. Wo doch die meisten an Skulpturen und Schnitzereien denken würden. Wie du ihn all die Jahre unterstützt habest. Auch dein voller Name. Und ich weiß doch, dass du die Galerie unter dem Namen unseres Vaters führst und nicht willst, dass dein Name irgendwo auftaucht. Na ja, da bin ich zu der Eröffnung hin. Ich wusste ja, dass ich dich dort treffen würde. Aber dann seid ihr verschwunden, ehe ich mit dir sprechen konnte, und ich wurde noch durch einen kleinen Disput mit einigen Museumsangestellten aufgehalten. Es ging um Karamellbonbons", zwinkert er mir zu. „Es hat eine Weile gedauert, sie zu überzeugen, dass ich damit nichts zu tun habe. Danach habe ich mit deiner Galeriemitarbeiterin gesprochen, Mrs. Cole. Sie hat mir gesagt, du seiest zur Zeit in Jasper, du habest eine Hütte in der Gegend, sie wisse auch nicht, wo genau. Aber ich könnte im Postamt von Jasper nach dem Weg fragen, dort würde man dich kennen.

Und der nette Mann am Schalter hat mir den Weg beschrieben, dann aber gesagt, ich müsste wohl gar nicht zur Hütte fahren, denn du habest erst vorhin deine Briefe abgeholt, der Silverado auf dem Parkplatz sei dein Wagen, du müsstest irgendwo in der Nähe sein. Na ja, Speck- und Kaffeeduft waren die nächste heiße Spur."

„Einmal Detective, immer Detective! Also hast du mich gesucht und bist den weiten Weg von Vancouver hierher gekommen, um mich zu warnen, um mir zu helfen? Manche Dinge ändern sich wohl nie."

„Doch, tun sie", sagt er ernst. „Für dich hätte ich das nicht getan."

Mein Onkel hat eine ganze Menge Gepäck dabei, nicht nur den Karton mit sechs Flaschen Whiskey, den wir extra in Jasper noch besorgt haben. Mehr hatte der kleine Laden nicht vorrätig. Ich greife eine Tasche und will noch eine weitere längliche nehmen, die aussieht wie eine Gewehrtasche.

„Die nehme ich", sagt er.

„Was ist da drin?", frage ich.

„Angeln."

„Angeln?"

„Ja. Ich dachte, ich könnte mit deinem Vater ein bisschen Fliegenfischen."
Ich schabe mit meiner Stiefelspitze etwas hartgefrorenen Schnee von dem vereisten Parkplatz, sehe ihn an und ziehe die Augenbrauen hoch.
„Ja", sagt er, „scheint wohl die falsche Jahreszeit dafür zu sein."

Wir stapfen zur Hütte. Brian schüttelt von Zeit zu Zeit den Schnee von seinen eleganten Schuhen und wirkt auch sonst etwas verloren. Mit seiner Statur, irgendwo im Bereich zwischen zierlich und schmächtig, würde man ihn von weitem vermutlich eher für meinen Bruder halten als für den von meinem Vater. Als wir da sind, schließt mein Dad die Tür auf. Kaum ist sie einen Spalt offen, kommt Moonlight heraus, um uns zu begrüßen. Midnight zieht es vor, drinnen auf uns zu warten. Wo kein Schnee ist. Dad öffnet die Tür ganz, mein Onkel wirft einen Blick hinein, ist doch etwas überrascht.
„Wow!", sagt er. „Hätte nicht gedacht, dass du es hier so gemütlich hast. Fast schon luxuriös!"
„Gehört nicht mir", sagt mein Vater.
„Verstehe. Wem hast du sie weggenommen?"
Statt einer Antwort haut mein Vater blitzschnell gegen das *Willkommen*-Schild, das über der Ein-

gangstür hängt, eine kleine Schneelawine geht auf Brian hernieder, der hat für den Moment keine weiteren Fragen.

„Spürst du die Liebe?", frage ich Moonlight, der erschreckt zur Seite gesprungen ist, um nicht auch noch etwas abzubekommen.

Die nächsten zwei Tage sind ziemlich frostig und seltsam windstill. Drinnen wie draußen. Als würde der Sturm seine Kraft sammeln.

Falls dies ein Wettbewerb wäre und ich es schaffen würde, dem kleinen Vogel, der sich heute Morgen auf meinem Fensterbrett in eine Ecke gekuschelt hatte, um sich vor der Kälte zu schützen, auch nur ein nettes Wort beizubringen, dann hätten wir einen Gewinner.

Ich höre die Eingangstür ins Schloss fallen. Schnell schalte ich das Licht aus, gehe zum Fenster und kann gerade noch erkennen, wie mein Onkel, seinen Mantelkragen hochschlagend, in die Nacht stapft, bis ihn die Dunkelheit verschluckt. Dabei wollte ich doch mit ihm reden. Eigentlich schiebe ich es schon seit Stunden vor mir her. Oder warte auf die richtige Gelegenheit, die richtigen Worte. Ich habe uns Sandwiches gemacht, danach den Abwasch. Dann Wäsche gewaschen. Jetzt bin ich in meinem Zimmer. Wenn ich heute nicht mit ihm spreche, wer weiß, wann ich wieder die Chance dazu habe, ohne meinen Dad.

Mein Vater ist heute Nachmittag nach Jasper gefahren. Sein Pick-up hat merkwürdige Geräusche gemacht. Er und sein Bruder sahen unters Auto, faselten etwas von Antriebswelle, Differential, Radlager, kamen dann überein, dass sie beide nicht die geringste Ahnung hätten. Also wollte Dad es lieber nachsehen lassen. Hat nicht einmal gefragt, ob wir mit möchten. Erwähnte beiläufig ein Abendessen bei Deborah. Meinte, wenn die Werkstatt das Auto nicht fertig kriegen würde, könnte es sein, dass er bis morgen in Jasper bliebe. Wir sollten nicht warten. Ich hoffe, er hat von einem Hotel gesprochen. Er war so gut gelaunt, dass er sogar scherzte, wir könnten uns ja eine Pizza bestellen, wenn wir Hunger bekämen. Und weg war er. Es gibt hier kein Telefon. Kein Pizzaservice würde uns hier beliefern. Nicht einmal der Weihnachtsmann würde seine Pakete hierher liefern.

Bis ich Mantel, Schal, Handschuhe und Stiefel angezogen habe, hat mein Onkel schon einen ziemlichen Vorsprung. Aber irgendwie weiß ich, wo er hin will. Der Wetterbericht im Autoradio hatte eine kalte Nacht vorhergesagt, doch als ich aus der Tür trete, frage ich mich, ob meine Lungen nicht durch einen einzigen Atemzug Schaden nehmen müssten. Einen Augenblick zögere ich. Ich könnte ja auch warten, bis er zurückkommt. Es ist Vollmond und sternenklar. Als meine Augen sich an die Dunkelheit gewöhnt haben, sehe ich deutlich seine Spuren im frisch gefallenen Schnee des Nachmittags, wie erwartet dem Indianerpfad folgend in Richtung Wasserfall. Wer könnte dem Zauber einer solchen Winternacht widerstehen? Das bisschen von mir, das zwischen Mütze und Schal noch rausguckt, jedenfalls nicht. In Breckenridge bei meiner Grandma sind wir immer abends nach dem Weihnachtsessen im Schnee spazieren gegangen, ebenso an den folgenden Tagen. Durch den nächtlichen Winterwald, manchmal fast bis zum Lake Mohawk. Oder den Hang entlang, mit Blick auf den Ort. Tausend Lichter, wie leuchtender Goldstaub, darüber das seltsame Muster aus Wald und Skipisten, und noch darüber die schlafenden, verschneiten Berggipfel in unglaublicher Ruhe. Oft stundenlang, wir alle, selbst meine

Grandma, und ich habe es geliebt. Also laufe ich los, ehe ich hier noch festfriere.

Über die Lichtung, dann durch das Waldstück. Ich muss mich an den Fußspuren meines Onkels orientieren. Nachts sieht alles anders aus. Voller Zauber. Aber auch ein klein wenig unheimlich. Gut, dass ich nicht ängstlich bin. Etwa ein Dutzend Mal zucke ich zusammen, und als ein Tier in Panik vor mir flieht, ich kann es nicht sehen, nur hören, schreie ich laut auf. Doch schließlich öffnet sich der Wald und vor mir liegt das Tal des verschneiten, im fahlen Gegenlicht des Vollmondes glitzernden Creeks. Fast scheint es, als würde er fließen. Hätte sich mit der Zeit eingegraben in das Silberrelief der stillen Landschaft. Ich fühle mich frei, atme die eiskalte Luft. Von hier an finde ich den Weg mühelos.
Der blasse Mond schafft es nicht recht, sich über den Berggipfel zu erheben. Als hätte er neugierig an der verschneiten Felskuppe geleckt und wäre mit der Zunge festgefroren. Und dann erfroren.

Durch das Laufen ist mir wärmer geworden. Als ich schon beinahe am Wasserfall bin, kommen mir Zweifel, ob mein Onkel wirklich hierher gegangen ist. Seine Spur kann ich auf dem vereisten

Weg schon seit einer Weile nicht mehr erkennen. Gestern waren wir alle zusammen bei den Fällen, und mein Onkel war auch sichtbar ergriffen von der Kälte und Klarheit der Szenerie. Aber genug, um mitten in der Nacht noch einmal wiederzukommen? Vielleicht spüre nur ich die Magie dieses Ortes. Doch dann sehe ich ihn. Kalt und verloren sitzt er auf einem umgeknickten Stamm, leicht vornüber gebeugt. Plötzlich komme ich mir dumm und egoistisch vor, ihm nachgelaufen zu sein. Offensichtlich wollte er allein sein. Aber zum Umkehren ist es zu spät, er hat mich bereits gesehen. Also gehe ich zu ihm.
„Darf ich?"
„Ist ein freies Land!"
Ich setze mich neben ihn auf den Stamm.
„Entschuldige, dass ich dir nachgekommen bin. Ich weiß, ich hatte kein Recht dazu." Ich bemerke die kleine Schnapsflasche in seiner Hand und fühle mich noch unwohler. „Eigentlich bin ich dir nur hinterhergegangen, weil ich dich etwas fragen wollte. Aber es ist wahrscheinlich kein guter Zeitpunkt. Vielleicht lieber morgen." Ich will schon wieder aufstehen.
„Na, nun bist du ja hier." Er nimmt einen Schluck.

Wir sitzen und schweigen. Es ist kalt. Unser Atem wie Kristallstaub. Vor uns der erstarrte namenlose Fluss unterhalb der Fälle, stellenweise bedeckt von Schnee, gefangen im Frost. Umgeben von verschneiten und unter gefrorenem Sprühnebel bizarr geformten Kiefern, die im unwirklichen Licht des Vollmondes aussehen wie verzauberte Eisskulpturen.

Nach einer Weile sagt er: „Was wolltest du mich denn fragen?"
„Ganz schön kalt heute, oder?"
„Und für diese Frage bist du den weiten Weg hier raus gekommen?"
„Ich finde, diese klaren Winternächte haben etwas Magisches."
Er antwortet nicht. Ein Eulenruf zerreißt die Stille, so nah, dass ich erschrecke.
„Warum hatte mein Dad Angst, als er dachte, du würdest uns folgen? Warum hat er befürchtet, du würdest ihm oder mir etwas tun wollen?"
Er zögert, ich denke schon, ich bekomme wieder keine Antwort, dann nimmt er einen Schluck, bevor er noch einen nimmt.
„Warum fragst du ihn das nicht selbst?" Ein weiterer kleiner Schluck.
„Er weicht mir immer aus."

„Ja. Es scheint, als würde er vielen Dingen ausweichen."

„Ist es wegen der Sache mit Mom? Vor eurem ersten Date?"

Selbst in der Dunkelheit kann ich erkennen, dass er ein wenig erstaunt ist.

Er schüttelt den Kopf. „Weißt du, dein Vater und ich haben viel gemeinsam erlebt. Und doch war es, als würden wir nicht auf dem selben Planeten wohnen. Nicht einmal im selben Universum. Manchmal kann ich kaum glauben, dass wir wirklich Brüder sind. Für ihn hat es nie so was wie Regeln gegeben. Er hat sich genommen, was er wollte. Ohne zu fragen. Ohne sich um andere zu kümmern. Er hat auch mir manches genommen. Aber dass er dachte, ich könnte ihm etwas tun wollen! Wahrscheinlich ist er schon so lange auf der Flucht, und vor allem und jedem, dass er gar nicht mehr unterscheiden kann, wer Freund und wer Feind ist."

„Und? Bist du sein Freund?"

Ich spüre, dass er mich ansieht.

„In dem Licht siehst du beinahe aus wie Lea!" Er nimmt ein Foto aus seiner Brieftasche, gibt es mir. Das Bild eines Mädchens, einige Jahre jünger als ich.

„Weißt du, Matisse", sagt er, während ich es betrachte, „die meisten Leute denken, Fotos sind dazu da, sich zu erinnern. Aber das stimmt nicht. In Wirklichkeit helfen sie einem zu vergessen! Das ewig gleiche, leblose Abbild eines Augenblicks. Und manchmal ist es auch besser zu vergessen."
„Ist das deine Schwester?", frage ich, als er nicht weiterredet. Ich habe sie anhand des Gemäldes meines Vaters erkannt.
„Ja", sagt er. „Das ist Lea, meine kleine Schwester. Sie war der fröhlichste Mensch, den ich jemals gekannt habe. Sie hat immerzu gelacht. Über alles. Oft hat sie mich lächelnd angesehen, als ob sie gleich losprusten müsste, und ich fing auch an zu lachen und wusste nicht einmal, worüber. Und sie hat getanzt. Überall. Im Haus, auf der Straße. Sogar im Einkaufszentrum. Noch heute kann ich mich kaum anders an sie erinnern als so – tanzend. Ja wirklich, sie hat immer getanzt. Immer geübt. Alles Mögliche. Jazz, Ballett, Hip-Hop. Und sie war gut. Sie hat sogar an Wettbewerben teilgenommen mit ihrer Mannschaft."
Seine Atemzüge werden schwerer, seine Stimme dunkler.
„An diesem Tag hatten sie auch einen Wettbewerb. Und sie haben gewonnen. Ich sollte Lea abholen. Wie so oft. Ich war sechzehn und hatte

schon einen Führerschein. Mom und Dad haben beide gearbeitet. Also hab ich viel auf sie aufgepasst. Ich war ja der Älteste. Nicht, dass es mir etwas ausgemacht hätte. Im Gegenteil, ich war gerne mit ihr zusammen. Sie steckte jeden mit ihrer Fröhlichkeit an. Und sie hatte mehr Energie als wir alle zusammen. Wenn ich nicht rechtzeitig da war, hat sie auf dem Parkplatz vor der Sporthalle weitergetanzt oder auf dem Rasen Rad geschlagen oder so etwas.

An diesem Nachmittag war ich pünktlich. Ein wunderschöner Septembertag, gerade fing es an, dunkel zu werden, aber es war noch warm. Sie wartete mit ihrer Tanzgruppe auf dem Parkplatz. Einige saßen auf dem Bordstein oder auf einer niedrigen Mauer, andere standen herum. Sie redeten und lachten, strahlende Sieger. Sie wollten noch ein paar Erinnerungsfotos machen. Lea ging nur zwei Meter zurück. Sie ist nicht vor das Auto gelaufen! Sie stand da und fotografierte. Wir haben später in ihrer Kamera gesehen, dass sie schon fünf Fotos gemacht hatte. Er hätte sie sehen müssen. Es war noch nicht zu dunkel. Der Parkplatz war voller Menschen. Der Fahrer hätte sie sehen müssen. Aber er stand unter Drogen. Das hat die Blutuntersuchung ergeben. Er hat sie überfahren! Auf ei-

nem Parkplatz! Und ich war da. Ich hätte doch auf sie aufpassen müssen!
Als ich bei ihr war, hat sie mich angelächelt und gesagt: „Jetzt wird es wohl eine Weile nichts mehr mit dem Tanzen." Ich habe sie gehalten, bis der Krankenwagen kam. Sie hatte Schmerzen, aber sie hat die ganze Zeit mit mir geredet. In der Nacht im Krankenhaus ist sie dann gestorben."

Eine Zeit lang ist nur sein angestrengter Atem zu hören. Er schüttelt leicht den Kopf. „Von da an war alles anders. Es war irgendwie, als wäre die Sonne untergegangen und seit dem nie wieder richtig aufgegangen. Mom hat viel geweint, Dad war dauernd gereizt und hat angefangen zu trinken. Sie haben viel gestritten. Zwei Jahre später hat sie ihn verlassen. Da hat er noch mehr getrunken. Irgendwann hat er seinen Job verloren."
„Haben sie dir die Schuld gegeben an Leas Tod?"
„Nein. Jedenfalls hat es keiner ausgesprochen. Aber das mussten sie auch nicht. Ich meine, natürlich war der Fahrer Schuld, und die Drogen. Aber ich war da. Ich war als einziger von uns da. Ich hätte es verhindern können. Ich sollte sie abholen und sicher nach Hause bringen."
Eine Wolke zieht vor den Mond, lässt ihn noch gespenstischer erscheinen.

„Lea hätte bestimmt nicht gewollt, dass du dich verantwortlich fühlst", sage ich.
„Gewollt? Meinst du, sie wollte fünfzehn Minuten auf dem Asphalt liegen, bis der Krankenwagen kam, wo sie alle anstarren? Meinst du, sie wollte an Schläuchen hängen im Krankenhaus, überwacht von einer Maschine, umgeben von lauter Fremden? Weißt du, was sie gewollt hätte? Leben. Tanzen. Das hätte sie gewollt."

Schweigend sitzt er neben mir, nach vorne gebeugt, Unterarme auf seine Knie gestützt. Verloren, nicht nur in seinen Erinnerungen.
„Am Anfang waren alle sehr rücksichtsvoll. Die Lehrer. Eine Hausarbeit nicht gemacht? Zu spät gekommen? Einen wichtigen Test verhauen? Kein Problem! Meine Freunde. Wenn sie etwas unternehmen wollten, Spaß haben. Wenn einer Geschichten von seinen Geschwistern erzählte, und jemand ihm einen warnenden Blick zuwarf und er plötzlich innehielt. Nicht wusste, was er sagen durfte."
„Das war schlimm, oder?"
„Ja. Irgendwie hatten alle für alles Verständnis, doch in Wirklichkeit haben sie nichts verstanden. Aber noch schlimmer war es, als nach einer gewissen Zeit jeder erwartete, dass ich langsam wieder

zur Normalität zurückkehren würde. Das Leben geht weiter. Das sagt sich so. Aber es stimmt nicht. Jedenfalls für mich tat es das nicht. Die Zeit verging, das war alles! Ich meine, wie hätte ich zum Beispiel auf eine Party gehen sollen, lachen, tanzen? Fröhlich sein, als wäre nichts gewesen? Bis heute habe ich bei jedem glücklichen Moment, den ich erlebe, das Gefühl, ich hätte ihn ihr gestohlen."
Ich lege meine Hand auf seinen Arm.
Er versucht, seinen Mantelkragen hochzuschlagen, doch der ist schon oben. „Du hast Recht, ist wirklich sehr kalt heute."
„Und dann?"
„Das Leben ging weiter", sagt er bitter. „Ich habe möglichst viel zu Hause geholfen. Aber die Streitereien wurden immer schlimmer. Ich habe mich in die Arbeit gekniet. Alle wollten, dass ich wieder funktioniere? Also habe ich funktioniert. Hab die Wohnung aufgeräumt und geputzt, während meine Eltern arbeiteten. Alles Mögliche repariert. Bin besser in der Schule geworden, als ich je war. Hab die Highschool fertig gemacht mit dem fünftbesten Abschluss meines Jahrgangs. Dann habe ich bei der Polizei angefangen."
„Bist du ihretwegen Polizist geworden?"

„Alle haben das gesagt! Dass ich etwas wiedergutmachen wollte. Oder gegen Drogen kämpfen, um zu verhindern, dass so was noch mal passiert. Mir war das damals nicht so klar, aber es ist schon möglich, dass es zum Teil so war. Jedenfalls habe ich Drogen gehasst! Mehr als alles andere auf der Welt. Tue es noch! Zu dieser Zeit habe ich dann Eileen kennen gelernt. Sie hat nichts von mir erwartet. Auch nicht, dass ich glücklich gewesen wäre. Nicht einmal mit ihr. Sie hat mich so akzeptiert, wie ich war."

„Und warst du glücklich?"

Die kleine Schnapsflasche glänzt im Mondlicht kurz auf, während er einen Schluck nimmt. „Ich weiß nicht. Wahrscheinlich war ich so glücklich, wie ich sein konnte! Weißt du, die meiste Zeit war es, als würde nur eine leere Hülle von mir durch mein Leben gehen. Arbeiten, essen, einkaufen, mit Eileen reden. Als wäre ich gar nicht wirklich da. Nur ganz selten hatte ich das Gefühl, als würden ich und mein Leben zusammenkommen. Sozusagen zur selben Zeit am selben Ort sein. Und dann war ich meistens sehr traurig. Aber die Hülle machte das gar nicht schlecht. Machte die Polizeischule fertig, mietete sich eine Wohnung, heiratete Eileen."

„Und dann?", frage ich, als er nicht weiter erzählt.

„Na ja, Eileen wollte unbedingt Kinder bekommen. Ich war mir nicht sicher. Nicht sicher, ob ich wollte, nicht sicher, ob ich ein guter Vater sein könnte. Aber als dann mein Sohn geboren wurde, Toby, war plötzlich alles anders. Als ob ein Vorhang zerrissen wurde. Als würde das Leben mir noch eine Chance geben. Das war die glücklichste Zeit meines Lebens. Eigentlich die einzig glückliche Zeit. Ich hätte nicht gedacht, dass so etwas noch einmal möglich wäre. Wenn Toby lachte, fühlte es sich an, als würde ich ebenfalls lachen. Wenn er fröhlich war, war ich es auch."

Er spricht nicht weiter, ist versunken in den Bildern seiner Erinnerung. Ich schweige mit ihm, wage es nicht, ihn zurückzuholen in die Gegenwart. In die Welt aus Schnee und Eis und Dunkelheit.
Irgendwann fährt er fort: „Ich hatte immer das Gefühl, so könnte es nicht weiter gehen. Als müsste etwas Schlimmes passieren. Als müsste es enden. Und das tat es dann auch."
„Was ist passiert?"
Er will einen Schluck nehmen, überlegt es sich dann aber anders, lässt die Flasche sinken. „Es war ...", er hält inne. „Vielleicht erzähle ich dir das besser ein anderes Mal."

Ich spüre fast so etwas wie Erleichterung. Mein Blick flieht, über den Fluss, über die Kiefern, über die Berge, zu den Sternen. „Wollen wir gehen?", frage ich nach einer Weile. „Es ist sicher schon spät."
„Ich bleibe noch ein wenig", sagt er. „Ich schlafe sowieso nicht gut."
„Dann bleibe ich auch", sage ich.
Also bleiben wir. Schließlich fängt er doch wieder an. Als könnte er die Geschichte selbst in der Erzählung nicht in dieser glücklichen Zeit enden lassen.

„Ich habe so oft an diesen Abend gedacht. Ich weiß gar nicht mehr genau, was Wirklichkeit ist und was ich mir ausdenke. Ich hatte frei an diesem Tag. Es war Samstag. Ich war mit meinem Sohn beim Baseball. Ein Spiel der Giants. Nur Toby und ich. Eileen half ihrer Mutter bei einem Garagenverkauf für irgendeinen wohltätigen Anlass. Es war das erste Mal, dass ich Toby mit zu einem Spiel genommen habe. Das erste und das letzte Mal. Ich wollte mit ihm noch einen Hamburger essen gehen. So ein richtiger Vater-Sohn-Tag. Ich rief Eileen an. Alles war bestens. Aber sie fing wieder von meinem Bruder an, deinem Dad.

Weißt du, unser Polizeiteam hatte für diesen Abend einen Einsatz geplant. Wochenlange Observierungen und Ermittlungen waren dem vorausgegangen. Es ging um einige Drogenhändler aus unserer Gegend. Keine großen Fische. Aber wir hatten genug über sie rausbekommen. Wir wollten zwei Wohnungen gleichzeitig durchsuchen, wo wir dachten, dass sie sich treffen und auch Ware aufteilen würden. Eine davon gehörte einem Jungen aus unserer Nachbarschaft, einem miesen kleinen Gangster, der Carlos hieß, aber von allen nur spöttisch Al Carlos genannt wurde. Weil er immer einen auf große Nummer machte. Wir sind praktisch gemeinsam aufgewachsen, haben als Kinder sogar zusammen gespielt, er, dein Dad, ein paar andere und ich. Aber inzwischen hatten sich unsere Wege getrennt, wie du dir denken kannst. Er wusste, dass ich bei der Polizei arbeitete. Einmal haben ein Kollege und ich ihn verhaftet, weil er seine Freundin verprügelt hatte. Eine Woche lag sie im Krankenhaus. Doch dann hat sie ihre Aussage zurückgezogen, behauptet, sie wäre die Kellertreppe runtergefallen. Vielleicht wäre er sonst ins Gefängnis gewandert und alles wäre anders gekommen. Wenn er mich vorher schon gehasst hat, danach sicher noch mehr. Dein Vater blieb mit ihm befreundet und hat auch ab und an für ihn gearbeitet. Ich wusste das, auch wenn ich die genauen Zusammenhänge nicht kannte. Was soll's, irgendwann muss sich jeder entscheiden. Die Seiten waren klar."

„Es hätte also sein können, dass du deinen eigenen Bruder verhaftest?"

„Ich war, wie gesagt, für diesen Einsatz gar nicht eingeteilt. Aber wenn es hätte sein müssen, hätte ich es getan. Sogar gern. Schön fest hätte ich ihm die Handschellen angelegt! Aber dann das Telefonat mit Eileen. Es hat sie mehr mitgenommen als mich. Und kurz darauf rief auch noch Mom an. Ich hätte nicht einmal Eileen von dem Einsatz erzählen dürfen, und nun wusste es auch noch meine Mutter. Warum haben sie es nicht gleich in die Zeitung gesetzt? Mom war ganz außer sich, hat am Telefon geheult und geschrien. ‚Was, wenn sie ihn verhaften? Was, wenn er sich wehrt und sie ihn erschießen?' Ich konnte sie nicht beruhigen. Und schon gar nicht überzeugen. Was ich auch anführte, sie hat immer nur gesagt: ‚Brian, er ist dein Bruder!' Natürlich war er mein Bruder. Ist es noch. Aber was soll das überhaupt heißen? Lea war meine Schwester! Und seine auch! Und, hat ihn das was geschert? Ich hasste nicht ihn oder Carlos. Ich hasste die Drogen, und was sie aus den Menschen machen. Lea war tot, und dein Dad half zumindest indirekt, das Zeug unter die Kids in unserer Gegend zu bringen. Er hatte seine Wahl getroffen. Und ich meine."

Sein Profil zeichnet sich hart gegen den schneebedeckten Hang ab, seine Stimme klingt kälter als die Nacht.

„Ich fahre also mit meinem Jungen im Auto. Er redet dauernd von dem Spiel, fragt mich Sachen, doch meine Gedanken sind nur bei dem Einsatz, bei meiner Mom, bei meinem Bruder. Da klingelt das Telefon erneut. Es ist noch einmal meine Mom. Ich habe auf Lautsprecher gestellt, sage ihr, ich könne jetzt nicht sprechen und ich könnte auch gar nichts für ihn tun. Ich meine, was hätte ich denn machen sollen? Sie sagt: ‚Wenn du wolltest, könntest du!' Sie weint immer noch. Mein Sohn bekommt alles mit. Schließlich beende ich das Gespräch. Die Stille im Auto ist erdrückend. Ich sage etwas über das Spiel. Toby fragt: ‚Warum ist Grandma so traurig?'

Ich sage: ‚Mach dir keine Gedanken. Es hat mit meiner Arbeit zu tun.'

Darauf antwortet er: ‚Erzählst du mir nicht immer, ich soll tun, was meine Mom sagt?'

‚Okay, das reicht', sage ich und wende mit quietschenden Reifen.

‚Bist du böse auf mich?', fragt er.

‚Nein. Wir gehen gleich noch Hamburger essen. Ich muss vorher nur kurz noch etwas erledigen.'
Also fahren wir zurück in unsere Gegend. Ich habe keine Ahnung, was ich tun werde. Die ganze Zeit überlege ich angestrengt, aber mir fällt nichts ein. Ich kann ja schlecht dort auftauchen und meinen Bruder warnen. Und die Telefone werden überwacht, auch sein Handy.

Als wir ankommen, habe ich immer noch keinen Plan. Ich parke den Wagen zwei Blocks entfernt.
‚Okay', sage ich zu Toby, ‚ich bin gleich wieder zurück. Bleib im Wagen! Was auch passiert, bleib im Wagen! Steig auf keinen Fall aus!'
Er nickt und sieht mich ängstlich aus großen Augen an, erst recht, als ich meine Waffe nehme. Leise schließe ich die Autotür und gehe langsam und vorsichtig bis zur Ecke. Ich bin nicht sicher, ob meine Kollegen schon da sind, und zweifellos wird das Haus beobachtet. Als ich die Ecke fast erreicht habe, höre ich ein Geräusch. Ich bleibe stehen und lausche. Nichts. Ich drehe mich um und kann meinen Jungen im Auto erkennen. Mit gezogener Waffe schleiche ich weiter. Da höre ich einen Schuss, dann noch einen. Dann noch weitere. Kurz darauf Rufen und Rennen. Es hört sich so an, als würde der Einsatz total im Chaos versin-

ken. Ich weiß nicht, was los ist. Ich weiß nicht, was ich tun soll. Ich stehe an diesem warmen Juniabend allein auf der Straße und höre das Rufen und Rennen – und es kommt näher. Schnell laufe ich zurück zum Wagen. Um meinen Bruder zu warnen, ist es sowieso zu spät. In diesem Augenblick kommt jemand um die Ecke gerannt. Ich erkenne zuerst die Waffe in seiner Hand, dann erkenne ich ihn. Es ist Carlos. Er blickt sich dauernd um, wird offenbar verfolgt. Daher sieht er mich erst, als er schon fast bei mir ist. Ich habe meine Waffe auf ihn gerichtet und sage: ‚Stehen bleiben!' Zwei Polizisten kommen ebenfalls um die Ecke gelaufen. Carlos steht vielleicht zehn Meter von mir entfernt, die Pistole noch in der Hand.
‚Fallen lassen! Sofort!', rufe ich.
Ein breites Grinsen geht über sein Gesicht, als er mich erkennt. ‚Sieh an. Brian! Sieht aus, als hättest du diesmal gewonnen.'
‚Fallen lassen! Ich sag's dir nicht noch einmal!'
‚Mamas Liebling! Solltest du nicht zuhause sein, wenn die großen Jungs spielen?'
‚Dad!' Mein Sohn ist ausgestiegen, steht neben der offenen Autotür.
‚Dad?!' Carlos hat ihn gesehen.
‚Steig sofort wieder ein!', rufe ich."

Er starrt in die Dunkelheit. Starrt auf die Bilder, die nur er vor sich sieht.

„Die Nacht ist so ruhig nach einem Schuss. Unfassbar ruhig.

Ich erinnere mich immer nur an die Stille. Nicht, wie er die Waffe langsam sinken lässt, mich dabei ansieht. Sie dann fallen lässt. Nicht an die zwei Polizisten, die endlich bei uns sind. Nicht an meinen Sohn, wie er auf der Straße liegt, unbeweglich. Nur an die Stille. Sie saugt alles auf.

Und dann an die Pistole, die ich plötzlich in meiner Hand spüre. An seinen Blick, auf mich gerichtet. Herausfordernd. Seine Augen scheinen mich fast zu bitten, sie zu benutzen. Die beiden Polizisten reden auf mich ein, aber ich höre sie nicht. Ich sehe nur seine Augen. Spüre das Metall.

Spüre, wie es mir langsam aus der Hand genommen wird. Einer meiner Kollegen legt mir den Arm um die Schulter, der andere legt Carlos Handschellen an.

Ich bin allein mit der Stille. Für immer."

Wir sitzen schweigend.

Der gefrorene Wasserfall sieht im Silberlicht aus wie ein schimmernder Vorhang aus Tränen, kalt und abweisend. Der Mond ist weiter gewandert.

Seine runde Scheibe spiegelt sich jetzt fast unverzerrt in der mittleren Stufe der Fälle. Eismond.
Etwas knackt am Wasserfall, und dann prasseln abgebrochene Stücke auf den zugefrorenen Creek, Bruchstücke des Mondes.

„Die Schoko-Flakes sind alle. Sieht so aus, als hätte dein Dad sie aufgegessen. Jetzt sind nur noch welche mit Vollkorn und Hafer da."
Es ist der nächste Morgen. Mein Vater ist noch nicht wieder zurück. Das Haus ist eiskalt. Brian macht sich Frühstück.
„Darüber regst du dich auf? Mein Dad hat einen Dreh raus, die Packung vor dem Füllen seiner Schale zu schütteln, so dass er besonders viele Schokoflocken bekommt."
„Echt kindisch."
„Ja. Manche werden nie erwachsen." Schon während ich die Worte spreche, würde ich sie am liebsten zurückholen. Vielleicht sollte man mich so früh morgens nicht in die Nähe von etwas Verletzbarem lassen.
Ein kurzes Innehalten von ihm beweist, dass sein Verstand vor dem Frühstück wacher ist als meiner.

Aber er lässt sich nichts anmerken. „Möchtest du auch die mit Hafer und Vollkorn?"
„Ja, klar", sage ich.
„Hoffentlich denkt dein Dad daran, neue Schoko-Flakes mitzubringen."

„Was ist mit der Heizung?"
„Keine Ahnung! Sie ist aus. Bestimmt hat dein Vater mir irgendwas gesagt, was ich beachten oder machen soll, aber ich hab nicht zugehört. Ich fürchte, wir müssen auf ihn warten."
„Brian?"
„Ja?"
„Wie kannst du so ruhig mit ihm in einem Haus wohnen und dich mit ihm um die Schoko-Flakes streiten, wo er doch schuld ist, dass dein Sohn tot ist?"
Er gießt die Milch in sein Schälchen, so langsam und vorsichtig, als könnte dabei eine explosive Mischung entstehen.
„Schuld? Er? Er ist nicht schuld. Man kann sicher einiges über deinen Dad sagen, und ihm sind vielleicht alle anderen Menschen egal. Aber er ist nicht schuld. *Ich* bin dort hingefahren, ich wollte ihn warnen. Es war meine Entscheidung. Und ich habe meinen Sohn dahin mitgenommen. Es ist nicht seine Schuld, es ist meine. Und jetzt wäre

ich dir dankbar, wenn wir das Thema sein lassen könnten!"

„Aber er ..."

„Matisse, bitte! Lass es gut sein. Ich möchte nicht mehr darüber sprechen. Ich hatte noch nicht einmal ein zweites Frühstück. Es ist vorbei. Die Kugel damals hat Tobys Leben beendet, und meines auch."

Er nimmt noch einen Löffel aus seiner Schale. Ich schätze, mit zweitem Frühstück meint er wohl einen Drink. Er stellt die Schale achtlos auf den Tisch: „Ich glaube, ich warte auf die Schoko-Flakes."

Und geht.

Dad ist wieder zurück. Bester Laune, genau wie sein Auto.

Er hat sich um die Heizung gekümmert. Sich umgezogen. Jetzt helfe ich ihm dabei, eine große Einkaufstüte auszuräumen.

Er ist nahe daran, mit den Einkäufen zu jonglieren. Seine Gehilfin ist nicht ganz so gut gelaunt. Wäre möglich, dass das eine oder andere Glas Gurken geräuschvoller als nötig seinen Platz im Regal findet. Ist auch nicht ausgeschlossen, dass der Fenchel ein paar Blätter einbüßt, als sie ihn in die Kühlschrankschublade räumt.

„Was ist los?", fragt Dad nach einer Weile.
„Nichts ist los."
Wir räumen weiter. Es kracht, klackt, scheppert. Er sprintet herbei, nimmt mir den Knoblauch rechtzeitig aus der Hand, den ich gerade aus der Tüte hole, will ihn vor Schaden bewahren. „Den übernehme ich! Chefsache!"
Ich habe keine Einwände. Dann eben die Erdnussbutter. Zur Abwechslung fast lautlos.
„Komm schon! Was ist los? Ist es wegen Deborah?"
„Brian hat mir von seinem Sohn erzählt. Von dem Abend, an dem er starb."
„Verstehe."
„Von dem Abend, an dem er erschossen wurde. Von deinem Freund."
„Ja."
„Ja?! Mehr hast du dazu nicht zu sagen?"
„Was soll ich dazu sagen?"
„Na, zum Beispiel hättest du es mir erzählen können."

Er starrt auf das Etikett einer Packung, als wäre er selbst erstaunt, was er gekauft hat.

„Im Wagen ist noch Mineralwasser. Ich gehe es holen."
„Erzähl es mir jetzt."
„Matisse, bitte!"
„Nein. Ich möchte es gern hören. Von dir."
„Vielleicht sollte ich doch besser das Wasser holen. Nicht, dass es noch draußen gefriert."
„Dad!"
„Du willst es wirklich hören?"
„Ja. Denke ich."
„Also gut. Aber glaub mir, es ändert nichts an dem, was passiert ist, wenn man diese alten Geschichten immer wieder hervorkramt."
Er zaubert ein Klarsicht-Päckchen aus der Tüte.
„Makronen! Super lecker!"
„D-a-d!"
„Na schön. Wir waren an diesem Abend alle bei Al Carlos. Marco, Enrique, José und noch ein paar andere. Natürlich auch Lucía, Al Carlos' Freundin. Sie war eine Señorita von wechselnden Leidenschaften. Die für ihren Freund war schon ziemlich abgekühlt. Aktuell hatte sie hauptsächlich zwei: eine große für Blumen und eine kleine für mich. Beides sollte sich an diesem Abend als fatal erweisen. Und dann waren da noch, und davon hatte die schlaue Polizeitruppe um meinen Bruder keine Ahnung, der Vater von Al Carlos samt min-

destens sechs schwer bewaffneter Bodyguards. Denn im Gegensatz zu seinem Möchtegern von Sohn, anlässlich dessen nahenden Geburtstages er zugegen war, war er das, was mein Bruder eine große Nummer nennen würde. Und überdies verquickte er dummerweise Geschäft und Privatleben: Er hatte einen Koffer voller Geld dabei."
„Meinst du, du machst es besser, wenn du es erzählst, als wäre es eine Gaunerkomödie?"
„Nein, bestimmt nicht. Aber meinst du, ich würde es besser machen, wenn ich weinen würde?"
„Ich denke ja."
Er schüttelt den Kopf. „Warte doch erst bis zum Auftritt des charmanten, wenn auch etwas unbedarften jugendlichen Helden! Doch ich fürchte, zum Lachen ist das nicht. Du kannst mir glauben, Spatz, wenn ich einen Tag in meinem Leben ändern könnte, dann wäre es dieser. Wie anders wäre unser aller Leben verlaufen, deines, meines, das von deiner Mom, Brians, Claires? Eine Nacht!

An diesem Abend ging wirklich alles gründlich schief. Es fing damit an, dass einer der ums Haus schleichenden Polizisten einen von Lucías Blumentöpfen umstieß. Das hat natürlich drinnen alle alarmiert. Wahrscheinlich waren mehr Waffen

auf die Tür gerichtet, als die Petunie Blüten hatte. Die Polizisten draußen rechneten nur mit ein paar Kriminellen aus dem Viertel.
Ich war im hinteren Zimmer. Dem Schlafzimmer. Al Carlos wollte mich wie immer nicht dabei haben, wenn es um wichtige Geschäfte ging. Daher musste ich hinten warten. Genau wie seine Freundin. Lucía. Also haben wir hinten gewartet. Und uns die Zeit so gut vertrieben, wie wir konnten."
„Dad!"
„Du wolltest es doch hören!"
„Soll das heißen, du hast mit seiner Freundin geschlafen? In seinem Schlafzimmer?"
„Miteinander geschlafen! Hältst du mich für so blöd?"
Ich zögere mit der Antwort in der Hoffnung, dass es nur eine rhetorische Frage war.
Und tatsächlich fährt er fort: „Wir haben nicht miteinander geschlafen! Wir haben ein bisschen geredet. Sie war nicht glücklich bei ihm. Wollte ihn verlassen. Und wir haben uns ein kleines bisschen geküsst."
„Aber du warst doch schon mit Mom verheiratet damals, oder nicht?"
„Ja, das stimmt."
„Wie alt war ich damals?"
„Drei oder vier."

Ich räume etwa ein halbes Dutzend Konservendosen lautstark in den Schrank. Bohnen und Tomaten. Knalle die Schranktür zu.
„Wir haben uns bloß geküsst. Es hatte nichts zu bedeuten. Sie war verzweifelt. Es ging ihr nicht gut. Er hat sie wirklich schlecht behandelt ..."
„Nichts zu bedeuten! Hast du Mom denn nicht geliebt?"
„Natürlich habe ich sie geliebt! Ich sag doch, es hatte nichts zu bedeuten. Es war eine besondere Situation damals. Eine andere Zeit. Das verstehst du nicht."
„Sieht so aus."

Die Einkaufstüten sind leer. Ich setze mich an den Tisch. Er setzt sich dazu.
„Gab es noch andere Lucías?"
„Also willst du die Geschichte nun hören oder nicht?"
„Ich weiß nicht."
Er legt seine Hand auf meine. Ich ziehe sie weg.
„Wie gesagt, wir waren im hinteren Zimmer ... beschäftigt. Es war die Ruhe nach dem Umstoßen des Blumentopfes. Nichts regte sich. Draußen warteten sie, ob sich drinnen etwas tut. Drinnen warteten sie, ob sich draußen etwas tut. Wir haben im

Hinterzimmer von all dem natürlich nichts mitbekommen. Und deswegen bemerken wir Al Carlos, der ganz leise die Schlafzimmertür öffnet und mit dem Koffer herein geschlichen kommt, auch eine Idee zu spät. Vermutlich ist er von seinem Vater beauftragt worden, das Geld in Sicherheit zu bringen. Er läuft durch den Raum, wortlos, schiebt ganz vorsichtig das Fenster hoch. Lucía und ich sind wie gesagt ein bisschen zu nah beieinander und ein wenig zu überrumpelt, als dass er es nicht mitbekommen könnte. Er vergewissert sich, dass draußen alles in Ordnung ist, setzt sich aufs Fensterbrett, schwingt ein Bein raus. In diesem Moment bricht vorne ein Riesenlärm los. Eine Tür wird aufgebrochen, Rufen, Schüsse, das totale Durcheinander. Aber er scheint gar nicht darauf zu achten. Sein Blick ruht auf mir.

Da wird die Schlafzimmertür aufgestoßen. Ein Polizist steht im Türrahmen, zielt zuerst auf Lucía und mich, sieht, dass wir unbewaffnet sind, dann auf Al Carlos. Ruft ihm etwas zu. Doch der hat sich schon aus dem Fenster fallen lassen, wir sind ebenerdig, und im Fallen noch einen Schuss auf den Polizisten abgegeben. Dieser, unverletzt, stürzt Al Carlos hinterher. Ist schneller aus dem Fenster, als ich durch eine Tür komme.

Lucía und ich sehen uns an. Und dann sehe ich den Koffer. Er liegt unter dem Fenster auf dem Boden. Al Carlos muss ihn verloren haben, oder er hat ihn absichtlich fallen gelassen, um den Polisten abzulenken und Zeit zu gewinnen. Ein Augenblick der Ruhe inmitten des Chaos. Nur Lucía und ich – und der Koffer. Ich habe nicht viel Zeit zu überlegen. Gleich werden weitere Cops hereinkommen und mich festnehmen. Na ja, und wenn ich sowieso weg muss, kann ich den Koffer auch mitnehmen. Ich weiß, es ist dumm. Aber nach heute Abend hat meine Freundschaft mit Carlos ihre besten Tage wohl ohnehin hinter sich. Und bei der unsicheren Zukunft, der ich entgegen gehe, kann ein wenig Bargeld nicht schaden. Also verabschiede ich mich geschwind von der Señorita und folge den beiden durch das Fenster."
Ich schüttele den Kopf. „Ist das alles für dich nur ein Witz?"
„Vielleicht hast du es noch nicht gemerkt: *Ich* bin der Witz.
Draußen schleiche ich vorsichtig über den Rasen. Keine Spur von Al Carlos oder irgendwelchen Cops. Ich klettere über einen Bretterzaun in das nach hinten angrenzende Grundstück. Leider verstauche ich mir dabei den Knöchel. Im Film sieht so was immer so leicht aus! Ich humpele weiter,

bin noch nicht an der Straße, da sehe ich schon zwei Polizisten um das Haus kommen. Sie haben mich noch nicht bemerkt, sichern sich nach allen Seiten. Ich schleiche im Schutz der Büsche weiter, bis ich die Straße erreiche. Eine dunkle Gestalt klettert ein Stück von mir entfernt ebenfalls über den Zaun. Vorne fallen weitere Schüsse. Ich habe keinerlei Überblick mehr. Der Koffer ist unglaublich schwer. War vielleicht doch eine dumme Idee, ihn mitzunehmen."
„Du hast Recht: Dümmer geht's nicht!"
„Ich schiebe den Koffer unter ein parkendes Auto."
„Na, vielleicht doch!"
„Ich hielt es für clever. Möglicherweise findet ihn keiner und ich kann ihn mir am nächsten Tag holen. Falls ich davon komme. Und so bin ich schneller und beweglicher. Ein paar Häuser weiter, dann wieder quer über die Grundstücke. Einmal habe ich das Gefühl, mir würde jemand folgen. Keine Ahnung, ob es ein Polizist oder einer der Gangster ist. Ich klettere noch über eine Garage. Trotz meines Knöchels. Als ich die nächste Straße erreiche, bleibt alles ruhig. Sieht aus, als hätte ich es geschafft. Ich gehe zwei Blocks weit, dann fange ich an zu rennen, so gut es mir der Knöchel erlaubt. Ich renne, bis ich nicht mehr kann.

In dieser Nacht will ich lieber nicht nach Hause. Wer weiß, wer da auf mich wartet? Daher gehe die Market Street runter zur Bay, rufe deine Mom an, sage ihr, sie solle mit dir heute Nacht bei einer Freundin schlafen. Aber sie will nicht. Also vereinbaren wir einen Treffpunkt in der Nähe des Ferry Buildings. Sie kommt mit dir und dem Auto. Wir fahren die ganze Nacht herum. Es ist eine tolle Nacht. Sternenklar. Wir haben das Verdeck offen, fahren über die Golden Gate Bridge. Wir lieben uns wie Teenager im Auto, mit Blick auf die Stadt."

„Ich will das nicht hören."

„Du hast doch damit angefangen, ob ich deine Mom noch lieben würde und so. Glaub mir, sie sah nie schöner aus als in dieser Nacht. Brauchst mich gar nicht so anzusehen. Sie hat mir nie irgendwelche Vorwürfe gemacht. Und dann das Gefühl. Ich war nicht verhaftet oder erschossen worden. Ich war frei. In jeder Hinsicht. Verstehst du, mir war das alles ohnehin längst über den Kopf gewachsen. Die ganze Sache hatte ja damals nur angefangen, weil ich mir ein bisschen Geld verdienen wollte. Und dazu gehören wollte. Zu dieser Zeit war mir sowieso beinahe alles egal. Und ich war auf alle und jeden wütend. Weißt du, das war kurz nachdem meine Schwester gestorben war.

Aber dann hat mich diese Welt immer mehr aufgesogen. Mehr, als ich wollte. In gewisser Weise war dieser Abend ein Schlussstrich. Und vielleicht habe ich auch deshalb das Geld genommen, weil mir das schon damals klar war. Kein Zurück. Frei. Und wir drei waren zusammen, du, deine Mom und ich. Uns ging's gut. Wir konnten überall hingehen. Und mit ein bisschen Glück wartete morgen auch noch ein Koffer voller Geld auf uns."
Sein Enthusiasmus weht davon. Tonlos fügt er hinzu: „Ich hatte ja keine Ahnung, dass Brians Sohn Toby in dieser Nacht erschossen wurde."
„Ja."
Nach einer Pause sagt er: „Tja, im Grunde war es das schon. Am nächsten Vormittag ist deine Mom durch die Straße gegangen, wo ich das Geld versteckt hatte. Wir dachten, das wäre am unauffälligsten. Aber das Auto war verschwunden und der Koffer ebenso. Ich weiß nicht, wer ihn hat. Vielleicht haben die Gangster ihn irgendwie wiederbekommen, oder einer der Jungs aus unserer Clique hat ihn gefunden. Vielleicht hat ihn auch jemand anderes entdeckt, oder ein Cop hat ihn genommen. Irgendjemand hatte mich ja verfolgt. Brian hat gesagt, im Polizeibericht stünde nichts von einem Koffer. Also, sollte es ein Cop gewesen sein, dann hat er ihn verschwinden lassen. Und könnte

auch hinter mir her sein, annehmend, dass ich etwas darüber weiß. Die Sache mit seiner Freundin hat Al Carlos bestimmt nicht besonders erfreut. Und die Gangster von der Ostküste sind ganz sicher hinter mir her. Durch Al Carlos und Lucía wissen sie ja, dass ich das Geld genommen habe. So was sieht man in diesen Kreisen nicht gern. Die Nüsse haben vermutlich noch nicht einmal gemerkt, dass ich das Geld nicht mehr habe. Aber das würde vielleicht auch nicht viel helfen."
Keiner braucht es auszusprechen. Wir beide denken es: Mein Dad ist die Nuss.

„Deine Mom und ich sind dann umgezogen. In ein Apartmenthaus im Mission District. Nach einer Weile habe mir wegen dieser Geschichte nicht mehr allzu viele Sorgen gemacht. Aber irgendwie müssen sie uns ja dann gefunden haben. Ich weiß nicht, wie. Wir waren allerdings auch nicht besonders vorsichtig. Wir haben ein ganz normales Leben geführt. Stromrechnungen bezahlt, Zeitungen abonniert, mit Kreditkarte bezahlt. Gut möglich, dass irgendetwas davon sie auf unsere Spur gebracht hat. Ich weiß es nicht, jedenfalls bin ich heute mit allem viel vorsichtiger, was zurückverfolgt werden könnte. Ich möchte nicht riskieren, dass so was noch einmal passiert. Und ich weiß auch nicht, wer *die* sind. Vielleicht jemand von der Polizei, vielleicht jemand von den Gangstern. Wer immer sie sind, sie haben uns gefunden, und in der Nacht ist deine Mom gestorben."

Brian kommt in die Küche. Weder er noch mein Dad sehen den anderen an.
Die Heizung läuft schon seit fast einer Stunde wieder. Aber es ist immer noch eiskalt. Man könnte im Haus erfrieren.

Plötzlich bin ich hellwach. Ich habe keine Ahnung, was mich geweckt hat. Ich lausche in die Dunkelheit, traue mich nicht, mich zu bewegen. Nichts. Jedenfalls nichts, was lauter wäre als mein Herzschlag.
Nach einer Weile schalte ich das Licht ein. Meine Hunde sind ebenfalls wach. Also haben sie auch etwas gehört. Ich mache das Licht wieder aus, öffne die Fensterläden. Die vom silbernen Licht des Mondes verzauberte Landschaft, so friedlich, als hätte es nie etwas anderes gegeben als Schnee und Stille.
Eine Zeit lang kann ich mich gar nicht abwenden von diesem Anblick. Märchenhafte Schönheit. Da

sollte man doch erwarten, dass einen ein Uhu oder ähnliches als nächtlicher Wächter des Zauberwaldes warnen würde, falls etwas nicht stimmt.
Einer meiner Hunde jault.

„Was ist denn?", frage ich.
Ich kann nichts hören. Er jault wieder.
„Psst", sage ich und schleiche zur Zimmertür. Was soll schon sein? Leise öffne ich die Tür einen Spalt. Dunkelheit und Stille. Auf Zehenspitzen laufe ich die Treppe herunter, bemühe mich, knarrende Stufen zu meiden. Doch das wäre so ziemlich jede.
Ein einsames Haus mitten im Nirgendwo, meilenweit entfernt von jeder anderen menschlichen Behausung. Fahles Mondlicht, das durch die Fenster fällt und seltsame Muster auf Fußboden und Wände zeichnet. Unruhige Schatten. Moment, unruhige Schatten? Ja, tatsächlich. Ich prüfe die Haustür. Verschlossen. Nehme meinen Mut zusammen und schleiche lautlos ins Wohnzimmer. Im Kamin brennt ein winziges Feuer. Mehr die Erinnerung an ein Feuer. Erst denke ich, es ist wieder aufgeflammt. Dann sehe ich, dass jemand davor sitzt, nicht annähernd den Sessel ausfüllend. Es ist Brian. Der ganze Raum ist durch das kleine Feuer in rötliches Licht getaucht. Nur mein Onkel sieht

selbst jetzt blass und schmächtig aus. Blasser als das Mondlicht.

„Du bist es! Die Hunde haben etwas gehört. Ich wollte lieber nachsehen."
„Ja", sagt er ruhig. Ist nicht erstaunt, mich zu sehen. „Ich bin es nur. Hier ist alles in Ordnung. Geh zurück ins Bett."
„Kannst du wieder mal nicht schlafen?"
„Wer sagt, dass ich schlafen will?"
„Die Geschichte meines Lebens."

Er stochert unnötigerweise im Kaminfeuer herum.
„Du solltest schlafen gehen. Ist wichtig für dich. Und ich möchte allein sein."
„Meinem Dad ist nicht alles egal!"
„Die Betonung liegt auf *allein*!"
Das Feuer flackert auf. Jetzt sehe ich es. Er hat feuchte Augen. Vielleicht der Rauch.
„Ich weiß, dass meinem Dad nicht alles egal ist!"
Er lehnt sich zurück. Gibt seinen Widerstand auf.
„Ach, Matisse. Wir wissen doch beide, dass man die Leute, für die sich dein Vater interessiert, an einer Hand abzählen kann. Und dafür braucht man nur die Daumen!"
„Das ist nicht wahr."
„Ich kenne ihn schon ein bisschen länger als du."

Dem kann selbst ich nur schwer widersprechen.
„Weißt du, was Claire immer gesagt hat?"
„Ich fürchte, ich werde es gleich erfahren."
„Du bist nicht, wo du herkommst, oder in was für Verhältnissen du aufgewachsen bist. Auch nicht, was dir beigebracht wurde. Du bist nicht, wer du glaubst sein zu müssen, oder was andere in dir sehen.
Du bist die Vögel, die du singen hörst, der Wind, den du spürst, die Sonnenuntergänge, die du siehst."
Mit einer Stimme, die sich noch nicht entschieden hat, ob Sarkasmus oder Bitterkeit die Oberhand gewinnen soll, sagt er: „Wow, das ist tiefgründig! Vielleicht hätte sie das College nicht abbrechen sollen. Vielleicht hätte sie es zum Doktor der Philosophie gebracht."
„Ich wusste gar nicht, dass du so ein Ekel sein kannst."
Er sagt nichts.
Die Flammen flackern zaghaft. Als würden sie durch das Schweigen im Raum erstickt. Und ich starte einen weiteren zaghaften Versuch. Leise sage ich: „Das ist eines der zwei Dinge, die ich von meiner Tante gelernt habe."
„Was ist das andere?", tut es ihm ein wenig leid.
„Nicht gleich nach dem Essen ins Wasser gehen!"

Immerhin verzieht er genervt das Gesicht.

"Nein, wirklich, es bedeutet auch, dass Menschen sich ändern können!"
"La esperanza es lo último que se pierde."
"Vielleicht würde dir ein wenig Hoffnung ganz gut tun!" So schnell hängt mich sein bisschen Spanisch nicht ab.
"Matisse, was kann ich sagen, damit du endlich wieder schlafen gehst?"
"Mein Dad malt Bilder. Von der Zeit damals hauptsächlich. Wenn du sie sehen würdest, würdest du mir glauben. Es sind nicht die Bilder von jemandem, dem alles egal ist."
"Er hat auch früher schon gemalt."
"Es ist auch eins von Toby dabei."
Statt einer Antwort kommt ein Geräusch wie von einem unterdrückten Schluchzer.
"Ich kann sie holen."
"Ich will sie nicht sehen!"
"Bin gleich wieder da."

Nach dem sanften Schein des Feuers schmerzt das harte Licht der Glühbirne in dem Raum unter der Treppe fast in meinen Augen. Die Bilder, nach wie vor unter Tüchern, gemalt, um nicht gesehen zu werden. Ich kann in der Eile nicht alle durchse-

hen. Aber ich finde das von seiner Schwester und das von Toby. Ich bin froh, als ich das blendende Licht wieder ausmachen kann. Bis ich mir gleich darauf den Kopf am schrägen Türrahmen stoße.
Was tue ich hier eigentlich? Mein Dad würde nicht wollen, dass ich die Bilder jemandem zeige. Brian will sie nicht ansehen. Habe ich nichts Besseres vor, als mich überall einzumischen? Im Moment nicht.

Im Wohnzimmer dieselbe seltsam gespenstische Szenerie. Ich stelle die Bilder auf den freien Sessel. Muss sie aber festhalten. Im Licht des Kaminfeuers sehen sie fast lebendig aus. Jeder Pinselstrich ein Schmerzensschrei. Trauer, die nie trocknet.

Er sieht sie an. Nimmt das von Toby in die Hand. Hält es und hält es. Weint.
„Ich hab dir gesagt, ich will es nicht sehen!"
„Ihm ist nicht alles gleichgültig!"
Nur das Knacken des Feuers ist zu hören. Im Raum ist mehr Schatten als Licht.
„Er kann die Vergangenheit nicht ändern", sage ich. „Niemand kann das. Er kann auch nur versuchen, einen Weg zu finden, mit dem zu leben, was passiert ist."

„Scheint, als wären wir beide nicht besonders gut darin", versucht er fast ein Lächeln.
„Vielleicht solltest du mal mit ihm reden."
Er sieht wieder auf das Bild. „Ich wollte sie nicht sehen. Warum kannst du mich nicht in Ruhe lassen? Ich will allein sein. Ich wollte sie nicht sehen, und ich will nicht mit ihm reden, oder mit irgendjemandem."
„Warum nicht?"
Er schaut auf die rohen Holzbalken an der Decke.
„Verstehst du das denn nicht? Weil ich nicht hören möchte, wie er Dinge sagen würde wie: ‚Das habe ich nicht gewollt.' Nicht ertragen könnte, wenn er sagen würde: ‚Es tut mir leid.'"

Dad rührt seinen Kaffee um, ich meinen Tee. Keiner von uns rührt an den Dingen, die in den letzten Tagen zur Sprache gekommen sind.

Brian kommt herein, nimmt eine Tasse aus dem Schrank, aber ohne sich etwas einzugießen. Sagt zu mir: „Musst du nicht Schulaufgaben machen oder so was?"

„Ich glaube, das war mein Stichwort", sage ich, allerdings mache ich keinerlei Anstalten, die Küche zu verlassen.
„Sie geht noch gar nicht wieder zur Schule", kommt mir mein Dad unwissentlich zu Hilfe. Brian sieht ihn an, was Dad erneut missversteht, denn er sagt: „Ich habe, als ich in Jasper war, schon mal mit der Schulbehörde in Vancouver telefoniert. Aber noch nichts beschlossen." Dann fragt er mich: „Du gehst doch in die Achte, stimmt's?"
Brian und ich antworten gleichzeitig. Brian sagt: „In die Siebente", und ich sage: „Ich studiere Kommunikationswissenschaften an der Uni, und eine der Sachen, die wir gelernt haben, ist, wie wichtig Zuhören ist!"

„Ich wollte eigentlich etwas anderes mit dir besprechen", sagt Brian zu Dad. Dreht nervös die leere Tasse in seiner Hand.
Ich sehe ihn mit großen Augen an. Rühre meinen Tee um. Rühre weiter. Habe seine Aufforderung, sie alleine zu lassen, schon so gut wie vergessen.
„Was denn?", fragt mein Vater.
„Die Bilder haben mich darauf gebracht", fährt Brian endlich fort.
„Welche Bilder?"

„Matisse hat mir gestern ein paar von deinen Bildern gezeigt."

„Matisse! Das hättest du …"

„Heb dir das für später auf", unterbricht ihn mein Onkel.

„Es tut mir leid, Dad. Ich dachte …"

„Hört doch mal zu!", sagt mein Onkel. „Ich musste wieder an den Tag im Museum neulich denken. Nicht, dass deine Bilder irgendetwas mit den Bildern dort gemeinsam hätten. Und da ist es mir wieder eingefallen. Ich hatte es völlig vergessen. Ich hoffe, das ist kein Problem."

„Eingefallen? Was?"

„Ich habe euch doch erzählt, dass ich mit deiner Angestellten gesprochen habe. Sie über dich ausgefragt habe. Wo ich dich finden könne. Und sie mir das von der Hütte hier erzählt hat."

„Ja, und?"

„Na ja, sie hat beiläufig erwähnt, dass ich an diesem Morgen schon der Zweite sei, der sie das fragen würde."

Die Worte sinken zu Boden, langsam wie der Zucker in meinem Tee. Wollen sich nicht auflösen. Keiner sagt etwas. Ich vermute, wir alle malen uns aus, was das bedeuten könnte.

„Ich hätte früher dran denken sollen", ärgert sich Brian.
„Mrs. Cole, das alte Plappermaul. Hätte lieber bei der Telefonauskunft arbeiten sollen", sagt mein Dad.
„Habt ihr eine Ahnung, wer das gewesen sein könnte?", frage ich.
Beide sehen mich an.
„Könnte gut sein, dass wir es bald herausfinden", sagt mein Dad lakonisch.
„Vielleicht war es auch nur Zufall", sagt Brian.
„Aber wenn es jemand war, der hinter Dad her ist, oder hinter mir, warum hat er dann nicht gleich im Museum etwas unternommen?"
„Was weiß ich? Vielleicht waren ihm zu viele Leute da. Oder er hat euch verloren, weil ihr so schnell verschwunden seid. Ging mir ja nicht anders."
„Meinst du, er kommt hierher?"

Noch ehe Brian antworten kann, sagt mein Dad, der gerade aus dem Fenster sieht: „Ich glaube, er ist schon da!"

Mein Onkel und ich stürzen zum Fenster. Zunächst kann ich nichts Ungewöhnliches erkennen. Tannen, in ihre Schneemäntel gehüllt, in ungestörtem Winterschlaf. Der Weg, der zum Parkplatz führt, unberührt, orange schimmernd in der Morgensonne.

„Links, fast an der Biegung, hinter den Tannen", sagt mein Vater.

Ich sehe immer noch nichts. Doch dann bewegt sich etwas Dunkles schnell von einer Tanne zur nächsten. Es ist mindestens zweihundert Meter entfernt. Ich könnte nicht sagen, ob es ein Mensch ist.

„Wie viele sind es?", fragt mein Onkel.

„Ich weiß nicht. Bis jetzt sehe ich nur einen", antwortet mein Vater.

„Und was jetzt?"

„Nach hinten raus!", sagt mein Vater. „Zum Wasserfall."

„Vielleicht sollten wir auf ihn warten", überlegt Brian mit Blick auf seine Gewehrtasche, die neben der Tür lehnt. „Sehen, was er will."

„Hübsch langsam, Cowboy! Hast du dir das auch gut überlegt?"

Brian zögert noch immer.

„Willst du das wirklich? Los, kommt schon!"

Mein Dad wirft mir meinen Mantel zu, der neben der Tür hängt, greift seine Jacke.
„Was ist mit meinen Hunden?"
„Denen passiert nichts. Schnell, wir müssen uns beeilen!" sagt er und sprintet die Treppe hoch zum Schlafzimmer. Ich denke, er holt seine Waffe.
Brian greift sich Moonlight und steckt ihn unter seinen Mantel. „Nimm du den anderen." Dann öffnet er das Küchenfenster. Schaut, ob er etwas Verdächtiges sieht. „Okay, komm."
Dad ist schon wieder bei uns. Vorsichtig klettern wir raus.
„Seid leise", sagt mein Vater und schließt von außen bestmöglich das Fenster. Will keinen unnötig auf unsere Spur führen. Durch das Haus geschützt bewegen wir uns am Rand der Lichtung den alten Indianerpfad entlang.

Es ist eiskalt. Eigentlich ein schöner Tag. Wäre gut geeignet für einen Ausflug. Andere Familien machen so etwas! Wir sind eben auf der Flucht vor einem Killer oder vor was auch immer. Genau weiß das keiner von uns.
Es ist einer dieser klaren Wintermorgen, wo man das Gefühl hat, nichts könnte die Ruhe stören. Oder den Frieden. Als würden selbst die Tiere sich vorsichtiger bewegen, leiser atmen.

Tja, ein Schuss könnte.

Als der Weg am Waldsaum nach rechts abbiegt, verschnaufen wir kurz. Blicken, durch die Bäume verborgen, zurück, blinzelnd gegen die Sonne, ob wir etwas erkennen können. Nichts.
Allerdings sind unsere eigenen Spuren erschreckend deutlich zu sehen. Wer immer uns folgen wollte, braucht kein Fährtenleser zu sein.
„Los, weiter", sagt mein Dad.

Wir hetzen durch den Wald, dem Tal des namenlosen Creeks entgegen. Wortlos, frierend, angsterfüllt. Es ist aber nur halb so romantisch, wie es sich anhört, insbesondere als ein wintermüder Fichtenast einen Großteil seiner Schneelast auf mich entlädt. Einen Moment lang stockt mir der Atem, Midnight unter meinem Mantel quiekt auf. Dad sieht mich an, sagt aber nichts.

Wir erreichen das Tal viel schneller, als ich gedacht hätte. Was so ein bisschen zusätzlicher Antrieb alles ausmacht.
Ohne Zögern geht mein Vater weiter, den steilen Weg am Hang entlang, Richtung Wasserfall. Es ist abschüssig und rutschig, nicht gerade ideal, wo wir es doch ein wenig eilig haben. Nach etwa achthun-

dert Metern blockiert eine umgestürzte Fichte den Pfad. Wir könnten den Hang hoch um sie herum krabbeln oder versuchen, über sie drüber zu klettern. Mein Dad entscheidet sich für Letzteres. Befreit den Stamm und einige Äste vom Schnee, um eine gute Stelle zu finden. Robbt sich mehr oder weniger bäuchlings rüber. Der Zug für eine Kunstturnerkarriere ist bei ihm wohl abgefahren.
„Gib mir den Hund", sagt er.
„Du hast es gut", sage ich zu Midnight und reiche ihn ihm. Ich fürchte, ich stelle mich nicht viel besser an als mein Vater. Brian kommt als letzter. Übergibt mir Moonlight. Zögert. Probiert es rechts herum, dann links herum. Dad beobachtet ihn mit diesem Willst-du-dir-erst-Mut-antrinken-Blick, verzichtet aber auf einen Kommentar. Das ist der Unterschied zur Middle School. Der zweite ist, dass Brian wirklich einen Schluck aus seiner flugs hervorgeholten Flasche nimmt. Doch dann schwingt er sich ziemlich geschickt über den Stamm. Wir schauen zurück, kein Verfolger in Sicht, und hetzen weiter.

Jetzt kommt das wirklich steile Stück. Der Weg ist noch enger, der Hang noch abschüssiger als bisher. Ein falscher Tritt, und man findet sich zehn oder zwanzig Meter tiefer wieder. Mein Dad geht voran, bei jedem Schritt vorsichtig tastend, ob unter dem Schnee auch fester Untergrund ist. Wir folgen in seiner Spur. Ich darf gar nicht daran denken, dass Brian und ich hier einmal sogar nachts zum Wasserfall gegangen sind. Schließlich erreichen wir die Biegung, ab der man die Fälle sehen kann. Dad bleibt stehen, versucht, an uns vorbei zurück zu sehen.

„Scheint alles ruhig zu sein", sagt Brian.

„Vielleicht habt ihr euch geirrt", sage ich. „Vielleicht war es nur jemand, der ein Paket abgeben wollte, oder ein Telegramm oder so."

„Dann ist er aber ziemlich beflissen", sagt mein Vater.

Ich sehe noch mal zurück, und tatsächlich, man kann deutlich erkennen, wie eine dunkle Gestalt über die umgestürzte Fichte klettert.

Es ist ein zarter Morgen.
Das leichte Blau des Himmels, fast noch unfertig.
Leise Sonnenstrahlen, den Schnee nur ganz vorsichtig berührend, um ihn nicht aufzuwecken.
Ich möchte nicht, dass ein Schuss fällt und die Stille zerreißt.
Ich möchte nicht, dass Blut fließt und den Schnee rot färbt.

Mechanisch stapfe ich meinem Vater hinterher, dem Wasserfall entgegen. Ich weiß nicht, wie es dann weitergeht. Ich bin mir nicht sicher, ob irgendjemand von uns das weiß. Führt der Pfad den Fels hinauf, um dann oberhalb der Fälle wieder dem namenlosen Creek zu folgen? Führt er vielleicht sogar hinter dem Wasserfall entlang? Wir sind immer nur bis zu den Fällen gegangen. So erhebt sich das Schloss aus Eis drohend vor uns, als sei es unser Ziel. Kalt erwartet es uns, wie der Endpunkt unserer kleinen Reise.

Zweimal habe ich mich nach unserem Verfolger umgesehen, aber er hat die Biegung noch nicht erreicht. Ist das der Mann, der kurz vor Breckenridge auf das Auto meiner Tante geschossen hat? Der hinterher am Wagen nach mir gesucht hat? Ist das der Mann, der in Los Angeles unser Telefon abgenommen hat? Vielleicht der Mann, der meine Mom getötet hat?

Ich laufe beinahe auf meinen Dad auf, der zögert, weil der Weg vor ihm besonders gefährlich ist. Dann erinnert er sich, dass dies das Stück mit dem

Halteseil aus Stahl ist. Greift danach, meistert die abschüssige Passage problemlos.

„Vorsichtig, Spatz. Und denk an den gefrorenen Sprühnebel unter dem Schnee!"

Ich denke an fast nichts anderes.
Wer kennt nicht die nervigen Typen in Filmen, die an entscheidender Stelle versagen. Die alle aufhalten und in Gefahr bringen. Ich bin einer von diesen Typen.
„Ich kann nicht", sage ich und meine es. Dabei bin ich diesen Pfad in den letzten Wochen bestimmt fünfzehnmal entlang gegangen.
„Gib mir den Hund", sagt Brian. „Dann hast du beide Hände frei."
„Okay", sage ich. „Aber geh du zuerst."
„Na gut." Als er drüben ist, sagt er: „Ist gar nicht so schwer heute. Das reinste Kinderspiel."
Na dann.
Ich greife nach dem Seil, setze einen Fuß vor den anderen. Bin etwa bei der Hälfte, da bemerke ich Dads und Brians Unruhe. Folge ihren Blicken. Unser Verfolger hat aufgeholt, ist nicht mehr weit entfernt.
„Keine Sorge", sagt mein Dad. „Lass dir Zeit! Und sei vorsichtig."

Brian setzt Moonlight ab, gibt seinen sicheren Stand auf, kommt mir zwei Schritte entgegen. Reicht mir die Hand. Rutscht weg, versucht es noch mal. Reicht mir am Ende sogar beide Hände. Irgendwie ist er mir in diesem Moment mehr Vater, als mein Dad es je sein wird.
„Na also", sagt er, als wir endlich drüben sind. „Ein Kinderspiel! Habe ich doch gesagt."
Moonlight will noch mal zurück. Für ihn ist es wirklich ein Spiel.
„Komm her!", sage ich, nehme ihn auf den Arm. „Selbst du bist mutiger als ich."

Von jetzt an kommen wir noch langsamer voran, weil der Pfad so gefährlich ist. Ich habe Angst, mich umzusehen. Ich versuche, mir den Fluss im Frühling vorzustellen, singend und verspielt über Steine springend, von Schmetterlingen begleitet, in einer grünen Welt. Ich kann es nicht. Alles um uns herum ist erstarrt, wie mit einem Winterzauber belegt. Unser Vorsprung ist das Einzige, was schmilzt.

Wir sind unterhalb der Fälle, dort, wo sich der Fluss weitet. Vereiste Kiefern, wie stumme Wächter. Der Wasserfall gleißend weiß, jede Farbe erfroren. Mir geht durch den Kopf, dass, sollte der

Mann auf uns schießen, vermutlich Brian hinter mir die Kugel abbekommt. Brian, der im Grunde hier ist, weil er mich beschützen will.

Dad vor mir wird langsamer, obwohl der Weg hier flacher ist. Weiß er nicht, wie es weiter gehen soll? Da höre ich einen Schrei, allerdings von weit entfernt. Wir bleiben stehen und lauschen. Nichts regt sich.
„Was war das?", fragt mein Dad. Es ist, als würde selbst die Stille klirrend zu Boden fallen.
Endlose Sekunden vergehen.
„Wo ist er?"
Sogar die Zeit scheint auf uns zu warten.
„Seht ihr ihn?"
„Dort unten, auf dem Eis", sagt Brian, „ist er das?"
„Ich bin mir nicht sicher", sagt mein Vater.
„Da hättest du auch beinahe gelegen", sagt Brian und knufft mir in die Schulter.
„Sehr witzig."

Tatsächlich sieht man etwas Dunkles auf dem Eis, unterhalb der Stelle, wo der Weg am steilsten ist. Aber ob es ein Mensch ist, ist unmöglich zu sagen.
„Vielleicht hat er das Halteseil übersehen. Soll schon vorgekommen sein", sagt mein Dad mit begrenztem Mitgefühl.

„Meint ihr, er ist verletzt?", frage ich. „Oder tot?"
„Schwer zu sagen."
Wir stehen und starren. Aber es ist zu weit entfernt, als dass man Bewegungen oder Ähnliches erkennen könnte.
„Ich werde vorsichtig zurückgehen", sagt mein Dad. „Ihr wartet hier."
„Oder ...", sage ich, „wir gehen alle zurück."
„Vielleicht hat Matisse Recht", sagt Brian. „Vielleicht sollten wir lieber zusammenbleiben."
„Na gut." Dad nimmt seine Waffe in die Hand. „Vorsichtig."

Je näher wir kommen, desto mehr wird aus dem dunklen Etwas ein Mensch, gekrümmt auf dem Eis liegend. Als wir in vernünftige Schussweite kommen, richtet mein Vater mit zwei ausgestreckten Armen die Waffe auf ihn.
„Dad, was soll das?"
„Keine Sorge! Nur zur Sicherheit!"
So geht es weiter. Die Waffe voran, gefolgt von meinem Dad, dann ich, schließlich Brian. Als wir die steile Passage erreichen, kann man gut die Spur sehen, wo unser Verfolger abgestürzt und den Hang heruntergerutscht ist. Er selbst liegt etwa zwanzig Meter unter uns, bewegt sich ab und

zu ein wenig und stöhnt dabei vor Schmerz. Hat ein seltsam verdrehtes Bein. Und er sieht uns an.
Ich halte Moonlight die Hand vor die Augen: „Schau da nicht hin!"
Mein Dad nimmt die Waffe in eine Hand, nach wie vor auf den Mann gerichtet, greift das Seil, überwindet das steile Stück. Danach ich, diesmal problemlos, dann Brian. Der Mann lässt uns keine Sekunde aus den Augen. Starrt und Starrt. Sagt kein Wort. Was soll man auch sagen? Mir würde vermutlich auch nichts Passendes einfallen, wenn ich in den Lauf einer Pistole blicken würde.

Ich selbst weiche seinem Blick aus. Nichts könnte mich dazu bringen, in die Augen des Mannes zu sehen, der vielleicht meine Tante umgebracht hat. Oder meine Mutter. Vielleicht ist er auch nur ein harmloser Bergwanderer. Ich weiß es nicht.
Ich weiß auch nicht, ob er unter seinem Mantel eine Waffe hat. Aber ich weiß, wenn er auch nur eine Bewegung machen würde, um sie zu ziehen, dann könnte es die letzte sein, die er in seinem Leben macht.

Das Schweigen begleitet uns noch, als unser Verfolger lange außer Sicht ist. Steif laufe ich den alten Pfad entlang, spüre nur noch die Kälte. Nach einer Weile drehe ich mich zum ersten Mal um, möchte noch einmal einen Blick auf den Wasserfall werfen. Doch es ist zu spät. Wir sind schon hinter der Biegung. Irgendetwas in mir ahnt, dass ich ihn nie wiedersehen werde.

„Was hatte der Mann vor? Was hätte er getan, wenn er uns in der Hütte überrascht hätte? Wenn wir ihn nicht vorher bemerkt hätten? Was, wenn er uns auf dem Pfad eingeholt hätte? Wollte er mir etwas tun? Wollte er dich töten? Wer war er? Wer hat ihn geschickt? Was, wenn alles nur ein Zufall war, oder ein Missverständnis?"
Dads Antwort auf alle meine Fragen ist immer die gleiche: Schweigen.

Wir sind wieder in der Hütte.
Brian ist nach Jasper gefahren, um die Polizei zu informieren. Hoffentlich findet er als ehemaliger Kollege einen Draht zu ihnen, denn es ist bestimmt keine leichte Aufgabe, klar zu machen, worum es geht. Jemand liegt verletzt auf einem zugefrorenen Fluss und braucht Hilfe. Ist wahrscheinlich bewaffnet. Möglicherweise gefährlich. Hat uns verfolgt. Ist vielleicht ein Killer, der uns

töten wollte. Oder ein Vogelliebhaber, der eine Morgenwanderung gemacht hat, um ein paar Aufnahmen von scheuen Vertretern der borealen Vogelwelt im verträumten Licht der ersten Sonnenstrahlen zu machen. Ich habe keine Ahnung, was er ihnen erzählen wird.

Dad und ich packen.
Er will heute noch hier weg. Dieser Ort sei nicht eine Sekunde mehr sicher, jetzt, wo sie unser Versteck kennen würden. Ein Gangster liegt einige Meilen entfernt auf Eis. Buchstäblich. Aber wer könne schon sagen, ob noch mehr da seien. Oder kommen würden. Mein Vater weiß ja nicht einmal, wer unseren Verfolger geschickt hat.

„Dad!", sage ich. „Du lässt dich doch von diesen Amateuren nicht einschüchtern?"
Er sieht aus dem Fenster. So etwa zum dreißigsten Mal, seit wir wieder in der Hütte sind. Neben der verriegelten Eingangstür steht Brians geladenes Gewehr. Und auf dem Bett neben Dads Koffer liegt seine Waffe. Ich denke, das deckt im Großen und Ganzen meine Frage ab.
„Überstürzter Abgang Bühne links", antworte ich mir selbst.

Wird das Leben mit Dad immer so sein?
Bei Tante Claire aufzuwachsen war ein wenig wie ein dauerndes Surfen auf einer Welle des Chaos. Mal blieben wir oben auf dem gischtschäumenden Wellenkamm, aber meistens hat sie uns strudelnd verschluckt. Unter Wasser gezogen, bis wir prustend weit entfernt voneinander hochkamen. Eine endlose Pyjamaparty, eine permanente Kissenschlacht. Manchmal schwer zu sagen, wer das Kind war und wer die Erwachsene.
Ich hatte keine genaue Vorstellung davon, was es bedeutet hätte, mit einem Vater aufzuwachsen. Wenn man mich gefragt hätte, was anders gewesen wäre, hätte ich wahrscheinlich keine Antwort gehabt.
Aber eine Sache habe ich immer gefühlt. Beinahe ein Synonym für Vater. Untrennbar. Und heute kann ich es auch benennen: Sicherheit.

Dad klopft an Deborahs Haustür, will sich verabschieden. Brian und ich sitzen in seinem Silverado. Bei laufendem Motor. Manchmal muss die Romantik sich beeilen.

Deborah öffnet, ein Handtuch um den Kopf gewickelt. Als sie Dad sieht, nimmt sie es ab, lächelnd, reibt sich die nassen Haare.
Sie reden. Was wird er ihr sagen? Was kann er ihr versprechen? Wer weiß, wann seine nie endende Flucht ihn wieder durch Jasper führen wird?
Als sie sich zum Abschied umarmen, küssen, sie mit ihren nassen, langen Haaren, habe ich plötzlich ein Bild von meiner Mom vor Augen. Ich kann mich nicht abwenden. Ich kann mich nicht wehren.
Sekunden später ist der Kuss vorbei, und die Erinnerung ebenso. Dad kommt zum Auto zurück, sie steht in der Tür und schaut ihm nach. Winkt, als sie mich im Auto sieht.

Wir sind lange aus Jasper raus. Drängeln uns zu dritt im Pick-up. Noch viele Stunden bis Vancouver liegen vor uns.
Doch ich bin allein mit der Frage, wie es wäre, wieder eine richtigen Familie zu sein.

Ozean

„Ist das deine Werkstatt?"
„Nicht direkt. Ich wohne hier", beantwortet Brian meine Frage.
„Oh."
„Keine Sorge! Ich passe ganz gut zwischen die ganzen anderen Wracks hier!"
Wir stehen vor einem kleinen Holzhaus, kaum mehr als ein Schuppen, im Hafen von Vancouver, allerdings in einem alten und abgelegenen Teil des Hafens, der es wohl nie auf einen Reiseprospekt oder auch nur auf ein Touristenfoto schaffen wird. Das Haus ist ungestrichen, bleich wie Treibholz, und hat winzige Fenster. Direkt nebenan befindet sich eine kleine, heruntergekommene Werft, in der an einigen noch heruntergekommeneren Booten geschliffen, geschweißt und gehämmert wird, als gäbe es kein Morgen. Auf der anderen Seite liegt ein vermoderter Steg, an dem sich ein paar alte Sportboote langweilen.
„Schön hier. Schön ruhig", sage ich.
„Die machen bald Feierabend. Und es hat auch seine Vorteile. Wenn ich morgens keine Lust habe aufzustehen, dann wird es mir nicht gerade leicht gemacht. Kommt doch rein."

Die Wohnung hat den Charme schäbiger Detektivbüros aus alten Schwarz-Weiß-Filmen. In diesem Fall eher mehr schwarz als weiß.
„Lebst du schon lange hier?", frage ich. Es gibt keine Bilder an den Wänden, keine gemütliche Lieblingsecke, kein Haustier. Keine Fotos, keine Bücher auf den Regalen. Nicht, dass es dreckig oder unaufgeräumt wäre, aber alles wirkt irgendwie provisorisch und unpersönlich und strahlt eine gewisse Traurigkeit aus.
„Das nennst du leben? Du kannst ja mal schauen, ob du im Kühlschrank noch etwas Essbares findest", sagt er statt einer Antwort.
Was ich finde sieht eher wie eine wissenschaftliche Forschungsarbeit unter Folie aus, außerdem Gummikotze, die eine entfernte Ähnlichkeit mit einem alten Stück Pizza hat. Beides wandert direkt in den Müll.
„Nicht dein Geschmack?", fragt er.
„War schon ein bisschen reif, fürchte ich."
„Na ja, du darfst nicht zu viel erwarten. Ich bin kein Gourmetkoch wie dein Dad. Ich lebe hauptsächlich von Whiskey und Erdnussbutter. Und von Erdnussbutter auch nur dann, wenn der Whiskey alle ist."
Ich stamme offenbar aus einer Familie von Komikern.

„Und der Abstecher nach Jasper kam ein wenig unvorbereitet", fährt er fort. „Wir können uns ja was bestellen. Wie wäre es mit chinesisch?"

„Vielleicht könntest du uns erst einmal unsere Zimmer zeigen, ehe wir ans Essen denken", sagt mein Dad und stellt geräuschvoll den Koffer und die Tasche ab, die er bis jetzt noch in der Hand gehalten hatte.
„Zimmer? Selbstverständlich, Sir. Ihres befindet sich gleich hier im Südflügel", sagt Brian und klopft mit der flachen Hand auf die Couch im Wohnzimmer. „Und die junge Lady wird wohl mit dem kleinen Raum oben vorlieb nehmen müssen, den ich bislang hauptsächlich als Abstellkammer genutzt habe."

Der winzige Raum ist vollgestellt mit Kartons, die wir an einer Wand fast bis zur Decke stapeln müssen, um das Klappbett aufstellen zu können. Aber er hat ein kleines, dreieckiges Fenster mit Blick auf das Hafenbecken.
„Was ist in den Kartons?", frage ich Brian.
„Ich weiß es selbst nicht mehr so genau. Ist schon so lange her. Dinge aus meiner Zeit in San Francisco. Alles Mögliche. Dinge, die so zu einem Leben gehören."

„Und warum packst du sie nicht aus?"
„Das sagte ich doch. Weil es Dinge sind, die zu einem Leben gehören."

‚Rate!'
Das kleine Dreiecksfenster erscheint mir wie ein Fenster zur Welt. Brians Haus mag viele Nachteile haben, aber ich habe endlich wieder Handyempfang. Das gleicht eine Menge aus. Ich habe Noelle eine Nachricht geschrieben und es ihr erzählt. Zu telefonieren traue ich mich nicht, damit mein Vater es nicht hört. Und das ist ihre Antwort.

‚Rate!'
Wenn ich ihre Spielchen nicht mitmache, erfahre ich es nie.
‚Deine Lieblingsband hat sich überraschend wiedervereinigt.'
‚Die waren doch gar nicht getrennt.'
Da bin ich wohl nicht ganz auf dem Laufenden.
‚Euer Kamin ist etwa seit Weihnachten verstopft, und ihr habt keine Ahnung, warum.'
‚Woher weißt du das nur? Aber das meine ich nicht. Rate noch mal.'
‚Noelle!'

‚Na gut, ich sag es dir: Mom ist einverstanden, dass du erst einmal bei uns wohnst. Du kannst das Zimmer von meinem Bruder haben, du weißt, er ist seit letztem Sommer auf dem College.'

Eine Traurigkeit erfasst mich, so stark, dass sie alles andere davonschiebt. Vielleicht ist es ihre fröhliche Verspieltheit, vielleicht sind es die Erinnerungen, die ihre Nachricht bei mir wach ruft, Erinnerungen an ihre Mom, ihren Bruder, ihr Haus. An ein ganz normales Leben. In Los Angeles. Unbeschwert. Geborgen. Mit meiner Tante. Ein Leben, dass es so für mich nie wieder geben wird.
‚Bist du noch da?', schreibt sie, weil ich nicht geantwortet habe. Ihre Nachrichten scheinen mir wie Botschaften von einem explodierten Planeten, Lichtjahre entfernt. Gesendet vor der Katastrophe. Zeugnisse einer Welt, die nicht mehr existiert. Voller Hoffnung, der die endlose Reise nichts anhaben konnte. Und trostlos zugleich.
Die Buchstaben verschwimmen vor meinen Augen. ‚Das ist fantastisch. Das wäre wirklich toll.'
‚Du sagst doch immer', schreibt sie, ‚wir sind nicht wie Freundinnen, wir sind wie Schwestern.'
‚Ja, wie Schwestern.'
Und ich könnte mir keine bessere wünschen.

„Ich will nach Hause."
Wir sind draußen am Steg. Mein Onkel repariert etwas an seinem Boot. Ich sitze auf einem Holzpoller und sehe ihm gelangweilt zu. Eine Möwe beobachtet uns beide argwöhnisch. Ist wohl ihr Stammplatz.
„Mi casa es su casa", sagt er theatralisch.
„Du weißt, was ich meine."
„Los Angeles?"
„Ja."
„Gib mir mal den Kerzenschlüssel."
„Den was?"
Er sucht ihn sich selber.
„Ich vermisse alles. Und jeden Tag mehr. Meine Freunde. Unser Haus. Sogar die Schule." Ich hätte nie gedacht, dass ich das einmal sagen würde.
Er sieht mich an.
„Wenn du das jemandem erzählst, streite ich es ab."
„Südkalifornien!", sagt er schwärmerisch, während sein Blick über das modrige Hafenbecken schweift. „Was für ein Land! Selbst die Schulen dort sind ein Traum."
„Lass das."
„Gibt es einen Jungen, der da auf dich wartet?"

Ich verdrehe die Augen, um zu überspielen, dass mich seine Frage überrascht. Doch was mich wirklich für einen Moment sprachlos macht, ist, dass ich nicht sofort eine Antwort darauf weiß.

Er schraubt weiter, aber als ich nichts sage, sieht er von seiner Arbeit am Motor auf.
„Werter Oheim! Ich bin dreizehn! Da interessieren einen andere Sachen. Weißt schon. Mehr für die Schule tun. Im Haushalt helfen. Weniger telefonieren."
Er lächelt. „Also gibt es einen!"
„Das ist überhaupt nicht der Punkt", sage ich und hoffe, dass ich nicht rot werde. „Könnten wir vielleicht mal beim Thema bleiben?"
„Sehr gern. Ist er aus deiner Klasse?"
„Los Angeles ist mein Zuhause!"
Er widmet sich wieder dem Motor. „Denkst du nicht, dein Zuhause ist jetzt bei deinem Dad?"
„Ich weiß nicht. Er hat ja nicht einmal selbst ein richtiges Zuhause. Nirgendwo, wo er hingehört. Wo er sich sicher fühlt. Ist immer auf der Flucht. Versteckt sich."
„Ja", sagt er. Wischt irgendetwas Öliges mit einem öligen Lappen ab. „Vielleicht ist Zuhause ja nicht ein bestimmter Ort. Vielleicht ist es ja, mit den Menschen zusammen zu sein, die man liebt."

„Tja, dann hat mein Vater ja bestimmt die letzten zehn Jahre mächtig Heimweh gehabt", sage ich und sehe ihn direkt an.
Er sagt nichts. Die Möwe fliegt davon.

„Hat er mal was gesagt?", frage ich nach einer Weile. „Ich meine, über mich? Wie er sich fühlt?"
„Matisse, du kennst doch unser Verhältnis. Es ist nicht gerade so, dass wir abends eine Duftkerze anzünden und über Gefühle reden."
„Meinst du, er hat sich auch ein wenig vor mir versteckt?"
„So ein Unsinn!", sagt er, doch seine Augen sagen etwas anderes.
Eine vorbeifahrende Fähre lässt ein paar Wellen gegen das ausgeblichene Holz des Steges schlagen, zu halbherzig, um das Boot meines Onkels nennenswert zu bewegen.
„Das Verstecken scheint bei euch in der Familie zu liegen", sage ich.
„Was? Wieso? Ich verstecke mich doch nicht. Hab ja auch keinen Grund dazu."
„Sieh dich doch an! Du siehst aus wie ein Mülleimer, der schlecht geschlafen hat. Dann dein Job. Das Loch, in dem du wohnst. Du versteckst dich vor dem Leben!"

„Ich mag mein Haus! Und das Whalewatching ist perfekt für mich!" Dass er seine kleine Flasche hervorzaubert und einen Schluck nimmt, mindert die Glaubwürdigkeit seiner Aussage nur unwesentlich. „Ich könnte nicht jeden Tag irgendwo hin und etwas leisten. Es gibt Tage, da weiß ich nicht einmal, warum ich aufstehen sollte." Noch ein Schluck. „Neun von zehn Tagen. Aber mit dem Boot zur Anlegestelle fahren, eine Handvoll Touristen abholen und ein paar Meilen in die Strait of Georgia hinausfahren, das schaffe ich noch. Ich brauche gar nichts zu tun. Die Biester machen die ganze Arbeit, und alle sind glücklich. Und wenn wir keine Wale sehen, dann eben nicht."
Einige dunkle Wolken versuchen mühsam, sich über die North Shore Mountains zu kämpfen.
„Kann sein, dass wir wieder Regen kriegen", sagt er. Fängt an, seinen Kram zusammenzupacken.
„Man kann sich nicht vor dem Leben verstecken!"
„Man kann es versuchen."

Brian hat mit der Polizei in Jasper telefoniert. Sie haben den Mann gefunden, ein Stück entfernt von der Stelle, die wir beschrieben hatten. Er hat wohl versucht, dem Creek flussabwärts zu folgen, trotz seines gebrochenen Beines. Wie sollte er auch ahnen, dass wir ihm Hilfe schicken würden, nachdem mein Dad minutenlang mit einer Pistole auf ihn gezielt hat? Er selbst war nicht bewaffnet. Jedenfalls hat die Polizei keine Waffe gefunden. Aber er könnte sie natürlich weggeworfen haben, und sie ist im Schnee versunken.

Jetzt liegt er im Krankenhaus. Sie haben ihn verhört, aber wie zu erwarten war, hat er sich als harmloser Wanderer ausgegeben. Er wäre auf dem Weg zum Mount Kerkeslin gewesen, hätte gehofft, ein paar Karibus oder Schneeziegen zu sehen. Hätte sich verirrt und wäre uns gefolgt, um nach dem Weg zu fragen, oder um sich uns anzuschließen, falls wir in dieselbe Richtung unterwegs wären. Ein Tourist aus Chicago, nicht vorbestraft. Sie können nichts machen, aber aus Gefälligkeit für Brian wollen sie noch ein wenig weiter ermitteln. Aber wir sollten uns keine großen Hoffnungen machen.

Ein Bergwanderer und Naturliebhaber aus Chicago. Möglicherweise handelt es sich dabei um eine scheue und seltene Spezies. Vielleicht sollten die Schneeziegen sich eine Kamera schnappen und versuchen, ihn zu beobachten.

Danach hat mein Dad noch seinen Onkel Luis in Mexiko angerufen. Er wohnt in Tapalpa, führt dort ein kleines Geschäft. Auf der Farm hilft er nur noch selten. Dads Vater Alejandro hat kein Telefon. Aber Dad und Brian haben während des Gesprächs die Tür geschlossen, wollten nicht, dass ich zuhöre, und haben mir auch nicht erzählt, worum es ging.

―⁂―

Ich habe eine SMS an Austin geschrieben. Genau genommen waren es drei. Und alle wieder gelöscht.
Ich weiß nicht, was ich schreiben soll. Ich weiß nicht, was ich sagen soll. Ich finde nicht die richtigen Worte. Irgendwie sieht alles blöd aus, sobald ich es getippt habe.
Warum sind die Dinge mit Austin so schwierig geworden?

Zwischendurch ist Brian reingekommen, hat gesagt, er müsse noch mal weg, ein Ersatzteil für sein Boot holen. Als er mich tippen sah, hat er gefragt, ob man mit dem Ding nicht auch telefonieren könne.

„Theoretisch schon", hab ich gesagt.
Austin anrufen? Eine sehr theoretische Möglichkeit.

Wir haben uns noch nicht richtig gesprochen seit Britannys Geburtstag vor vier Wochen. Seit *Sieben Minuten im Himmel*. Seit dem Kuss.
Ich hatte sogar das Gefühl, er würde mir aus dem Weg gehen. Vielleicht habe ich mir das auch nur eingebildet. Und vielleicht hat er sich auch nur eingebildet, dass ich ihm ebenfalls aus dem Weg gehen würde.

Ich weiß nicht, warum er mich geküsst hat. Es passt so gar nicht zu dem Austin, den ich kenne. Dem Austin, der sich noch vor kurzem ein T-Shirt von mir geborgt hat, weil er sich seines mit Farbe beschmiert hat, als er half, unsere Küche zu streichen. Dem Austin, den es nicht stört, wenn Noelle und ich uns über Jungs unterhalten, während er sich, neben uns auf meiner Couch sitzend, seine Lieblingszeichentrickserie ansieht.
Und ich weiß nicht, was ich will. Will ich wieder zurück zu dem, was wir all die Jahre hatten? Oder will ich weiter?

Je länger ich auf mein Handy starre, desto weniger wollen sich die Buchstaben zu Worten formen. Und die Worte verlieren ihren Sinn.
Was soll das? Er ist nicht einmal mein Typ. Warum muss ich an seine Haare denken, die aussehen, als hätten sie allenfalls gerüchteweise von der Existenz von Kamm oder Bürste gehört? Und an seine Augen, blauer als jede Welle, die ich je versucht habe zu surfen? Und kläglich gescheitert bin.

Zum Glück ist der Akku meines Telefons leer. Zeit, ihn aufzuladen. Zeit für einen Bananenpudding. Zeit, nicht mehr länger darüber nachzudenken, was ich schreiben könnte.

Liste aller Dinge, die mich im Moment davon abhalten, sofort wegzulaufen, oder loszuheulen:
1. Pumpkin Spice Latte.

Wir sitzen in einem Starbucks, mein Onkel, mein Dad und ich. Draußen fallen ein paar schüchterne Flocken von etwas, was man für Schnee halten könnte. Wenn man es nicht besser wüsste.
Mein Onkel hat sich heimlich eine kleine Zugabe aus einer mitgebrachten, in Papier gewickelten

Schnapsflasche in seinen Kaffee gegossen, meinen Blick mit der Feststellung: „So etwas haben sie hier nun mal nicht", beantwortend. Eben doch ein Clochard. Und mein Vater hat mir gerade eröffnet, wie er mit der Situation umzugehen gedenkt, dass er es hier für zu gefährlich für mich hält. Und zwar, fast hätte man es sich denken können, will er mich wegschicken. Nach Mexiko. Zu meinem Großvater, den ich noch nie in meinem Leben gesehen habe.

In vier Tagen legt ein Kreuzfahrtschiff im Hafen von Vancouver an. Die *Princess Cenerentola*. Mein Onkel kennt den Kapitän. Tja, ein Clochard mit Kontakten. Und dieses Schiff fährt auch nach Puerto Vallarta. Der Kapitän soll ein bisschen auf mich aufpassen. Und in Puerto Vallarta würden mich dann meine Verwandten abholen.

„Dad, warum hasst du mich?"
„Spätzchen! Es ist doch nur für drei Wochen. Höchstens. Dann komme ich nach. Ich sehe und höre mich hier derweil um. Brian auch. Wir schauen, was wir rausbekommen. Wir warten das Ergebnis der polizeilichen Ermittlungen in Jasper ab. Wir überlegen uns etwas. Dein Großvater würde sich bestimmt riesig freuen, dich kennen zu lernen. Wenn ich dort bin, entscheiden wir, was wir

machen. Vielleicht suche ich mir eine neue Wohnung, ein Stück außerhalb von Vancouver. Oder wir gehen erst einmal nach Montreal. Da würde es dir sicher gefallen."
„Soll das hier eine Art Brainstorming werden? Was habt ihr noch? Was ist Plan B?"
„Matisse! Es gibt keinen Plan B."
„Aber ich will nicht nach Mexiko! Ich will ja nicht einmal hier sein!"
„Die Leute schauen schon zu uns herüber", sagt Brian.
„Vielleicht könntest du dir mal weniger Sorgen um die Leute machen und mehr um mich!"
„Matisse, du weißt, ich bin auf deiner Seite."
„Dann beweise es."
Er gießt noch ein wenig aus der Papiertüte in seinen Kaffee. Ich verdrehe die Augen.
„Wenn sie hier etwas Stärkeres als fettarme Milch für den Kaffee hätten, kämen Leute wie ich vielleicht sogar öfter her", sagt er.
„Ja, aber dann kämen Leute wie du vielleicht öfter her", sage ich.

Da von Brian offenbar keine weitere Unterstützung zu erwarten ist, wende ich mich wieder an Dad: „Also, mir fallen auf Anhieb eine Menge anderer Möglichkeiten ein. Ich könnte hier bei dir

bleiben. Oder, wenn ich schon weg soll, dann könnte ich doch nach Los Angeles gehen. Vielleicht könnte ich bei Noelle wohnen."
„Glaub mir, Spatz, ich habe mir das gut überlegt. Und ich denke, dass es so das Beste für dich ist. Wenn dir etwas passieren würde, das könnte ich mir nie verzeihen."
„Ich glaub dir kein Wort. Du denkst doch in Wirklichkeit nur an dich! Schon immer!"
„Das ist nicht wahr, und das weißt du ..."
„Doch, ist es, und das weißt *du*. Was, wenn du es dir anders überlegst und mich dort vergisst? Mich die nächsten zehn Jahre bei deinem Vater lässt, so wie damals bei Tante Claire? Ihr könnt ja machen, was ihr wollt, aber ich gehe niemals nach Mexiko. Und du kannst mich nicht zwingen!"
„Matisse, es reicht!"
„Ich werde nicht zulassen, dass du andauernd Entscheidungen über mein Leben triffst. Noch dazu die falschen."
„Jetzt hör mir mal zu, kleine Lady ..."
„Spiel dich jetzt bloß nicht noch als Vater auf!"
„Ich *bin* dein Vater!"
„Stimmt. Das hatte ich vergessen."

Wir laufen nach Hause. Noch immer fallen leichte Flocken aus einem schweren Himmel. Die Straßen sind nur nass, nicht anders als bei Regen. Allenfalls ganz vereinzelt reicht es zu ein bisschen Schneematsch.

Wir schwimmen durch tiefes Schweigen. Ich bin es, die als erste die Oberfläche erreicht.

„Ich dachte, es hätte sich etwas geändert. Ich dachte, wir wären so was wie Freunde. Ich dachte, von jetzt an bleiben wir zusammen."

„Matisse, natürlich bleiben wir zusammen …"

„Du versuchst, mich wieder loszuwerden! Und denkst dir nicht einmal eine neue Ausrede dafür aus."

„Was redest du da? Ich will nur nicht, dass dir etwas passiert. Ich komme auf jeden Fall nach. Einhundertprozentig! Ich versuche nur, das Beste für dich zu tun."

„So, wie mich ohne Vater aufwachsen zu lassen? Zuzulassen, dass meine Mom stirbt? Und Claire auch? Bitte hör damit auf, zu versuchen, das Beste für mich zu tun!"

Die Worte fliegen davon, ohne ein Anzeichen, ob sie irgendjemandes Ohr erreicht haben.
Es tut mir leid.

Die Wellen des Schweigens schlagen wieder über uns zusammen.

Es sind keine Eisblumen an den Fenstern. Sie sind nur an den unteren Rändern beschlagen. Draußen fallen graue, harte Regentropfen in endlosem Gleichklang in das graue Hafenbecken.
Wer immer geschrieben hat, der Regen hätte kleine Hände[ii], ist sicher nicht in Vancouver auf diese Idee gekommen. Graue Wolken schieben sich über graue Berge, darüber ein grauer Himmel.
Meine Tränen sind farblos.

Ich kann nicht schlafen. Ein Sturm von Gedanken und Worten, die sich nicht zu Sätzen zusammenfinden wollen, tobt seit Stunden in meinem Kopf, surrealer, als es sich jeder Maler oder Schriftsteller ausdenken könnte. Vielleicht finde ich im Kühlschrank etwas, das mich müde macht. Oder munter. Was auch immer.
Als ich durch das Wohnzimmer schleiche, höre ich leises Schnarchen. Mein Vater ist auf der Couch eingeschlafen. Sein rechter Arm hängt her-

unter, die Hand liegt auf Moonlight, der auf dem Boden schläft. Kurz sehe ich mich nach Midnight um, dann entdecke ich ihn. Er liegt schlafend auf Dads Bauch. Vielleicht werden wir irgendwann doch noch eine richtige Familie.

Ich schleiche weiter in die Küche. Jemand hat das Licht brennen lassen. Doch dann sehe ich, dass Brian allein am Küchentisch sitzt. Oder besser gesagt, nicht ganz allein. Eine Flasche Whiskey leistet ihm Gesellschaft.

„Ich konnte nicht ... ich wollte nur ...", stammele ich und öffne die Kühlschranktür.

„Kleiner Mitternachtssnack?"

„Ja."

„Ich auch."

Ich gieße mir ein Glas Milch ein, obwohl ich gar keine Lust darauf habe. Eine altmodische Küchenuhr zählt laut tickend die Sekunden, scheinbar nur halb so schnell wie üblich.

„Hilft es?", frage ich.

„Hilft was?"

„Das Trinken. Gegen den Schmerz."

„Bis jetzt nicht. Aber ich fange ja auch gerade erst an."

Ich lehne mit dem Rücken am Kühlschrank und trinke die Milch. Die Küche wirkt noch kälter und trostloser als am Tag.

„Hast du nicht jemand anderen, den du nerven kannst?", fragt er.
„Kann ich mit dir reden?"
„Reden wird überbewertet."
Ich trinke die Milch aus. Er starrt ins Leere, mit einem Blick voll Einsamkeit und Nacht. Schwenkt gedankenverloren seinen Whiskey im Glas. Selbst wenn er sich betrinkt, wirkt er noch irgendwie stilvoll.
„Na ja, morgen ist auch noch ein Tag."
„Das befürchte ich auch."
Als ich an der Küchentür bin, sage ich: „Pass auf dich auf", und füge dann noch hinzu: „Und wenn ich du wäre, würde ich mich mit einer solch roten Nase zu dieser Jahreszeit sicherheitshalber nicht allzu nah beim Schlitten des Weihnachtsmannes sehen lassen."

Es ist schwierig, sich in Brians kleinem Haus aus dem Weg zu gehen.
Dad und ich umkreisen uns wie Kometen die Sonne. Kurze Annäherungen, aber die meiste Zeit weit entfernt im Weltraum. Dunkel, kalt, schweigend, die Augen niedergeschlagen.

„Brian?"

„Ja?"

„Ich habe ein Problem. Vielleicht kannst du mir helfen."

Vor mir steht eine verführerisch duftende Tasse Tee. Mein Vater ist im Wohnzimmer und versucht, an Brians Computer seine E-Mail-Konten einzurichten. Brian, eben nach Hause gekommen, lungert etwas ziellos bei mir in der Küche herum. Ich vermute, er möchte an seine Whiskeyflasche, sobald ich weg bin.

„Ist der Tee zu bitter? Nimm Zucker!"

„Das ist die Stelle, an der du eigentlich sagen müsstest: Matisse, wie kann ich dir helfen?"

„Also gut. Matisse, wie kann ich dir helfen? Ich hoffe, du willst dir kein Geld leihen."

„Zunächst einmal darfst du Dad nichts davon erzählen."

„Nichts wovon erzählen?"

„Er würde total ausflippen. Es geht um euren tollen Plan. Der Kreuzfahrt nach Mexiko. Wie aufgeschlossen bist du gegenüber kleinen Änderungen an dem Plan?"

„Du fängst doch jetzt nicht schon wieder von Los Angeles an, oder?"

„Könnte sein, dass ein Landausflug in L.A. dabei eine nicht unbedeutende Rolle spielt."
„Ich hab's geahnt."
„Ein längerer Landausflug."
„Wie lang?"
„Auf unbestimmte Zeit."
„Das hatten wir doch mit deinem Vater geklärt!"
„*Wir* haben gar nichts geklärt! Er hat das mit Mexiko beschlossen. Ich finde, ich müsste da auch mitreden dürfen. Es geht um mich. Und ich bin schließlich nicht mehr vier Jahre alt, wie damals, als er mich zu Tante Claire abgeschoben hat."
„Aber du kannst doch nicht von mir verlangen ..."
„Hör mir doch wenigstens zu. Ich habe eine SMS von meiner Freundin Noelle bekommen. Ich könnte eine Zeit lang bei ihr wohnen. Vielleicht sogar für länger. Und das Schiff hat einen eintägigen Aufenthalt in Los Angeles. Ich bräuchte also nur ..."
„Matisse, hilf mir mal!", ruft es aus dem Wohnzimmer. „Ich krieg das nicht hin."
„Sofort, Dad!"
„Du weißt doch, dass dein Vater es für zu gefährlich hält", sagt Brian.
„Gefährlich? Vor ein paar Tagen erst sind wir von einem bewaffneten Gangster durch die winterliche Bergwelt gejagt worden, dass wir mehr Gewicht

verloren haben als Santa Claus an Weihnachten, schon vergessen? Und im Museum war er auch. Also, ich weiß nicht, wie du das siehst, aber Dad scheint dieses Sicherheitsding wirklich total im Griff zu haben."

„Ich hab kein gutes Gefühl dabei. Er ist dein Vater! Und wir reden hier schließlich nicht davon, sich Samstagabend heimlich auf eine Party zu schleichen."

„Bring mich nicht noch auf Ideen!"

„Auf Dauer wird es sowieso nicht ohne deinen Dad gehen. Wer unterschreibt irgendwelche Dokumente für dich? Sachen für die Schule? Wer zahlt deinen Unterhalt? Deine Freundin oder ihre Familie ja wohl kaum. Und ewig wirst du da auch nicht wohnen können."

„Ewig!" Warum Erwachsene die Welt nur immer von den Problemen her sehen? Ich versuche, zuversichtlich zu klingen. Zuversichtlicher, als ich bin. „Im Augenblick plane ich gerade die nächste Woche. Du siehst doch, wie es hier läuft. Sobald irgendwo ein paar Clowns auftauchen, zieht mein Vater mit seinem Wanderzirkus weiter." Ich probiere meinen Tee, möchte mich beruhigen, möchte Zeit gewinnen, doch er ist noch zu heiß. „Hast du eine Ahnung, wie viele Teetassen *mich* in den

letzten Wochen ziehen lassen mussten? Für meinen Dad mag das ja alles ganz okay sein, aber für mich nicht. Und jetzt will er mich auch noch allein lassen. Also eins nach dem anderen. Im Moment möchte ich nach Los Angeles. Zumindest habe ich vorläufig keinen besseren Plan. Also müssen wir jetzt nur noch einen Weg finden, wie ich da hinkomme. Beim Schneemannbauen fängt man ja auch nicht mit der Rübe an. Meine Tante hat sowieso gesagt, Pläne machen sei etwas für Loser. Und wer sagt was von ohne Dad? *Er* will mich doch alleine nach Mexiko schicken! Ich wäre gerne mit ihm zusammen. In Los Angeles."
„Holst du eigentlich auch mal Luft?"
„Matisse!", ruft es wieder, diesmal im In-fünf-Sekunden-schmeiße-ich-das-Ding-an-die-Wand-Tonfall.
„Gleich, Dad."
„Ich weiß nicht", sagt Brian. „Vielleicht sollten wir das alles noch einmal mit deinem Vater besprechen."
„Ich glaube nicht, dass das eine gute Idee ist. Er wird sich nur wieder schrecklich aufregen, rumschreien, und die Adern auf seiner Stirn werden anschwellen. Am Ende platzt noch eine. Ich finde, wir sollten das lieber allein machen. Also, was ist?"
„Ich mag Rüben!"

„Brian! Das ist wichtig. Kann ich auf dich zählen?"
„Zum Glück bist du nicht meine Tochter!"
„Bitte, Brian!" Ich versuche meinen treuesten Augenaufschlag. „Wirst du mir helfen?"
„Ich weiß nicht", wiederholt er. „Ich kann nichts versprechen."
An meinem Hundeblick muss ich wohl noch arbeiten. „Aber du wirst wenigstens darüber nachdenken?"
„Ja, gut. Werde ich. Aber erwarte nicht zu viel von mir." Er hat sich lange genug beherrscht. Gießt sich einen Whiskey ein. „Und welche Rolle spiele ich in deinem Zirkusbild? Den Artisten?"
Zwei Dinge, die ich über gute Umgangsformen weiß: Den Finger abspreizen beim Teetrinken, und jetzt nichts über ein besoffenes Kamel sagen.
„Ja, den Artisten."
Er lächelt. Trinkt. „Aber das mit den Teetassen habe ich nicht verstanden. Irgendwann musst du mir das noch mal erklären."
„M-a-t-i-s-s-e!"
„Das mache ich gleich, nachdem ich dir erklärt habe, was eine Metapher ist."

„Das Leben ist zu bunt, um alles nur schwarzweiß zu sehen", hat Claire immer gesagt.
Wir sind draußen in der Strait of Georgia, um ein paar Orcas zu sehen. Das Wasser ist dunkelgrau, der Himmel hellgrau. Die Orcas sind schwarzweiß.

Brian hat das Boot, das übrigens auch weiß ist, oder zumindest einmal war, nach der Winterpause flott gemacht und mich auf die Probefahrt mitgenommen. Ein Freund hatte ihn angerufen und erzählt, dass er eine Gruppe Orcas in der Strait of Georgia gesehen habe. Dad ist in der Stadt unterwegs, um sich mit seiner Galerieangestellten zu treffen. Will ihr einige Instruktionen geben.

„Ist schön hier. Kommst du oft hier raus?"
„In der Saison fast jeden Tag. Ist mein Job. Und doch bekomme ich nie genug davon. Selbst wenn keine Wale da sind. Die Landschaft, der Himmel, das Wasser, es sieht jeden Tag anders aus. Manche Touristengruppen wollen dauernd etwas erklärt haben. Stellen Fragen, und ich muss über die Orcas erzählen. Über ihre Lebensgewohnheiten, ihre Wanderungen, ihr Sozialverhalten und so. Aber ich finde, das kann man alles in Büchern nachlesen. Wenn man hier draußen ist, sollte man die Eindrücke aufnehmen, es einfach wahrnehmen."

Er stellt den Motor ab und wir nehmen wahr. Die Orcas sind ziemlich nah. Fast kann man ihre Kraft spüren. In eleganten Schwüngen schwimmen sie durch das graue Wasser. Brian zeigt mir das Leittier. Erzählt, wie die Familien zusammen bleiben. Dann beobachten wir wieder still, bis die Wale nur noch eine Ansammlung von Rückenflossen in der Ferne sind.

„Brian?"
„Ja?"
„Ich möchte dir nicht zu nahe treten ..."
„Das ist schön."
„Wie lange ist es her, dass Eileen dich verlassen hat? Wie lange lebst du nun schon allein?"
„Acht Jahre! Diesen Sommer."
„Hast du schon mal daran gedacht, dir vielleicht wieder eine Frau zu suchen? Nochmal eine Familie zu gründen?"
„Wow! Das ist nah!"
Selbst die Orcas scheinen vor Schreck abgetaucht zu sein.
„Und? Hast du?"
„Matisse. Ich habe eine Familie! Hatte. Manche Dinge gibt's nur einmal im Leben."

Er hat Recht. Ich hätte es wissen müssen. Gerade ich.

Die Orcas sind verschwunden. Grauer Nebel schiebt sich über die bewaldeten Berghänge, zerrissen wie Wolkenfetzen.
Claire hat immer gesagt: „Wenn man sein Herz nicht an irgendetwas hängt, kann man es auch nicht verlieren."
Allerdings, wozu braucht man es dann?

Kalter Wind. Dunkle, abweisende Uferböschungen. Wir treiben den verlorenen Walen hinterher. Brian wickelt seinen Schal fester um den Hals.
„Dir die Orcas zu zeigen war nicht der einzige Grund, warum ich mit dir hier raus fahren wollte. Es geht um deinen Plan B."
„Ich bin ganz Ohr."
„Ich habe darüber nachgedacht. Vielleicht hast du Recht. Vielleicht bist du lange genug rumgeschubst worden. Vielleicht solltest du anfangen, deine eigenen Entscheidungen zu treffen."
„Sprich weiter. Mir gefällt die Art, wie du denkst."

„Und vermutlich wäre es auch gut, wenn du nicht zu viel in der Schule versäumen würdest und den Anschluss behieltest."
„Verdirb es nicht."
„Und sicher ist dein Dad kein Experte darin, zu wissen, was gut für dich ist."
„Kann ich das schriftlich haben?"
„Dein Vater wird mich umbringen, wenn er davon erfährt. Ich könnte mit Kapitän Skoglund sprechen. Ich könnte ihm sagen, dass du schon in L.A. von Bord gehen möchtest. Sieh zu, dass deine Freundin, wie hieß sie noch, Noelle, dich abholt. Ich habe auch schon mit meinem alten Kollegen bei der Polizei dort telefoniert. Er ist einverstanden, ab und zu nach dem Rechten zu sehen. Und du kannst ihn jederzeit anrufen, wenn irgendetwas ist. Tag und Nacht. Hier ist seine Handynummer." Er gibt mir einen Zettel. „Er wohnt in Long Beach. Das ist nicht allzu weit entfernt von euch, oder? Mich kannst du natürlich auch immer anrufen. Aber er ist näher dran, falls du Hilfe brauchst ..."

Long Beach. Dort liegt Janelles Diner, in dem Tante Claire gearbeitet hat.
Nie wieder wird sie von der Arbeit nach Hause kommen, während ich gerade Schularbeiten mache, mit mexikanischem Essen, das sie unterwegs

auf dem Heimweg besorgt hat, etwas rufend wie: „Ich weiß ja nicht, was du vorhast, aber ich esse jetzt", oder: „Wenn ich zwei Portionen esse, bleibt keine mehr für dich! Steht das auch in deinen schlauen Büchern?" Ich werde vielleicht wieder in meine Schule gehen, aber sie wird mich nie mehr mit dem goldenen Kombi abholen. Ich werde wieder krank werden, aber sie wird nie mehr meinetwegen abends zu Hause bleiben, wir beide auf der Couch, in Wolldecken gekuschelt, mit einer Riesenschale Popcorn und einem Stapel DVDs vor uns.

„Matisse? Matisse?"
„Entschuldige. Was?"
„Hast du mir zugehört?"
„Ja. Nein. Ich weiß nicht." Seine Ausführungen haben mir Angst gemacht. Aber noch mehr Angst macht mir die Vorstellung eines Lebens in L.A. ohne meine Tante.
„Ich hoffe, alles geht gut. Ich werde auch deinem Großonkel Luis Bescheid sagen. Nicht, dass sie sich Sorgen machen, wenn du nicht kommst."
„Was ist mit Dad? Irgendwann wird er doch merken, dass ich nicht in Mexiko angekommen bin."
„Ja."
„Was willst du ihm sagen?"

„So weit bin ich noch nicht. Eins nach dem anderen. Wo habe ich das nur schon einmal gehört? Und die Rübe nicht zuerst essen, war's nicht so?"

Leise schließe ich die Haustür hinter mir.
Der Regen ist hart und kalt wie Metallkugeln. Ungewöhnlich heftig für Vancouver. Gut so.

Ich möchte allein sein. Ich brauche Zeit zum Nachdenken. Und Raum. Und Ruhe. All das, was es in Brians Haus nicht gibt.
Einen Augenblick bleibe ich vor der Tür stehen.
Spüre den Regen in meinem Gesicht.
Es gibt nichts Besseres, um verloren zu gehen, als eine fremde Stadt. Nur, dass ich schon verloren bin.
Ich laufe los. Nach links, am Steg vorbei, dann weiter, dem Verlauf des Hafens folgend. Als ein Zaun mir den Weg versperrt, laufe ich die nächstmögliche Straße parallel und dann, sobald es geht, wieder hinunter zum Wasser. Ein kurzes Stück kann ich am Hafenbecken entlang laufen. Es riecht modrig. Das Pflaster ist glitschig, voller Kanten und Risse, dutzende Male aufgesprungen und dutzende Male ausgebessert. Dann kommt eine

Werft oder so. Schrägen, wo sie die Boote aus dem Wasser ziehen, Kräne, Zäune. Ich muss erneut einen Umweg machen. Egal. Ich weiß sowieso nicht, wo ich hin will. Ich will nirgendwo hin. Ich will laufen. Frieren.

Wo sollte ich auch hin? Meine Tante ist tot. Mein Dad will mich nicht bei sich haben. Und mein Onkel ertränkt sein Leben in Whiskey.
Ich laufe immer weiter, fast automatisch. Umweg an Umweg. Ich bin völlig erschöpft, aber auch erstaunt, wie lange ich durchhalte. In Los Angeles gehe ich nie Laufen. Austin hat sich schon darüber lustig gemacht, gesagt, ich käme sowieso nicht weiter als bis zum Kühlschrank, selbst wenn ich wollte.

Ich laufe und laufe. Irgendwann komme ich wieder ans Wasser, aber es geht in keine Richtung mehr weiter. Links und rechts nur Mauern, Zäune und geschlossene Toreinfahrten. Ich stehe am Hafenbecken, blicke auf das graue Aquarell der Stadt, in der zaghaft die ersten Lichter angehen.
Ich zittere. Die Haare kleben mir am Gesicht. Meine Kleidung ist durchnässt, das Wasser läuft mir den Rücken runter. Aber ich weine nicht.

Es gibt eine Traurigkeit jenseits aller Worte, jenseits aller Tränen.

Ich kann nicht sagen, wie lange ich hier stehe. Immer mehr bunte Lichter, ins Hafenbecken verlaufend. Auch die Fähren sind inzwischen beleuchtet. Das Grau des Tages weicht langsam einem schmutzigen Schwarz.
Kann sein, dass ich eine Erkältung bekomme. Und kann sein, dass mir das egal ist. Der Regen ist schwächer geworden, als hätte er Mitleid. Irgendwann drehe ich mich um, gehe die Straße zurück, bis ich auf eine belebtere komme. Die Autoscheinwerfer spiegeln sich auf der nassen Fahrbahn. Ich halte das erste Taxi an, das ich sehe.

Ein chinesischer Taxifahrer lässt die Scheibe runter: „Hast du Geld?"
„Ja."
„Weißt du, wo du hin willst?", fragt er erst dann.
Der Mann hat Prioritäten.
„Nach Hause."
„Weißt du denn, wo das ist?"
Hält er mich für ein Kind? Ich öffne die Wagentür, setze mich auf den Rücksitz. Er hat ein Foto seiner Familie am Armaturenbrett. Muss sie sehr lieben. Oder vermissen.

„Ich denke schon."

Manchmal braucht es nicht viel, um glücklich zu sein. Manchmal reicht ein Stück Pizza aus einem Pappkarton.
Ich bin im Augenblick sehr glücklich.

Es ist ein sternenklarer Abend. Wir sind mit Brians Boot rausgefahren. Jetzt lassen wir uns im Burrard Inlet treiben.

Wir sitzen, wir reden, wir essen Pizza. Wir betrachten den Sternenhimmel, die Berge, die juwelenschatzgleich bunt funkelnde und sich im Wasser spiegelnde Skyline Vancouvers. Eingemummelt in dicke Jacken oder Mäntel und noch zusätzlich in Wolldecken gehüllt, trotzen wir drei dem salzigen Wind.
Vielleicht ist das das Geheimnis. Den Moment wahrnehmen. Das Leben besteht aus Momenten. Die meisten werden einem nicht im Gedächtnis bleiben. Dieser hier schon.

Es ist mein letzter Abend in Vancouver. Aber ich denke nicht an morgen.

Brian hat es gesagt: Seine Familie kann man sich nicht aussuchen. Und diese hier ist sicher weit davon entfernt, perfekt zu sein. Sehr weit. Darüber hinaus kannte ich sie vor kurzem noch praktisch gar nicht. Aber es ist meine Familie.

Als ich meinen Dad zum Abschied umarme, liegt meine Stimmung irgendwo zwischen dem Niveau, das ich bei den Passagieren beim Einschiffen auf die Titanic vermuten würde, wenn sie den Film vorher gesehen hätten, und wirklich mies.

Wir sind am Kreuzfahrtschiffterminal in Vancouver. Vor uns liegt das riesige Schiff, das sich nach der Kälte Alaskas nun auf Hawaii freut. Ruhelos, heimatlos, nimmt es mich ein Stück auf seinem Weg mit. Nach Hause? Ich bin mir nicht mehr so sicher.

Dad und Brian haben mich hergebracht. Wir waren spät dran, weil Dad sich, wie sollte es auch anders sein, verfahren hat. Daher hat er Brian und mich mit dem Gepäck schon abgesetzt und ist dann mit dem Wagen ins Parkhaus gefahren.

Es nieselt so fein, dass man es nicht sieht und kaum spürt. Brian und ich stehen schweigend herum, während wir auf ihn warten. Unbehaglich. Konspirativ. Agentengleich. Nieselregen statt Nebel.
Er übergibt mir ein kleines Päckchen.
Es sind Karamellbonbons. Ich muss lächeln.
„Für unterwegs", sagt er, ebenfalls lächelnd. Noch vor einigen Tagen hat er mir erklärt, sein Herz wäre tot. Da wäre kein Platz mehr für irgendjemanden.
„Wir können uns ja auch jetzt schon verabschieden", sagt er. „Dann hast du nachher mehr Zeit für deinen Dad." Umarmt mich. Sein Mantel riecht ein wenig nach nassem Hund und Mottenkugeln, sein Atem schon jetzt am Vormittag nach seinem vierzigprozentigen Freund.
Wir stehen wieder schweigend, wartend.
Ich muss an die Bänder denken, die ich auf Bildern gesehen habe, die früher bei Transatlantiklinern vom Kai zum Schiff gespannt waren. Die zerrissen, wenn das Schiff ablegte.
„Keine Sorge!", sagt er. „Ich rede mit deinem Vater, wenn du weg bist."
Die dünnen Stahlseile der Absperrungen, dicht an dicht mit Regentropfen behängt. Wie endlose Per-

lenketten, nur grauer und kälter. Das rötliche Holz der Gangway, regennass, als würde es bluten.

„Weißt du schon, was du ihm sagen wirst?"

„Klar. Ich werde sagen: ‚Zwei Gründe, warum wir uns dieses Jahr die Oscarverleihung im Fernsehen ansehen sollten: Du bist unter den Nominierten für den dämlichsten Vater, und deine Tochter steht vielleicht draußen am roten Teppich.'"

„Nicht schlecht. Diplomatisch und sensibel."

Das nasse Pflaster des Anlegers, verschleiernd und leicht wellig das Schiff und die Stadt wiederspiegelnd. Zu abweisend selbst für Licht.

„Aber wenn dir noch etwas Besseres einfällt, bin ich auch nicht böse."

„Na, was soll ich schon sagen? Ich bin nicht gut in so was. Ich kann ihm ja nur die Wahrheit sagen. Dass ich nie die Gelegenheit kriegen werde, meine Sache als Vater besser zu machen. Nie die Gelegenheit, meine Fehler zu korrigieren, obwohl ich alles dafür tun würde. Dass er vor zehn Jahren bewusst die Möglichkeit weggeworfen hat, für dich ein Vater zu sein. All die Jahre nicht für dich da war. Und dass er jetzt eine zweite Chance bekommt, obwohl ich mir nicht sicher bin, ob er sie verdient hat. Dass er dankbar dafür sein und die Gelegenheit nutzen sollte, dir von nun an ein Vater zu sein, und zwar der Vater, den du haben willst. Dass er eine tolle Tochter hat und nicht riskieren sollte, sie ein zweites Mal zu verlieren."

Einen Augenblick bin ich sprachlos, und im nächsten Moment sehe ich schon meinen Dad angelaufen kommen, sich etwas unsanft einen Weg durch eine Gruppe anderer Passagiere bahnend, Parkschein noch in der Hand. Ist wohl ein Stück gerannt, weil er Angst hatte, mich nicht mehr zu erwischen. Schiffsreisen sind wirklich entspannend.
Dad, noch ziemlich außer Atem, instruiert mich, was ich alles meinem Großvater Alejandro und meinem Großonkel Luis sagen soll. Er hat mir sogar Geschenke für sie mitgegeben. Er selbst hat seinen Vater seit vielen Jahren nicht gesehen. Scheint in dieser Familie eine Art Tradition zu sein. Ich kneife mir in meiner Manteltasche selbst in die Hand, um nicht im letzten Moment die Fassung zu verlieren und doch noch umzufallen.
Wir umarmen uns zum Abschied.
Dann schiebt er mich eine Armlänge auf Abstand.
„Du bist mir doch nicht böse, oder, Princesita?"
Wir sehen uns in die Augen.
„Ich versuche, das Richtige zu tun. Auch für dich. Ich habe in meinem Leben viel falsch gemacht. Und irgendwie haben immer andere dafür bezah-

len müssen. Ich will nicht, dass dir was passiert. Ich möchte einmal etwas richtig machen."
Ich muss zugeben, das wäre kein schlechter Zeitpunkt, damit anzufangen.
Er umarmt mich wieder. „Vieles war einfacher, als du vier warst und mit Puppen gespielt hast."
Erstens bezweifle ich das, und zweitens ist es doch genau das, was ich gerade tue.

Es ist Zeit.
Ich möchte Dad so viel sagen, aber was könnte ich sagen, ohne mich zu verraten?
Ich weiß nicht, ob ich ihn wiedersehe. Oder wann.
Ich bin mir nicht sicher, was ich überhaupt noch weiß.
Ich hoffe, ich zerreiße nicht das Band zu meiner Familie.

Ich weine nicht. Jedenfalls keine Tränen. Es gibt mehr als nur eine Art zu weinen.
Und es gibt mehr als nur eine Art zu lieben.

Ich habe eine SMS von Dad bekommen.

Ich hatte mein Handy den ganzen Tag über ausgeschaltet. Ich wollte mit niemandem sprechen. Als ich es einschalte, habe ich eine SMS von Dad.
Ich stehe an der Reling des Kreuzfahrtschiffes, das mich nach Hause bringen soll, auf dem Deck, auf dem sich meine Kabine befindet, und starre aufs Meer hinaus. Es ist grau und nasskalt, aber der Regen hat aufgehört. Bis vor kurzem konnte ich noch Land sehen. Jetzt sind wir zu weit auf dem Ozean. Es ist schon komisch, dass ich hier eine SMS empfangen kann und in Jasper bei der Hütte nicht.
Die See ist nicht allzu rau, dennoch erzittert das Schiff von Zeit zu Zeit. Oder bin ich das? Ich drücke Midnight, den ich auf dem Arm habe, an mein Gesicht. „Ist das nicht lächerlich?", sage ich zu ihm. „Da bin ich kaum ein paar Stunden hinter Victoria, und schon vermisse ich die Berge, die Hütte. Die Stille, den Schnee." Ich hatte gehofft, wieder Wale zu sehen, aber keiner hat sich gezeigt. „Ja, ich vermisse auch Vancouver, den Hafen, den Regen. Aber uns geht's doch gut", sage ich zu meinen Hunden. „Jetzt sind wir eben auf uns allein gestellt. Ein Tag Kurzurlaub in Seattle, einer in San Francisco. Dann sind wir zu Hause. Das sind doch keine schlechten Aussichten, oder?" Moonlight sieht mit seinen braunen Knopfaugen zu mir hoch. „Na gut, ein klein wenig vermisse ich auch

Brian. Okay, und vielleicht sogar ein klitzekleines bisschen meinen Dad."

Ich nehme das Handy aus der Tasche und lese noch einmal seine Nachricht. ‚Ich habe versucht, dich anzurufen, aber ich kann dich nicht erreichen. Ich komme in zwei oder drei Wochen nach Los Angeles, dich besuchen. Ich denke, wir haben das eine oder andere zu besprechen. Vielleicht können wir einen Spaziergang am Santa Monica Pier machen. Da wollte ich schon immer mal hin. Und dann reiße ich dir den Kopf ab.'
Ich schaukele Midnight auf meinem Arm. „Na, was meint ihr? Ich finde, er hat es ganz gut aufgenommen."

Eine Kabinen-Stewardess kommt heraus, stellt sich einige Meter neben mir an die Reling, gönnt sich eine kleine Pause von der anstrengenden Arbeit. Schaut in die Ferne, dorthin, wo der graue Himmel und der graue Ozean sich berühren.
Für morgen sind Chinook-Winde vorhergesagt. Ob mein Wasserfall dann schmelzen wird? Oder wird er standhaft bleiben, erstarrt im Frost? Vielleicht wird ein kleines Rinnsal sein kaltes Herz umspielen? Und der namenlose Creek sich sanft

aus dem eisigen Griff des Winters befreien können? Sich dem Frühling öffnen?

Ich tippe meine Antwort an Dad: ‚Le cœur connaît la réponse.'
Ich bin mir nicht sicher, wie man das schreibt. Die Autokorrektur meines Handys ist sich nicht sicher, ob ich das wirklich schreiben will.
Aber ich hoffe, sein Herz weist ihm den Weg.

Die Kabinen-Stewardess dreht sich zum Schiff, zündet sich, mit ihren dicken Händen den Wind abschirmend, eine Zigarette an. Das Schild neben ihr zeigt an, dass hier Rauchen verboten ist, ihr kurzer Blick zu mir verrät, dass sie die Passagierbereiche nicht betreten darf, und wahrscheinlich hat sie auch keine Pause. Ich bin froh, dass sie da ist.
Sie sieht wieder zu mir und meinen Hunden herüber.
„Niedlich, die beiden! Wie heißen die?"
„Midnight und Moonlight."

[i] Anspielung auf „Sleigh Ride" (Anderson/Parish)
[ii] Anspielung auf E. E. Cummings „somewhere i have never travelled,gladly beyond"